mtb

Zum Buch:

So hat sich Bodyguard Hunter seinen neuen Auftrag nicht vorgestellt: Er soll die schöne Melanie auf ihrer Reise nach Cancún begleiten – nachdem ihr Freund, sein Auftraggeber, ihr per Brief den Laufpass gegeben hat! Als Marine hat er gelernt, seine Gefühle zu unterdrücken, doch das geht ihm unter die Haut. Vor allem, weil Melanie eine absolute Traumfrau ist. Als Profi muss er das Verlangen nach seiner Klientin auf jeden Fall ignorieren – und dennoch wird es von Tag zu Tag stärker …

„Scharf, temporeich und superheiß!"

Publisher's Weekly

Zur Autorin:

New York Times-Bestsellerautorin Erin McCarthy verkaufte ihr erstes Buch im Jahr 2002. Mittlerweile hat sie mehr als 38 Romane veröffentlicht und begeistert Leser auf der ganzen Welt mit ihren aufregenden Liebesromanen.

Lieferbare Titel:

Erin McCarthy „Close up – Heiße Versuchung" (Close Up # 1)
Erin McCarthy „Close up – Sinnliche Berührung" (Close Up # 2)

Alle handelnden Personen in dieser Ausgabe sind frei erfunden. Ähnlichkeiten mit lebenden oder verstorbenen Personen wären rein zufällig.

Der Preis dieses Bandes versteht sich einschließlich der gesetzlichen Mehrwertsteuer.

Umwelthinweis:
Dieses Buch wurde auf chlor- und säurefreiem Papier gedruckt.

Erin McCarthy

Close Up – Erregende Nähe

Roman

Aus dem Amerikanischen von
Ralph Sander

mtb

MIRA® TASCHENBUCH
Band 35077
1. Auflage: Februar 2017

MIRA® TASCHENBÜCHER
erscheinen in der HarperCollins Germany GmbH,
Valentinskamp 24, 20354 Hamburg
Geschäftsführer: Thomas Beckmann

Deutsche Erstveröffentlichung

Titel der amerikanischen Originalausgabe:
Deep Focus

erschienen bei: Harlequin Enterprises, Toronto

Published by arrangement with
HARLEQUIN ENTERPRISES II B.V.\S.à r.l.

Konzeption/Reihengestaltung: fredebold&partner GmbH, Köln
Umschlaggestaltung: Büropecher, Köln
Redaktion: Maya Gause
Titelabbildung: Thinkstock / g-stockstudio
Satz: GGP Media GmbH, Pößneck
Druck und Bindearbeiten: GGP Media GmbH, Pößneck
Printed in Germany
Dieses Buch wurde auf FSC®-zertifiziertem Papier gedruckt.
ISBN 978-3-95649-612-7

www.mira-taschenbuch.de

1. Kapitel

Etwas stimmte hier nicht. So gut wie jeder am Flughafen war nackt.

Melanie Ambrose sah sich verwundert das Spektakel an, dann drehte sie sich zu ihrem Freund um. Verdammt, er hatte ihre Abmachung gebrochen. „Du hast gesagt, die Arbeit ist erledigt! Seit Mitternacht haben wir Urlaub, Ian! Unser Flug nach Mexiko geht in einer Stunde.“ Mit dem ausgestreckten Zeigefinger wies sie dabei auf eine Gruppe Männer und Frauen, die es sich splitterfasernackt auf den Hartplastikstühlen im Terminal B des O’Hare Airports bequem gemacht hatten. „Das da sieht für mich sehr nach Arbeit aus.“

Sie hätte ihm nicht trauen dürfen, als er sagte, er werde allein zum Flughafen fahren. Sie hätte ihn von seiner Wohnung abholen sollen, auch wenn das für sie einen riesigen Umweg bedeutet hätte. Dass er überhaupt daheim übernachtet hatte, lag nur daran, dass er ihr Bett nicht ausstehen konnte. Sie war damit einverstanden gewesen, dass sie getrennt zum Flughafen fuhren, und nun so was! Das machte sie rasend vor Wut. Ihre Beziehung ging nur deshalb vor die Hunde, weil Ian ständig arbeitete. Ihr war schon klar, dass seine Fotografien kommerziell viel erfolgreicher waren, als er es sich je hätte träumen lassen. Sie wusste auch, dass damit

Verpflichtungen und Erwartungen einhergingen, doch dieser Urlaub sollte ihm eine dringend benötigte Ruhepause verschaffen. Und ihr einen dringend benötigten Orgasmus.

Er hielt die Hände vor sich und zuckte entschuldigend mit den Schultern. „Mel, Baby, ich konnte einfach nicht widerstehen. Ich habe noch nie an einem Flughafen Fotos gemacht. Das ist die ideale Gelegenheit, um das Hin- und Hereilen der Menschheit im Bild festzuhalten. Das ist genial. Und das verdanke ich nur dir."

Weder fiel sie auf seine schmeichelnden Worte rein noch auf seinen sexy neuseeländischen Akzent. „Wie du meinst." Sie stellte den Koffer ab und sah auf ihre Füße. Die fünfzig Dollar, die sie gerade erst für eine Pediküre ausgegeben hatte, sollten besser kein rausgeworfenes Geld sein, sonst würde sie Ian dafür bezahlen lassen. „Wir werden nicht unseren Flug verpassen", verkündete sie mit Nachdruck.

„Sei nicht so kleinlich", ermahnte er sie und schob die Brille auf seiner Nase nach oben, dann sah er an ihr vorbei und winkte jemandem zu.

Als Melanie sich umdrehte, entdeckte sie einen Mann in einem Anzug, der inmitten so viel entblößter Haut völlig fehl am Platz wirkte. Der arme Kerl wollte wahrscheinlich nur geschäftlich irgendwo hinfliegen, und dabei war er in ein Kunstwerk aus nackten Brüsten und Hintern geraten.

Sie wandte sich wieder Ian zu und warf ihm einen wütenden Blick zu. „Es ist jetzt neun! Unser Flug soll um zehn gehen." Sie hielt sich für eine extrem vernünftige Frau. Noch nie hatte sie sich über seine Arbeitszeiten beschwert, und sie hatte auch nie Zweifel an den Leuten geäußert, mit denen

Ian sich umgab. Vor seiner Kunst hatte sie großen Respekt, und als PR-Fachfrau seines Unternehmens Bainbridge Studios tat sie alles, um ihm den Aufstieg auf der Erfolgsleiter so reibungslos wie möglich zu gestalten. Aber diese Reise hatten sie sich bereits vor zwei Monaten vorgenommen.

Der Gedanke, Chicago gerade im Dezember für eine Weile gegen einen sonnigen Strand einzutauschen, war verlockend genug, doch Melanie freute sich auch auf die Gelegenheit, die Romantik in ihrer Beziehung neu zu entfachen.

Offenbar hatte Ian es im Gegensatz zu ihr nicht so eilig, einen Wein zu genießen und sich die Kleider vom Leib zu reißen. Das war schon ein bisschen deprimierend. Sogar sehr deprimierend.

„Ich nehme einfach einen späteren Flug. Du fliegst wie geplant los, Hunter wird dich begleiten."

Wie bitte? „Wer zum Teufel ist Hunter?" Ihr Südstaatenakzent kam immer dann durch, wenn sie sich über irgendetwas ärgerte. „Und warum um alles in der Welt sollte ich mit ihm nach Mexiko fliegen wollen?"

„Das ist Hunter." Ian deutete hinter sie. „Er ist dein neuer Leibwächter."

Melanie drehte sich um und sah wieder den Mann im Anzug, der ein paar Meter von ihr entfernt dastand. Er nickte kurz, und sie war nun ganz offiziell verwirrt.

„Ian, warum brauche *ich* einen Leibwächter? *Du* hast eine Stalkerin!" Irgendeine Frau, der Ian noch nie begegnet war, glaubte, in ihn verliebt zu sein, und verfolgte ihn jetzt schon seit über einem Jahr. Einmal war diese Savannah angeklagt worden, und Melanie hatte geglaubt, das Thema sei damit erledigt. Aber dann hatten die Geschworenen sie für unschuldig befunden, und gleich nach dem Freispruch waren abwechselnd Liebesbriefe und Drohbriefe eingegangen. „Sie weiß nicht mal, dass zwischen uns etwas läuft. Darum haben wir uns schließlich in der Öffentlichkeit nichts anmerken lassen."

Das war noch so eine Sache, die ihr nicht passte. Es war einfach Mist, dass sie nach außen hin immer so tun musste, als wäre sie bloß seine Angestellte. Doch darüber war sie inzwischen hinweggekommen.

Ian sah sie ernst an und beugte sich zu ihr. „Es scheint so, als hätte sie es herausgefunden. Vor ein paar Tagen habe ich eine beunruhigende E-Mail erhalten. Ich wollte dir nichts davon sagen, um uns nicht den Urlaub zu verderben. Aber ich halte es für zu riskant, wenn du ganz ohne Schutz unterwegs bist."

Na großartig. Jetzt lief sie wenigstens auch noch Gefahr, von einer Verrückten angegriffen zu werden. „Du kannst für meinen Schutz sorgen, indem du mitkommst."

Er verzog die Mundwinkel. „Ich muss dieses Shooting machen", sagte er, berührte flüchtig ihre Hand und gab ihr einen Kuss auf die Stirn. „Flieg mit Hunter. Tu es mir zuliebe, damit ich mir keine Sorgen um dich machen muss."

Melanie kam sich vor wie eine Fünfjährige, die entgegen ihrem Willen in den Kindergarten geschickt wurde. Sie kam einfach nicht gegen ihn an. Und er würde es sich nicht anders überlegen, immerhin hatte er ein Terminal voller nackter Freiwilliger vor sich. Manchmal fragte sie sich, ob sie wirklich für die Rolle der Künstlergeliebten geeignet war, denn das ganze Musengetue wurde ziemlich schnell langweilig. Andererseits gefiel es ihr, dass er um ihre Sicherheit besorgt war. Schließlich seufzte sie. „Ruf mich an, wenn du weißt, mit welchem Flug du nachkommst. Viel Erfolg mit dem Shooting."

„Danke, Mel, du bist einfach die Beste."

Ian wandte sich um und ging zu Sam, seinem Assistenten, während Melanie dastand und sich am Boden zerstört fühlte.

Es brachte jedoch nichts, deswegen Tränen zu vergießen. Sie drehte sich um und lächelte Hunter an. „Hi, ich bin Melanie. Freut mich, Sie kennenzulernen."

„Hunter."

Er schüttelte ihr die Hand. Keine Spur eines Lächelns.

Das ärgerte sie ein bisschen. Okay, für ihn war es Arbeit, aber der Mann flog nach Mexiko und konnte rumsitzen und zusehen, wie sie auf einem Badelaken dalag. Es war ein Kinderspiel, schließlich war sie nicht in Gefahr. Das war völlig paranoid von Ian gedacht. Selbst wenn Savannah wüsste, wer sie war, würde sie nicht mit dem nächsten Flieger nach Cancún fliegen, um sie da aufzuspüren. Dafür brauchte man Bargeld und einen Reisepass, und für den typischen Stalker gehörten spontane Auslandsreisen eher selten zu den üblichen Methoden. Warum also schaute Hunter so missmutig drein?

„Das könnte der langweiligste Auftrag Ihrer ganzen Karriere werden", warnte sie ihn, fasste nach dem Griff ihres Koffers und zog ihn hinter sich her in Richtung des Gates.

„Mag sein, doch ich hatte schon eine Menge Aufträge, die alles andere als aufregend waren."

Wie bitte? Sie warf ihm einen Seitenblick zu. Es schien nicht so, als hätte er gerade eben einen Witz gerissen. Möglicherweise war er einfach nur ein Idiot. Zwar ein gut aussehender Idiot, aber trotzdem ein Idiot. Als ob es ihre Schuld war, dass sie kein Promi war und daher nicht von Paparazzi und zwielichtigen Gestalten verfolgt wurde. Sie war bloß eine Pressesprecherin aus Kentucky, also jemand, der keinen Leibwächter brauchte. Andererseits erledigte der Mann nur seinen Job, und das sollte sie respektieren. „Na gut. Ich hoffe, Sie haben Ihre Badehose eingepackt, schließlich geht es nach Mexiko. Das ist in jedem Fall besser, als hier festzusitzen."

„Da kann ich Ihnen nur zustimmen."

Ein Gedanke ging ihr durch den Kopf. „Haben Sie eine Waffe dabei? Ist das legal?"

„Ich habe eine Lizenz, um eine Waffe verdeckt mitzuführen, aber ich habe sie nicht bei mir."

„Gut." Das beruhigte sie. Schließlich wollte sie nicht verhaftet und abgetastet werden. Das war nämlich die Art von Abtasten, die ihr gar nicht gefiel. „Sie wissen, dass das Ganze völlig lächerlich ist, oder? Mein Freund ist bloß übervorsichtig." Ian hatte sich noch nie so verhalten, aber sie musste zugeben, dass ihr bei so viel Sorge um sie ausgesprochen warm zwischen den Schenkeln wurde.

Hunter warf ihr einen unergründlichen Blick zu. Himmel, war der Mann attraktiv. Wäre sie Single, würde sie ihn haben wollen. Er war einfach nur heiß, so heiß wie eine gute Texas-Barbecue-Sauce. Man könnte sich die Finger nach ihm lecken.

Er schien jeden Tag Fitnesstraining zu machen, denn solche Muskeln bekam man nicht zufällig. Für diesen Bizeps hatte er hart trainiert und geschwitzt. Ihr wurde heiß, als sie sich das ausmalte, was erschreckend und völlig unangemessen war. Normalerweise hatte sie es nicht so mit Männern mit aufgepumpten Muskelpaketen, aber in Hunters Fall war seine Statur in Verbindung mit dem tadellos sitzenden Anzug eine Kombination, die sie nicht ignorieren konnte. Er hatte einen markanten Unterkiefer, seine Augen waren von einem faszinierenden Grün. Nicht dieses Grün, das man bei farbigen Kontaktlinsen oft sah, sondern ein intensives Moosgrün mit goldenen Sprenkeln.

Oh ja, dieser Mann hatte bei der Verteilung eine Extraportion Sexiness abbekommen, und sie konnte seinen Anblick würdigen, ohne dass sie den Wunsch verspürte zuzugreifen.

Zu schade, dass er null Persönlichkeit hatte.

Wieso kümmerte sie das überhaupt? Sie hatte einen Freund. Einen gedankenverlorenen, launischen Freund, dessen Schuld es war, dass sie die nächsten zwölf Stunden neben diesem absolut heißen Typen verbringen würde. Wahrscheinlich sollte sie sich sogar darüber freuen, dass er ihr so blind vertraute. Sie war sich nicht sicher, dass sie umgekehrt genauso gehandelt hätte. Andererseits hatte er ja auch keinen Grund, Unsicherheit zu zeigen. Fast regelmäßig wurde sie von der Sorge heimgesucht, dass sie mehr für Ian empfand als er für sie. Allerdings verbannte sie diesen Gedanken jedes Mal ganz schnell aus ihrem Kopf.

„Wenn Sie das sagen“, erwiderte Hunter.

Was sollte denn das heißen?

Er sah auf sein Handy, dann deutete er nach rechts. „Das da ist unser Gate. Perfektes Timing, wir können sofort an Bord gehen."

„Okay", sagte sie und entfernte sich in die andere Richtung, weil sie vorher zur Toilette wollte. Weit kam sie nicht, da Hunter sie am Arm packte und zurückzog.

„Wo wollen Sie denn hin?", fragte er.

Sie sah ihn verdutzt an und warf einen unmissverständlichen Blick auf seine Hand, die noch immer ihren Arm umfasst hielt. „Zur Toilette", sagte sie und hoffte, er würde sie jetzt gehen lassen.

Tat er aber nicht.

„Das können Sie auch im Flugzeug", erklärte er ihr.

„Glauben Sie wirklich, jemand kauft ein Flugticket, um an der Security vorbeizukommen, nur um mich dann auf der Damentoilette angreifen zu können?"

„Ich würde es jedenfalls nicht ausschließen."

„Sie leben in einer bedauernswerten Welt", gab sie zurück, stellte sich aber in die Schlange der Leute, die darauf warteten, in die Maschine durchgelassen zu werden. Wenn Ian erst mal in Cancún eingetroffen war, würde dieser Unsinn ein Ende haben. Sie würden sich auf ihr Hotelzimmer zurückziehen und wie die Kaninchen rammeln. Und von Hunter würde weit und breit nichts zu sehen sein.

Jedenfalls hoffte sie darauf. In letzter Zeit hatte es in Sachen Rammelei gar nicht so toll ausgesehen. Genau genommen hatte in letzter Zeit gar nichts toll ausgesehen. Es war schon ein bisschen beunruhigend. Sie war noch nicht an dem

Punkt angelangt, an dem sie ihre Beziehung mit Ian zu den Akten legen würde, sogar wenn er in Gedanken oft meilenweit entfernt war. Sogar wenn ihre Beziehung geheim bleiben musste. Wenn sie sich jetzt von ihm trennte, wäre das so, als würde sie eine Niederlage eingestehen. Niederlagen gestand sie niemals ein, selbst dann nicht, wenn sie den Eindruck hatte, gescheitert zu sein.

Fünfzehn Minuten später saß sie auf ihrem Platz, gleich neben ihr der Leibwächter mit der versteinerten Miene. Ein Leibwächter. Das gab ihr das Gefühl, großspurig und zugleich lächerlich zu sein. Ganz zu schweigen davon, dass sie sich wie eine Gefangene vorkam. Während sie sich abmühte, ihre sehr große Handtasche unter dem Vordersitz zu verstauen, saß Hunter nur da und sah zu. Sie konnte seine Blicke spüren, obwohl sie schnaufte und keuchte und ihr die Haare ins Gesicht fielen. Als sie sich schließlich wieder aufrecht hinsetzte, hielt er ihr wortlos einen Umschlag hin.

„Was ist das?“, fragte sie irritiert.

„Ich weiß nicht. Mir wurde nur gesagt, dass ich Ihnen den Umschlag geben soll, sobald die Türen geschlossen und wir startbereit sind.“

Ein Angsthauch jagte ihr den Rücken hinunter. Das klang zwielichtig, aber den Gedanken verwarf sie gleich wieder. Der Umschlag hatte das Format einer Grußkarte. Vielleicht eine romantische Nachricht von Ian, eine Geste der Wiedergutmachung dafür, dass er überhaupt nicht hatte verstehen wollen, wie viel ihr dieser gemeinsame Urlaub bedeutete.

Sie drehte sich ein wenig zur Seite, sodass Hunter ihr beim Lesen nicht über die Schulter schauen konnte, dann öffnete sie den Umschlag. Die Karte, die sie herauszog, war kein teures, dickes Papier, sondern eine von diesen Klappkarten, die sie im Büro benutzten, um jemandem eine persönliche Mitteilung zu schicken. Die Vorderseite zeigte eine von Ians Massenszenen mit einem Dutzend nackter Leute in einem Baum. Das war schon nicht mehr so vielversprechend.

Sie schlug die Karte auf und erkannte Ians Handschrift.

Liebe Melanie,
ich glaube, wir wissen beide, dass es mit uns nicht funktioniert. Das Ganze in Cancún auf die lange Bank zu schieben wäre vertane Zeit. Wir hatten ein paar gute Monate, aber es ist notwendig, dass jeder von uns nach vorne schaut und dass wir uns bewusst abkoppeln. Hab viel Spaß am Strand, wir sehen uns nach deinem Urlaub.
Alles Gute
Ian

Melanie musste die Zeilen mehrmals lesen, wobei ihr Herz raste und ihr Verstand sie davon zu überzeugen versuchte, dass diese Worte eine andere Bedeutung haben mussten. Doch da war keine andere Bedeutung. Ian machte mit ihr Schluss. Mit einer geschäftlichen Klappkarte. Nachdem er sie mit einem Leibwächter in ein Flugzeug nach Mexiko gesetzt hatte.

„Oh mein Gott", platzte sie heraus, bevor sie es schaffte, sich zusammenzureißen. Sie fasste nach dem Sicherheitsgurt und öffnete ihn. „Ich muss raus." Sie konnte nicht dasitzen und nach Mexiko fliegen. Sie musste die Maschine verlassen, sie musste fort von all diesen Leuten. Sie musste irgendwohin, wo sie alleine war, damit sie tief durchatmen konnte und ihre Gefühle unter Kontrolle bekam. Jedoch erst, nachdem sie Ian im Terminal B aufgespürt, ihn zur Rede gestellt und ihn gefragt hatte, wie er so verdammt rücksichtslos sein konnte, sie in Urlaub zu schicken und ihr per Brief ihre Trennung bekannt zu geben.

Und nachdem sie ihm einen Tritt *wohin* verpasst hatte.

Das durfte doch nicht wahr sein!

„Was haben Sie vor?", fragte Hunter sie. „Wir starten jeden Moment. Legen Sie den Gurt wieder an."

„Ich muss raus aus diesem Flugzeug", beharrte sie.

„Ist Ihnen nicht gut? Haben Sie Flugangst?"

Sie schüttelte den Kopf, da wegen der Panik ihre Stimme versagte. Ian hatte absichtlich gewartet, bis sie in der Maschine in der Falle saß, damit sie ihn nicht mal zur Rede stellen konnte. Es war unfassbar, es war eine Beleidigung, und außerdem hatte sie das Gefühl, sich übergeben zu müssen.

Hunter legte eine Hand an ihren Nacken, sie fühlte sich groß und warm an, als er ihren Kopf nach vorn drückte, sodass sie sich vornüberbeugte.

„Atmen Sie", forderte er sie auf. „Atmen Sie tief und langsam durch. Es ist alles okay."

Seine dunkle Stimme klang sanft, dennoch verlangte sie Gehorsam, und Melanie tat, was er sagte, indem sie tief ein- und durch die Nase wieder ausatmete.

„Noch mal."

Nach mehreren Atemzügen fühlte sie sich etwas besser. Sie kam sich vor wie ein Vollidiot. „Tut mir leid."

Das Flugzeug rollte vom Gate weg, um Kurs auf die Startbahn zu nehmen. Sie würde nach Mexiko fliegen, ob sie es wollte oder nicht.

„Sie müssen sich nicht entschuldigen. Viele Menschen haben Flugangst." Mit seiner Hand massierte er sanft ihren Nacken. „Geht es jetzt wieder?"

Sie nickte und setzte sich gerade hin, wobei sie darauf hoffte, dass er seine Hand wegnahm. Die Massage fühlte sich zwar wirklich gut an, ihr war jedoch nur zu deutlich bewusst, wie unpassend das war. Er begriff ihre Absicht und nahm den Arm zur Seite. Sie sammelte sich kurz, dann drehte sie sich zu Hunter um. In ihrer schweißnassen Hand hielt sie immer noch den dämlichen Brief von Ian. Hunter betrachtete sie ruhig, aber auch ein wenig besorgt. Vielleicht war der Mann doch gar nicht so ein Idiot.

„Was hat Ian Ihnen gesagt?", wollte sie wissen. Sie musste erfahren, ob Ian ihn in seinen Plan eingeweiht hatte und ob sie vor Verlegenheit tot umfallen musste. „Was diese Reise betrifft, meine ich."

„Dass er eine Stalkerin hat und dass Sie in Gefahr sind. Ich habe ihre Akte, ich weiß, wie die Frau aussieht. Sie müssen keine Angst haben."

„Ich habe keine Angst vor Savannah." Die hatte sie tatsächlich nicht, denn Savannah würde da sein, wo Ian war, nicht dort, wo sie sich aufhielt. „Nehmen Sie es nicht persönlich, doch ich halte es für völlig nutzlos, dass Sie mich begleiten."

Er zog einen Mundwinkel hoch. „Ich nehme es nicht persönlich. Aber ich habe diesen Auftrag und führe ihn auch aus, ob Sie es für notwendig halten oder nicht."

„Ian kommt nicht mit", sagte sie geradeheraus. Sie konnte es ohnehin nicht allzu lange verheimlichen. Falls Hunter es jetzt noch nicht wusste, würde ihm spätestens gegen Abend ein Licht aufgehen.

Es kam keine Reaktion, wenn man von diesem ausdruckslosen Blick absah.

„Sollte er denn mitkommen? Ich hatte den Eindruck, dass Sie allein fliegen, um Urlaub zu machen und auszuspannen."

Na großartig. Einfach fantastisch. Damit war dies ganz offiziell ein Flug in die Hölle. Und die Ironie daran war, dass sie alles bezahlt hatte. Sie hatte die gottverdammte Rechnung mit ihrer Kreditkarte beglichen. Es sollte eine Geste sein, um Ian zu zeigen, wie sehr sie ihn und ihre Beziehung schätzte. Obwohl er Millionär war und sie gerade mal dreißig Riesen im Jahr verdiente, hatte sie die Rechnung bezahlt. Der Liebe wegen.

Und nun flog sie mit einem wildfremden Mann in den Urlaub, der auch noch Zeuge davon geworden war, wie Ian sich bewusst von ihr abgekoppelt hatte.

Was nebenbei bemerkt in der gesamten Geschichte der Beziehungen zwischen zwei Menschen die feigste Art war, um jemanden loszuwerden. Hatten Höhlenmenschen ihrer besseren Hälfte ein Mammut mit einer Steintafel geschickt, in die sie ein gebrochenes Herz gemeißelt hatten? Falls ja, würde es sie nicht wundern.

Eine Träne lief ihr über die Wange. Sie schnappte angestrengt nach Luft. „Er hat mit mir Schluss gemacht. Per Brief."

Eigentlich wollte sie sich Hunter nicht anvertrauen, aber sie fühlte sich hin und her gerissen zwischen peinlicher Verlegenheit und dem Gefühl, Dampf ablassen zu müssen. Hier war jedoch keine Freundin, mit der sie reden konnte, und sie konnte während des Flugs nicht mal telefonieren. Also blieb nur Hunter. Sie war nicht in der Lage, ihre Abscheu und den Schmerz zu überspielen. „Ist so was zu fassen? Nach einem Jahr. Eine kurze Notiz. Gerade mal einen Absatz lang." Sie hielt die Karte hoch. „Und den hat er auch noch auf eine Karte mit einem Foto von nackten Leuten geschrieben. Das ist nicht nur demütigend, es ist eine Beleidigung."

Sie schluchzte laut, obwohl sie das gar nicht hatte tun wollen.

Hunter Ryan sah entsetzt mit an, wie Melanie das Gesicht verzog und zu weinen anfing. Ihre Unterlippe bebte, ihre Brust hob und senkte sich bei jedem angestrengten Atemzug. Oh Gott, er ertrug es nicht, wenn Frauen weinten. Sie konnte allerdings nichts dafür. Was für ein Arsch musste man sein, wenn man seiner Freundin auf Geschäftspapier eine Abschiedsnotiz überreichen ließ? Er wusste zwar nicht, was sie mit diesen nackten Leuten gemeint hatte, aber ihm war klar, womit ihr Freund sein Geld verdiente. Also musste es wohl irgendwas mit seiner Arbeit zu tun haben.

Eine Nachricht, die gerade mal einen Absatz lang war. Himmel!

Das war nicht nur Melanie gegenüber grausam, es war auch ihm gegenüber unhöflich. Er war Leibwächter, kein Therapeut. Er war ein Marine, und Marines befolgten Befehle und ignorierten ihre Gefühle. Und wenn sie sie mal nicht ignorieren konnten, dann redeten sie zumindest nicht darüber. Trotzdem geriet er immer wieder in solche Situationen. Am liebsten hätte er seinen Gurt gelöst und wäre weggelaufen. Nur hätte ihm das jetzt nichts mehr gebracht, denn die Maschine war längst auf der Startbahn unterwegs und würde jeden Moment abheben. Also streckte er die Hand aus und tätschelte Melanies Knie, weil er keine Ahnung hatte, was er sonst tun sollte.

Mutig machte er sich daran, die Situation zu entschärfen. „Ich schätze, er wollte bloß eine Auseinandersetzung vermeiden." Hunter vermutete, dass wohl so gut wie jeder Mann ein- oder zweimal in seinem Leben diesen Moment erlebte, in dem es ihm lieber war, keine in Tränen aufgelöste Frau vor sich zu haben. Oder schlimmer noch: eine, die vor Wut tobte. Das hatte er schon mitgemacht, nur war er da sechzehn gewesen, nicht dreißig. Sogar er, der nach Aussage seiner Exfreundin Danielle emotional gehandicapt war, verhielt sich Frauen gegenüber ehrlich und offen.

„Eine Auseinandersetzung vermeiden? Sehe ich vielleicht so aus, als würde ich eine Szene machen?", fragte sie und wurde immer lauter. „Ich habe diese Beziehung ein Jahr lang geheim gehalten! Ich habe ihn allein durchs ganze Land reisen lassen! Ich habe nie ein Wort darüber verloren, dass seine Arbeit sich nur um nackte Frauen dreht."

Sie mochte recht haben, auf jeden Fall hatte er es für sie nur noch schlimmer gemacht. Es gab keine Rechtfertigung für das, was Bainbridge getan hatte. Immerhin hatte der diese Aktion schon vor mindestens einer Woche geplant, weil er, Hunter, zu dem Zeitpunkt diesen Auftrag von ihm bekommen hatte.

Okay, also musste er behutsam den Rückzug antreten, damit sie merkte, dass er auf ihrer Seite war. Das konnte er, schließlich hatte er seine gesamte Kindheit hindurch mit den miesen Bekanntschaften seiner Mutter klarkommen müssen. „Nein, Sie sehen nicht so aus, ganz im Gegenteil. Ich persönlich finde es respektlos, jemandem eine Notiz hinzulegen, wenn man sagen will, dass man mit ihm Schluss macht. So verhält sich nur ein Arsch."

Sie zuckte zusammen. „Ich würde ihn nun nicht gleich als Arsch bezeichnen. Das ist ein bisschen heftig."

Womit der Beweis erbracht war, dass er sagen konnte, was er wollte, es war so oder so verkehrt. Warum mussten Frauen immer widersprechen, selbst wenn ein Mann ihrer Meinung war? Und dann wunderten sie sich darüber, dass Männer nicht mit ihnen reden wollten. Er sah sie nachdenklich an, da er nicht so recht wusste, wie er fortfahren sollte. „Er hatte mir gesagt, dass er nicht mitkommen würde. Aber ich dachte, Sie wüssten das. Ich hatte keine Ahnung, dass er so was vorhatte, sonst hätte ich ihm gesagt, dass ich solche Nachrichten nicht überbringe. Er hat mich sozusagen zu seinem Komplizen gemacht, weil ich Ihnen das mit seiner Nachricht angetan habe. So jemanden bezeichne ich als Arsch."

Ihre Unterlippe zitterte schon wieder. Oh verdammt. Doch dann nickte Melanie.

„Sie haben recht. Er ist ein Arsch. Und ich bin die ganze Zeit mit ihm ausgegangen und habe nichts davon gemerkt. Was bin ich bloß für eine Idiotin."

Hunter verzog den Mund. Er war der letzte Mensch auf Erden, der anderen einen Ratschlag in Sachen Beziehung geben durfte. Vor Danielle war er vier Jahre lang mit Lynn ausgegangen, doch von diesen vier Jahren hatte er dreieinhalb seinen Dienst am entgegengesetzten Ende der Welt verrichten müssen. Er hatte wirklich kein Recht, Ratschläge zu erteilen, aber im Moment musste jemand Melanie sagen, dass sie keine Schuld an dem Ganzen traf, was ja tatsächlich der Fall war.

„Sie sind keine Idiotin. Sie konnten nicht wissen, dass so was dabei herauskommen würde. Er ist derjenige, der ein Problem hat, weil er zu feige ist, Ihnen in die Augen zu sehen, wenn er Ihnen etwas zu sagen hat."

Mehr würde er zu dem Thema nicht von sich geben, diese Unterhaltung war damit für ihn beendet. Er fühlte sich dabei unbehaglich, da es ihn an die vielen Nächte in seiner Kindheit erinnerte, in denen er mitbekommen hatte, wie seine Mutter in Tränen aufgelöst dagesessen und Eis aus einer Großpackung gegessen hatte, weil ein weiterer Vorstoß hin zu einem Happy End gescheitert war. So etwas wie ein Happy End gab es überhaupt nicht. Er selbst wollte zwar nicht auch wie ein Arsch dastehen, aber ihm war es lieber, wenn Melanie nach der Landung in Mexiko eine Freundin anrief, um mit ihr zu reden. Hauptsache, sie ließ ihn aus dem Spiel.

Nach Danielle hatte er Beziehungen ein für alle Mal abgeschworen. Vor ihr hatte es Lynn gegeben, davor Allison. Alle drei hatten ihn verlassen, und er fand, dass er nach drei Fehlversuchen aufgeben sollte. Er beherrschte dieses Spiel nicht, deshalb war er davon überzeugt, dass kurze, unverbindliche Affären für ihn die bessere Lösung waren. Würde Melanie einen ehrlich gemeinten Ratschlag wollen, dann hätte er ihr genau das gesagt. Aber so was würde sie nicht hören wollen. Kein Mensch war an seiner zynischen Einstellung zur Liebe interessiert.

Sie nickte flüchtig und schniefte wieder. Als sie sich vorbeugte, um nach irgendetwas in ihrer Handtasche zu suchen, zog sich ihr Shirt hoch und legte ihr Kreuz und den Poansatz frei. Hunter musste sich räuspern und rutschte unbehaglich auf seinem Platz zur Seite. Womit er bei diesem Auftrag wirklich nicht gerechnet hatte, war die Möglichkeit, dass er seine Klientin attraktiv finden könnte. Melanie war nicht nur attraktiv, sondern wunderschön, und das sogar dann, wenn sie in Tränen aufgelöst war. Sie hatte ein fein geschnittenes Gesicht mit vollen rosigen Lippen, deren Anblick seine Gedanken schnell in gefährliche Regionen abschweifen ließ. Ihre enge Jeans und das locker sitzende Shirt unterstrichen die Tatsache, dass sie zwar zierlich war, aber genau an den richtigen Stellen weibliche Kurven hatte.

Als er den Auftrag übernahm, war er der Meinung gewesen, Melanie würde aus freien Stücken allein reisen, und er würde wie ein Angestellter behandelt werden, der auf Abstand zu ihr blieb. Für ihn war das so in Ordnung, weil er nur seine Arbeit machte. Außerdem brauchte er diesen Auftrag und das Geld. Das Szenario, mit dem er jetzt konfrontiert wurde, war nicht absehbar gewesen. Er konnte unmöglich auf Abstand zu ihr bleiben und schweigend im Hintergrund seinen Job erledigen, obwohl ihm das viel lieber wäre. Er musste sich an peinlichen Unterhaltungen beteiligen, und er musste tun, was er konnte, um ihr über ihr gebrochenes Herz hinwegzuhelfen. Das hier war schlimmer als Afghanistan. Okay, eigentlich stimmte das nicht, aber es war auf jeden Fall schlimmer als dieses eine Mal, als er diesen brennenden Ausschlag am Sack bekommen hatte. Zumindest wand er sich jetzt genauso heftig.

Melanie setzte sich wieder gerade hin, nachdem sie ein Taschentuch hervorgeholt hatte, mit dem sie ihr Gesicht abtupfte. Ihr Augen-Make-up war bis auf die Wangen verlaufen. Hunter überlegte, dass er an Ians Stelle bis nach der Reise gewartet hätte, um mit ihr Schluss zu machen. Was zum Teufel stimmte nicht mit Bainbridge, dass er lieber darauf verzichtete, Melanie eine Woche lang jeden Tag im Bikini zu erleben? Diese Aussicht war jetzt das Einzige, was den Auftrag für ihn erträglich machte. Diese Frau war einfach süß, also konnte mit Ian irgendwas nicht stimmen. Wer würde eine solche Frau allein in den Urlaub fliegen lassen?

Der Typ musste wirklich irgendwelche Probleme haben.

Okay, er hatte ebenfalls Probleme, aber seinen Exfreundinnen zufolge hatten die damit zu tun, dass er nicht in der Lage war, seine Gefühle zum Ausdruck zu bringen, und dass er keine romantische Ader hatte. Er hatte keine Angst, sich zu binden, und er war auch kein Arsch. Er wäre glücklich darüber, wenn er zusammen mit einer sexy Freundin eine

Woche am Strand verbringen könnte. Bloß hatte er keine Freundin.

„Ich meine, bin ich denn tatsächlich so dumm?", fragte Melanie, die noch immer ihre Augen abtupfte. „Zugegeben, ich wusste, dass es zwischen uns nicht so großartig lief. Aber der Sinn und Zweck dieses dämlichen Urlaubs war es schließlich, diese Probleme in unserer Beziehung aus der Welt zu schaffen. Hat ja wirklich toll funktioniert. Und ich habe einen Haufen Geld zum Fenster rausgeschmissen."

„Wenigstens sind Sie nicht schwanger", erwiderte er. „Das wäre eine richtig teure Methode, um eine Beziehung zu retten." Es war als kleiner Scherz gemeint gewesen, aber ihr Blick verriet ihm, dass daran überhaupt nichts witzig war. Im Geiste verpasste er sich einen Tritt in die Eier. Er wusste doch ganz genau, dass eine weinende Frau niemals zu Scherzen aufgelegt war. Das hatte er über die Jahre hinweg ständig bei seiner Mutter beobachten können, wenn wieder mal die Hoffnung auf eine Beziehung zerschmettert worden war. Vielleicht war er auch einfach nur zu lange der Hitze in der afghanischen Wüste ausgesetzt gewesen.

„Keine Witze über Schwangerschaften, das ist ja so, als wollten Sie das Schicksal herausfordern." Sie verzog einen ihrer Mundwinkel. „Allerdings kann ich überhaupt nicht schwanger sein. Schließlich hatten wir seit sechs Wochen keinen Sex."

Oh nein, so was wollte er gar nicht hören, weil er keine Ahnung hatte, was er mit diesem Wissen anfangen sollte.

„Tut mir leid, das war geschmacklos von mir." Er zog ein Magazin aus der Tasche an der Rückenlehne des Sitzes vor ihm und hielt es ihr hin. „Warum lesen Sie nicht was? Das wird Sie ablenken."

Sie sah auf das Heft, ohne es ihm aus der Hand zu nehmen. „*Skymiles*? Glauben Sie ernsthaft, dass Werbung für Massagesessel und Anzeigen für Katzenapartments mich von der Tatsache ablenken können, dass ich dem Mann, der mir so wichtig ist, im Gegenzug rein gar nichts bedeute?"

„Das werden Sie erst dann mit Sicherheit wissen, wenn Sie es ausprobiert haben." Er konnte nur hoffen, dass sie es tat.

Sie schüttelte den Kopf und lachte erstickt auf. „Nein danke, ich versinke lieber in Selbstmitleid."

Genau das Gegenteil von ihm. Er würde sich lieber bei lebendigem Leib von Piranhas auffressen lassen, als in Selbstmitleid zu versinken. Nicht umsonst hatte er die Kunst gemeistert, einen Bogen um jede Trauer und jede Enttäuschung zu machen. „Na gut, wenn Sie das wollen. Ich werde Sie dabei nicht stören. In der Zeit werde ich dieses Magazin lesen." Er schlug es auf und sah verständnislos auf das Foto eines umfassenden Systems mit Türen und Tore für ... Hunde? Nein, er war sich nicht sicher, was das darstellte. Dafür wusste er aber ganz genau, was er im Moment nicht wollte: reden, und zwar mit Melanie.

Sie tat ihm leid, ehrlich. Er konnte mit ihr mitfühlen, doch ihm war zweifelsfrei klar, wie das weiterging. Sie würde sich beklagen und in Selbstzweifel versinken, er würde ihr sein Mitgefühl bekunden und ihr sagen, dass dieser Mann es nicht wert war, sich irgendwelche Vorwürfe zu machen, was ja auch zutraf. Anschließend würde er sich ausgelaugt fühlen, und sie würde ihm sowieso kein Wort glauben. Er hatte das oft genug mitgemacht. Er war dieser Mann, bei dem jede Frau glaubte, er könne ihr einen guten Ratschlag geben, den sie letztlich jedoch alle ignorierten.

Vor allem aber wollte er nicht über Beziehungen reden, da er entschlossen war, das Thema für sich selbst vollständig aufzugeben.

Melanie schwieg erstaunliche sechzig Sekunden lang, schließlich seufzte sie laut und erklärte: „Vielleicht sollte ich gleich wieder nach Hause fliegen, wenn wir in Mexiko angekommen sind."

So ungern er diese Unterhaltung fortführen wollte, war *das* eine Bemerkung, die er so nicht im Raum stehen lassen konnte. „Bekommen Sie das Hotel erstattet?"

„Nein."

„Und warum wollen Sie dann gleich wieder dahin zurück, wo Schnee und Kälte herrschen? Genießen Sie den Urlaub so gut Sie können, Melanie. Lassen Sie sich Ihre Freizeit nicht von Ian verderben."

„Ich habe sogar Ausflüge gebucht", sagte sie so wehmütig, dass er sie am liebsten in den Arm genommen und an sich gedrückt hätte. Ganz wie der Typ, der zuhören und Ratschläge geben konnte. Zum Teufel mit seiner Mutter. Ihr hatte er das alles zu verdanken.

„Wer geht schon allein Seilrutschen? Das ist nur peinlich."

„Ich komme mit."

„Würden Sie das machen?" Sie sah ihn mit hoffnungsvoller Miene an.

„Na klar. Das gehört zu meinem Job."

Das war genau die falsche Antwort gewesen, denn Melanie verzog mürrisch den Mund.

„Großartig, ich habe einen bezahlten Begleiter. Das wird ja immer besser."

„Ich würde es auch machen, wenn ich nicht dafür bezahlt würde", schob er nach, aber das kam ein bisschen zu spät. Er steckte das Magazin wieder in die Tasche an der Rücklehne vor ihm. Das würde ein verdammt langer Flug werden, und es war keinerlei Ablenkung von diesem einen Thema in Sicht. Dass er wegen seines schmerzenden Arms eine Ibuprofen genommen hatte, machte das Ganze nicht erträglicher.

„Besten Dank." Sie schnaubte missmutig.

Er wusste nicht, was er darauf antworten sollte.

Es verging gerade mal eine Minute, dann fragte sie: „Wissen Sie, was mich am meisten ärgert?"

„Ähm … nein." Er war so ahnungslos, er hätte nicht mal raten wollen.

„Ich habe mich dazu gezwungen, Ian zu lieben. Können Sie sich so was vorstellen?" Während sie redete, riss sie das Taschentuch in kleine Stücke, die sich auf der Schnalle ihres Sitzgurts sammelten. „In der Theorie sah das alles so gut aus. Wenn ich mir ausmalte, welchen Typ Mann ich an meiner Seite haben wollte, dann war das immer ein Künstler, nie so ein Macho-Kerl. Und trotzdem habe ich Ian eigentlich nie *richtig* geliebt, jedenfalls nicht so, wie es sein sollte."

„Das ist doch gut", entgegnete er und bekam mit einem Mal den Eindruck, dass die vor ihm liegende Woche womöglich gar nicht so schlimm ausfallen würde. Vielleicht würden ja doch nicht an sieben Tagen hintereinander Tränen fließen. „Dann waren Sie an seiner Seite ohnehin nicht gut aufgehoben. Seien Sie froh, dass Sie früh genug zu dieser Erkenntnis gelangt sind." Es wäre ihm nur lieber gewesen, wenn er nicht hätte danebensitzen müssen.

„Ich würde nicht sagen, dass es gut ist. Es ist trotz allem demütigend und schmerzhaft. Ich meine, ich habe schließlich versucht, unsere Beziehung zu hegen und zu pflegen, damit die Liebe wachsen kann. Warum hat er das nicht versucht?"

„Sie sind kein Baum", gab er geradeheraus zurück. „Liebe kann nicht wachsen, sie ist entweder da oder nicht da."

„Was? Reden Sie von Liebe auf den ersten Blick?"

„Nein. Gegenseitige Anziehung, Bewunderung, brennendes Interesse an seinem Gegenüber. Das ist alles von Anfang an da. Wenn es nicht da ist, kann man es nicht erzwingen." Wenn jemand das wissen sollte, dann er. Von seiner ersten ernsthaften Beziehung abgesehen, war er immer den rationalen Weg gegangen und hatte sich von seinem Verstand leiten lassen, nicht von seinem Herzen … Es hatte nicht funktioniert. Danielle hatte völlig recht gehabt, als sie ihm vorwarf, ihm mangele es an Gefühlen. Beide waren sie auf Abstand zueinander geblieben, weil keiner von ihnen wirklich großes Interesse an seinem Gegenüber gehabt hatte.

Melanie zog die Augenbrauen zusammen. „Und woher weiß man, ob die Liebe da ist oder nicht?"

War das ihr Ernst? Hunter sah sie ungläubig an. „Na, Sie wissen schon. Jetzt sagen Sie nicht, dass Ihnen nicht klar ist, wenn Sie jemanden attraktiv finden." So, wie es ihm mit ihr erging. Oh Gott, ihre Lippen erschienen ihm, als wären sie allein zum Küssen erschaffen worden. War ihr das eigentlich bewusst? Anscheinend nicht.

„Doch, sicher. Schätze ich mal. Ich meine, wenn ich Sie anschaue, sehe ich, dass Sie ein attraktiver Mann sind. Aber das bedeutet nicht, dass wir deswegen auch zusammenpassen."

Hunter fand, dass sie ihn nicht richtig verstanden hatte. Es ging um mehr als nur das, sogar um viel mehr. Es störte ihn jedoch nicht, sie sagen zu hören, dass sie ihn attraktiv fand. „Ich meine nicht nur die körperliche Anziehung."

„Wollen Sie damit sagen, dass Sie mich nicht körperlich anziehend finden?" Melanie fasste den Stapel Taschentuchfetzen, knüllte ihn zusammen und stopfte ihn energischer als eigentlich nötig in ihre Handtasche.

Das war ja, als würde er sich über ein Feld voller Tretminen bewegen. So wie immer, wenn er mit einer Frau zu tun hatte. „Das habe ich damit nicht sagen wollen. Ganz im Gegenteil. Ich finde Sie körperlich anziehend." Was maßlos untertrieben war, denn genau genommen entsprach sie praktisch in jeder Hinsicht seiner Vorstellung von der perfekten Frau: blonde Haare, volle Lippen, kecke Brüste und schmale Taille. Sie weckte bei ihm den Wunsch, sie vor allem Übel zu bewahren und sie mit dem Rücken gegen eine Wand zu drücken und sie dazu zu bringen, vor Lust zu schreien. Das konnte er ihr jedoch nicht sagen, weil es völlig unprofessionell wäre. Immerhin machte er hier einen Job, für den er bezahlt wurde. „Sie sind eine wunderschöne Frau."

„So fühle ich mich aber nicht. Ich fühle mich vielmehr dumm und naiv. Und mir wird vom Fliegen ein bisschen übel.“

Wow, das fehlte jetzt noch. „Kommen Sie, legen Sie sich hin und schließen Sie die Augen.“ Er tippte auf seine Beine, um ihr zu verstehen zu geben, dass sie es sich bequem machen sollte.

„Macht Ihnen das nichts aus?“

Natürlich machte es ihm was aus. Doch obwohl er zu seiner Klientin unbedingt auf Abstand bleiben wollte, war das kein Grund, über ihre Übelkeit hinwegzugehen. Und dann war da noch dieses Etwas, das er ihr eben erklärt hatte. Dieses Ziehen, dieses Verlangen, das in seinen Lenden und in seiner Brust erwacht war. Ja, er fühlte sich zu ihr hingezogen, aber … er verspürte mehr: Interesse.

Das war nicht gut. Das war gar nicht gut.

Und es machte sein großzügiges Angebot, es sich auf seinem Schoß bequem zu machen, zu einer sehr dummen Idee. Als sie sich von ihrem Platz zu ihm rüberbeugte, fühlte sich ihr Körper auf seinen Beinen warm und weich an. Auf einmal sah sie ihn in mit ihren großen braunen Augen an.

„Sie sind hart.“

„Wie bitte?“ Das war er nämlich noch gar nicht, doch wenn sie sich weiter so hin und her bewegte, würde es nicht mehr lange dauern.

„Ihre Oberschenkel. Die sind sehr muskulös. Als Kissen taugen sie nicht viel.“

Oh.

Dann lächelte sie ihn an. „Trotzdem danke. Ich weiß das zu schätzen.“ Sie drückte sein Knie und fügte hinzu: „Sie sind lieb zu mir.“

Hunter reagierte mit einem undefinierbaren Brummen, während sie die Augen zumachte.

In diesem Augenblick war sein Auftrag um ein Vielfaches schwieriger geworden, weitaus schwieriger, als er es sich jemals hätte vorstellen können.

2. Kapitel

Es war ein Fehler gewesen, sich auf Hunters Beine zu legen. Melanie hielt die Augen geschlossen, aber nicht, weil sie schlafen wollte. Vielmehr wollte sie vermeiden, dass sie ihn ansah. Ihr war nur zu deutlich bewusst, wie nahe sie seinem Schwanz war und wie fest sich sein Körper unter ihr anfühlte. Seine Hand, die auf ihrer Seite lag, war unglaublich groß und schwer und warm. Melanie kam sich wie von ihm umgeben und rundum behütet vor.

Dazu duftete er nach Wald. So, als hätte er einen Baum gefällt, um ihn zu Brennholz zu verarbeiten, dann schnell nach seinem Anzug gegriffen und sich auf direktem Weg zum Flughafen begeben, um mit ihr nach Mexiko zu fliegen. Das war sehr ansprechend.

Das Ganze hatte jedoch auch etwas Gefährliches an sich. Sie war verletzlich, man hatte ihr wehgetan und sie gedemütigt. Hunter war sexy und sehr männlich. Sie wollte sich nicht in eine Falle manövrieren, indem sie sich durch Post-Trennungssex bewies, dass sie anziehend und begehrenswert war. Mal abgesehen davon, dass Hunter ohnehin nicht an Sex mit ihr interessiert war. Obwohl er gesagt hatte, er finde sie attraktiv, entging ihr nicht seine gequälte Miene, die er schon seit dem Moment ihrer ersten Begegnung zur Schau stellte. Sie war überzeugt, dass er ihr das Kompliment nur gemacht hatte, weil sie ihm leidtat und weil er von ihr dazu gedrängt worden war.

Selbst wenn sie also den gewaltigen Fehler hätte begehen wollen, Hunter zu benutzen, damit sie sich besser fühlte, würde ein solcher Plan nicht funktionieren. Hunter war nicht interessiert, aber er war zumindest sehr nett, auf eine quälende, distanzierte Art.

Er war geduldig und versuchte, sein Mitgefühl auszudrücken. Trotz dieser heftigen Demütigung musste sie sich zusammenreißen, anstatt Hunter für Ians Fehlverhalten büßen zu lassen. Ian hielt sich jetzt am Flughafen auf und tat voller Hingabe das, was er am liebsten tat, während ein wildfremder Mann den von ihm verursachten Scherbenhaufen wegkehren musste. Sie konnte nur hoffen, dass Hunter für seine vergeudete Zeit angemessen bezahlt wurde.

Sie rutschte auf seinem Schoß leicht zur Seite, atmete ruhig und gleichmäßig ein und aus und dachte über ihre momentane Situation nach. Voller Scham musste sie einsehen, dass sie versucht hatte, eine Beziehung zu retten, die in Wahrheit nie eine Chance auf Bestand gehabt hatte. Natürlich war ihr Ian wichtig, aber wie gut kannte sie ihn wirklich? Sie hatten zusammengepasst, doch eine Verbindung zwischen ihnen gab es eigentlich nie. Wieso war sie bloß so versessen darauf gewesen, sich damit zufriedenzugeben, und wieso schmerzte es sie trotzdem so sehr? Sie hätte nie gedacht, dass sie ein zerbrechliches Ego hatte, aber offenbar war genau das der Fall.

Vielleicht wäre es ja nicht so schmerzhaft gewesen, wenn Ian sie zum Essen eingeladen und es ihr von Angesicht zu

Angesicht gesagt hätte. Sie hätten darüber diskutieren und übereinstimmend feststellen können, dass etwas nicht so lief, wie es hätte laufen sollen. Dann hätten sie sich erwachsen einen leicht traurigen Abschiedskuss geben und getrennter Wege gehen können. Aber das hier war etwas anderes, das hier war ihr erster und einziger Urlaub seit einem Jahr, und den hatte Ian ihr ohne jede Rücksicht verdorben. Hunter hatte recht, Ian war tatsächlich ein Arsch, für den sie ein Jahr ihres Lebens vergeudet hatte.

Mit einem Mal wurde ihr bewusst, wie lange es her war, seit sie das letzte Mal Sex gehabt hatte. Und wie nah sie Hunters Penis war. Ihre Gedanken drehten sich plötzlich nur noch um ein Thema.

Abrupt setzte sie sich auf.

Hunter sah sie verwundert an. „Alles in Ordnung?"

„Ich muss zur Toilette", behauptete sie schnell. Sie musste unbedingt auf Abstand zu seinem Schoß gehen, nicht dass ihre Fantasien sie noch zu irgendeiner Dummheit verleiteten. Es kam ihr so vor, als wäre ihr Körper auf Feriensex geeicht, und ihre Hormone wollten keinen Rückzieher mehr machen, obwohl sich ihre Pläne geändert hatten. Auch wenn Hunter nicht ihre Gedanken lesen konnte, war sie verlegen.

„Stimmt, das wollten Sie ja schon, bevor wir an Bord gegangen sind." Er öffnete seinen Gurt und machte einen Schritt in den Gang, damit sie an ihm vorbeikam.

„Danke." Sie stand auf und ging in Richtung Toilette. Nachdem sie sich in dem winzigen Raum eingeschlossen hatte, warf sie einen Blick in den Spiegel – fast wäre sie ohnmächtig geworden. Himmel, sie sah aus wie das lebende Elend. Ihr Gesicht war aufgedunsen und fleckig, die Haare waren völlig zerzaust, weil sie immer wieder mit den Fingern hindurchgefahren war. So wie sie im Augenblick rüberkam, war es kein Wunder, dass Hunter sich nicht zu ihr hingezogen fühlte.

Nachdem sie sich Wasser ins Gesicht gespritzt hatte, versuchte sie, ihre Haare platt zu drücken, aber das war ein hoffnungsloses Unterfangen. Sie hatte ihre Handtasche nicht mitgenommen, daher konnte sie den Schaden nicht beheben. Natürlich würde ein Lipgloss nicht darüber hinwegtäuschen, wie verquollen ihre Augen waren und wie gerötet ihre Nase war. Sie ließ den Kopf und die Schultern kreisen und bemühte sich, die Tatsache zu akzeptieren, dass sie mit einem wildfremden Mann nach Mexiko unterwegs war. Es gab kein Zurück, es gab keinen rettenden Ausweg.

Sie würde mindestens die nächsten sechs Monate lang für diese Reise bezahlen müssen, also konnte sie sich entweder in ihrem Hotelzimmer einschließen und heulen, oder aber sie konnte ihre ursprünglichen Erwartungen an diesen Urlaub komplett vergessen und stattdessen genießen, was sich ihr an ihrem Ziel bieten würde. Immerhin ließ sie den Winter zurück. Sie musste nicht arbeiten. Dessertbuffets und Salsa-Tanz warteten auf sie. Zwar würde Hunter nicht ihren nackten Leib mit Küssen übersäen, doch er war immer noch angenehmere Gesellschaft als zum Beispiel ihre Mutter oder ein weinendes Baby oder ein Pavian. Jeder von ihnen wäre bei der Wahl des perfekten Mitreisenden auf einem der hinteren Plätze gelandet.

Ein sexy Fremder sollte nicht so schwer zu ertragen sein.

Sie drückte die Tür mit dem Schwung auf, der nötig war, damit die überhaupt reagierte, und kehrte zu ihrem Platz zurück. Sie war fest entschlossen, Hunter ein bisschen besser kennenzulernen. Der arme Mann sollte schließlich auf sie aufpassen, sodass ihr nichts zustieß, da konnte sie auch versuchen, ihm und sich selbst das Ganze so angenehm wie möglich zu gestalten.

Als sie sich ihrer Reihe näherte, wollte er aufstehen, um sie zum Fensterplatz durchzulassen, doch sie winkte rasch ab. „Ich kann mich durchquetschen, kein Problem“, sagte sie. Es war ihr schon peinlich genug, dass sie vor seinen Augen mehr oder weniger zusammengebrochen war.

Sie befand sich direkt vor ihm, da geriet das Flugzeug in eine leichte Turbulenz, die die Maschine so durchschüttelte, dass Melanie das Gleichgewicht verlor. Sie stieß einen erstickten Schrei aus und hielt sich am Sitz vor ihr fest, diese Aktion kam jedoch zu spät. Mit der Eleganz eines Nilpferds beim Ballett fiel sie auf Hunter, allerdings landete sie dabei nicht auf seinem Schoß, was noch hinnehmbar gewesen war. Nein, sie musste ihm ausgerechnet den Hintern gegen seine Brust drücken.

Hektisch mit den Armen rudernd, löste sie sich irgendwie von ihm und versuchte, sich an ihm vorbei auf ihren Platz zu werfen, doch Hunter legte die Hände um ihre Hüften und hielt sie fest.

„Ganz langsam“, sagte er leise.

Oh ja, ganz langsam. Das passte zu ihrer Auffassungsgabe, was Ian anging. Die Haare fielen ihr in die Augen, sie bewegte sich nach rechts. Hunter hatte sich jedoch ebenfalls bewegt, und irgendwie gelang es ihr, mit der Hüfte gegen seinen Arm zu stoßen. „Tut mir leid." Sie keuchte, drehte sich zu ihm um und blies sich die Haare aus dem Gesicht. „Diese Sitzreihen sind wirklich eng."

Er wirkte eher amüsiert als verärgert. „Ich hätte aufstehen sollen."

„Ich wollte Ihnen keine Umstände machen", sagte sie und suchte hastig nach Halt, als die Maschine ein weiteres Mal durchgeschüttelt wurde. Sie stand zwischen seinen Beinen, seine Hände lagen immer noch an ihrer Taille. „Wie wär's mit einem Tanz?", scherzte sie.

„Ich kenne nur einen Tanz, der so anfängt", gab er ironisch zurück. „Den Lap Dance."

Oh Gott! Ihre Wangen glühten. Er sollte nicht glauben, dass sie mit ihm flirtete. „Ich dachte mehr an eine Rumba. Es ist nicht zu übersehen, dass wir sehr verschiedene Wochenendbeschäftigungen haben."

Hunter musste lachen.

Es war das erste Mal, dass sie ihn lachen hörte, ein tiefer, angenehmer Klang.

Melanie lächelte ihn an. Zum ersten Mal, seit Ian ihr eröffnet hatte, er werde sie auf diesem Flug nicht begleiten, hatte sie das Gefühl, nicht augenblicklich die Beherrschung zu verlieren.

„Lap-Rumba?", fragte er. „Es geht schließlich nichts über Kompromisse."

„Weil ich anmutig und elegant bin, nicht wahr?" Sie bewegte sich weiter auf ihren Platz zu, und als wollte sie ihre

Tollpatschigkeit gleich noch einmal unter Beweis stellen, stieß sie nun gegen seinen anderen Arm.

Hunter verzog schmerzhaft das Gesicht.

„Oh nein, das tut mir leid!“ Jetzt hatte sie ihm sogar richtig wehgetan. „Alles in Ordnung? Ich hab Ihnen doch nicht etwa den Arm ausgekugelt, oder? Ich war schon immer ein Trampeltier.“

Als sie endlich auf ihrem Platz saß, drehte sie sich zur Seite und sah, wie Hunter den Kopf schüttelte.

„Ist bloß eine alte Verletzung. Machen Sie sich deswegen keine Sorgen.“

„Wirklich? Was haben Sie denn angestellt?“

„Ich bin aus einem Humvee geflogen, als der auf eine Mine fuhr, und hab mir mehrmals den Arm gebrochen.“

Mit Autos kannte sie sich nicht allzu gut aus, aber sie war sich ziemlich sicher, dass ein Humvee ein Militärfahrzeug war. „Das klingt schmerzhaft. Dann waren Sie beim Militär? Seit wann sind Sie wieder hier?“

„Seit drei Monaten.“

Das war weniger als erwartet. „Oh! Da haben Sie lange Zeit gedient. Was war der Grund dafür, dass Sie den Dienst beendet haben? Ihre Verletzung?“

Er warf ihr einen Blick zu, den sie nicht deuten konnte.

„Wollen Sie damit sagen, dass ich alt bin?“

Sie verdrehte die Augen. „Nein, aber Sie sind ganz eindeutig keine zweiundzwanzig mehr. Ich wollte sagen, dass Sie nicht bloß kurz beim Militär waren, sondern dass Sie sich für einen längeren Zeitraum verpflichtet hatten.“

„Richtig. Zwölf Jahre. Ich wäre immer noch da, wenn ich

nicht diese Verletzung abbekommen hätte. Dadurch wurde mir jedoch klar, dass es Zeit war, mir was Neues zu suchen. Ich bin kürzlich dreißig geworden."

Ah, das war es also. Nicht ihre Bemerkung, sondern seine Furcht vor dem Älterwerden. Die Angst, ein neues Leben und eine neue Karriere zu beginnen und sich überflüssig zu fühlen. „Dreißig ist das neue zwanzig."

„Jetzt bezeichnen Sie mich gerade als unreif."

Ihr entging nicht, dass er einen Mundwinkel hochzog.

„Ich versuche nur, Sie etwas besser kennenzulernen", sagte sie und stieß mit ihrem Knie seins an. „Machen Sie es mir doch nicht so schwer."

„Warum sollten Sie mich besser kennenlernen wollen? Ich bin Ihr Leibwächter."

„Sie sind für die nächsten sieben Tage der Einzige, der mir Gesellschaft leistet." Als er wieder gequält das Gesicht verzog, musste sie lachen. „Danke, dass diese Aussicht Sie so sehr begeistert." Dann ging ihr ein Gedanke durch den Kopf. „Warten Sie mal, Sie bleiben doch die ganze Zeit, oder nicht?"

„Ja, ich bleibe. Aber Sie haben gesagt, dass Sie sich nicht vor Ians Stalkerin fürchten."

„Tue ich auch nicht. Ich fürchte mich nur davor … mich zu langweilen." *Allein zu sein*. Sie fürchtete sich davor, allein zu sein.

Das war ein beunruhigender Gedanke. War sie deswegen bereit gewesen, sich mit Ian Bainbridge als Lebensgefährten zu begnügen? Weil ein Freund, der nie Zeit für sie hatte, immer noch besser war, als gar keinen Freund zu haben? Gott, sie ging doch nicht mehr zur Schule!

So bedürftig war sie nicht, das wusste sie ganz genau. Aber sie war eine Frau, die glaubte, dass sie alles organisieren konnte, selbst die Romantik. Sie teilte alles in ihrem Leben in Listen ein, und bei Ian hatte sie alle Kästchen ankreuzen können, die die Voraussetzungen für den idealen Partner betrafen.

„Wie können Sie sich langweilen, wenn Sie wissen, dass Sie Seilrutschen ausprobieren werden?"

Das war noch so eine Sache. Sie würde gar nicht erst davon anfangen, dass sie sogar einen Besuch der Maya-Ruinen und einen Ausritt am Strand gebucht und bezahlt hatte. Ihre Kreditkarte musste längst in Flammen aufgegangen sein.

„Mit Ihrem verletzten Arm sollten Sie besser nicht zum Seilrutschen mitkommen. Ich kann das auch alleine machen." Sie wollte ihren Leibwächter ganz bestimmt keinen Aktivitäten aussetzen, die seiner Genesung schadeten.

„Ich kann zu diesem verdammten Seilrutschen gehen, ich bin schließlich nicht gelähmt. Und selbst wenn, könnte ich das trotzdem!"

Oha, da hatte sie wohl jemanden bei seiner männlichen Ehre getroffen. „Sie müssen nicht gleich aus dem Hemd springen. Ich wollte Ihnen nur die Gelegenheit geben, es sich noch einmal zu überlegen. Das sollte nicht heißen, dass Sie dazu nicht in der Lage sind." Sie konnte nicht anders, als anzufügen: „Außerdem könnten Sie sich erneut verletzen."

„Mir geht es gut." Er löste seinen Gurt und beugte sich vor.

„Wohin wollen Sie?", fragte Melanie mit einem Anflug von Panik. Wollte er weggehen? Okay, genau genommen konnte er nirgendwo hingehen. Aber sie war sich nicht sicher, ob sie im Moment mit ihren Gedanken allein sein wollte, da ihr schon nicht der Sinn danach stand, die verschiedenen Ausflüge allein zu unternehmen.

„Ich ziehe mein Jackett aus, hier drin ist es höllisch heiß."

Er hörte sich gereizt an.

„Oh, warten Sie", sagte sie und schaltete die Belüftung über seinem Platz ein.

„Danke." Hunter gab sich Mühe, auf dem wenigen verfügbaren Raum sein Jackett auszuziehen.

Es war verlockend, ihm bei seinen Anstrengungen zu helfen, aber sie fürchtete, seine Eier könnten verschrumpeln und abfallen, wenn sie das täte. Warum hatten Männer bloß immer das Gefühl, ihrer Männlichkeit beraubt zu werden, wenn sie Hilfe annahmen? Und dabei war es so verführerisch, seine Arme zu berühren. Er trug ein hellblaues, langärmeliges Hemd, daher hatte sie keine freie Sicht auf seinen Bizeps. Ohne Jackett wurde deutlich, dass er entgegen seiner Aussage sehr wohl „Waffen" mitgebracht hatte. Lieber Himmel!

„Und … haben Sie denn auch eine Badehose eingepackt?", fragte sie und bemühte sich, lässig zu klingen. Jede heterosexuelle Frau, die die Pubertät hinter sich und den Tod noch vor sich hatte, würde zu gern einen Blick auf seinen nackten Oberkörper werfen wollen. Das war nun mal Tatsache, und sie würde deshalb kein schlechtes Gewissen bekommen. Jedenfalls nicht allzu sehr. Es mochte sein, dass sie ihn zum Objekt machte, aber zumindest bezahlte sie nicht sein Honorar. Es konnte also keinen Interessenkonflikt zwischen Arbeitgeber und Arbeitnehmer geben.

Außerdem sah sie ihn nur an. Sie lernte ihn eben kennen. Als einen möglichen Freund. Genau das war es. Das musste sie sich vor Augen halten und nicht auf die Idee kommen, sich ihm an den Hals zu werfen und sich an seinen fantastischen muskulösen Körper zu schmiegen.

Verdammt, wo blieb denn nur die Flugbegleiterin mit dem Getränkewagen? Sie brauchte unbedingt einen Schluck Wasser.

Hunter hätte gut ein Glas Wasser gebrauchen können. Dank der Enge auf den Sitzplätzen und dank der Tatsache, dass Melanie weder zu begreifen schien, wie attraktiv sie war, noch sich darüber im Klaren war, was sie ihm jedes Mal antat, wenn sie sich an ihm rieb, stand er innerlich in Flammen. Als ihr Po, der in der hautengen Jeans perfekt zur Geltung kam, gegen seinen Arm gestoßen war, hatte er seine ganze Willenskraft aufbieten müssen, um Melanie nicht zu packen und auf seinen Schoß zu ziehen, damit dieser Flug für sie beide viel angenehmer verlief.

Er faltete sein Jackett und legte es so auf seinen Schoß, dass Melanie seine Erektion nicht bemerkte. Vorsichtshalber klappte er auch noch das Tablett aus der Rückenlehne des Vordersitzes auf. Hauptsache, er konnte irgendwie diesen peinlichen Erregungszustand überspielen. Er tat hier seine Arbeit, sie war seine Klientin. Es war nicht ihre Schuld, dass er sich seit vierzehn Monaten nicht mehr mit einer Frau vergnügt hatte. Vierzehn lange enthaltsame und einsame Monate.

Er hatte es kaum erwarten können, aus Afghanistan rauszukommen und heimzukehren, weil es egal war, ob er seinen Arm schon wieder bewegen konnte oder nicht, wenn er mit seiner Freundin ins Bett ging. Die vielen Monate weit weg von zu Hause hatte er damit verbracht, von Danielle zu träumen und darauf zu warten, mit ihr Sex zu haben. Dann war er endlich heimgekehrt – ohne Gipsverband und mit einer auf Hochtouren laufenden Libido. Aber anstatt ein Wochenende mit ihr zu verbringen, an dem sich alles um Sex drehte, war er von ihr abserviert worden.

„Natürlich habe ich eine Badehose mitgenommen. Es muss ja schließlich so aussehen, als wäre es ganz normal, dass ich mich am Strand aufhalte." Er würde es sich auf einem Liegestuhl bequem machen und Melanie beobachten. Er hoffte inständig auf einen Bikini. Es musste einfach ein Bikini sein.

„Gutes Argument." Sie lächelte ihn an. „Gehört es auch zu Ihren Aufgaben, mich mit Sonnencreme einzureiben? Ich komme nie an diese Stelle ran." Sie legte sich eine Hand zwischen die Schulterblätter. „Genau hier." Dann drehte sie sich in die andere Richtung und sah ihn an, wobei sie den Oberkörper so nach vorn drückte, dass es schien, als wollten ihre Brüste ihn verspotten. Lachend fügte sie an: „Sehen Sie? Das ist ein Problem, weil ich mir keinen Sonnenbrand holen will."

In dieser Sekunde entschied Hunter, dass das Ganze völlige Idiotie war. Ian Bainbridge hatte ihn nur für diese eine Woche engagiert, und er hatte bis jetzt noch nicht mal dafür bezahlt. Er schuldete diesem Kerl keine bedingungslose

Professionalität, schließlich war Ian ihm gegenüber nicht ehrlich gewesen, was die Situation anging, in die er ihn mit dem Abschiedsbrief an Melanie gebracht hatte. Vierzehn Monate ohne Sex waren eine zu lange Zeit, und Melanie war vermutlich genauso enttäuscht darüber, in ihrem Urlaub auf Sex verzichten zu müssen. Niemand konnte ernsthaft von ihm verlangen, dass er eine ganze Woche mit ihr verbrachte und an sexuellem Frust einging, nur weil er sie nicht anrühren dufte.

Ihm blieben nur zwei Möglichkeiten: Entweder er lieferte sie in ihrem Hotel ab und reiste gleich wieder nach Hause, oder er überzeugte sie davon, dass sie beide Sonnenschein und eine Woche Sex ohne irgendwelche Verpflichtungen brauchten.

Die erste Möglichkeit erschien ihm unangemessen, denn Ian glaubte ernsthaft, dass Melanie womöglich in Gefahr schwebte. Er würde sich das niemals verzeihen können, sollte ihr tatsächlich etwas zustoßen, auch wenn das noch so unwahrscheinlich war. Die zweite Möglichkeit war vielleicht gewagt und unangebracht, doch sie waren beide erwachsen. Und er würde sie zu nichts zwingen, er würde nur ein bisschen auf sie einwirken.

Wie war Melanie wohl im Bett? Sein Gefühl sagte ihm, dass sie Sex ohne Arglist angehen würde, dafür aber mit dem Wunsch, das Ganze möglichst effizient zu erledigen. Sie würde den richtigen Ort und die richtige Zeit auswählen – und dann würde sie eine Checkliste abhaken, um sicherzugehen, dass er an alles gedacht hatte: Vorspiel, Oralsex, Vaginalsex, Orgasmus – und fertig. Aber vielleicht irrte er sich ja auch, immerhin kannte er sie erst seit einer Stunde. Sein Gefühl sagte ihm jedoch, dass es so sein musste. Mit einem Mal sah er vor seinem geistigen Auge, wie sie sich mit einer zu allem entschlossenen Miene seinem Schwanz näherte.

Er wurde hart, und die Vorstellung weckte bei ihm den Wunsch, ihr zu zeigen, dass man beim Sex keinen Plan brauchte und keine bestimmte Reihenfolge einhalten musste. „Ich schlage vor, wir gehen zum Du über", sagte er spontan. „Es wirkt sicher seltsam, wenn wir am Strand liegen und uns siezen." Sie nickte zustimmend, dann fuhr er fort: „Das mit der Sonnencreme ist kein Problem. Ich kann dein Cabana Boy sein und dich damit einreiben, wo immer du willst."

Überrascht zog sie die Augenbrauen hoch. „Ähm ... danke. Dann ... ähm ... dann erzähl mir was über dich. Bist du verheiratet? Hast du Kinder?"

Fast hätte er gegrinst, doch er verkniff es sich. „Nein und nein." Sein Stolz ließ ihn instinktiv über Danielle schweigen, aber dann kam ihm der Gedanke, dass das Thema von Vorteil sein konnte. „Als ich von meinem letzten Einsatz nach Hause kam, hat meine Freundin mit mir Schluss gemacht."

Jetzt war es raus. Ihr Gesicht nahm einen sanfteren Ausdruck an, sie legte eine Hand auf sein Knie. „Oh, das tut mir leid. Es muss schwierig gewesen sein, auf eine so große Entfernung eine Beziehung am Leben zu erhalten."

„Es gelingt vielen Leuten." Das konnte er ihr aus eigener Erfahrung sagen. „Ich schätze, das mit uns hatte einfach nicht sein sollen." Allerdings hätte sie ihm das auch sagen können, bevor er sich monatelang auf ihr Wiedersehen freute.

„Dann bist du aber ein sehr stoischer Typ." Sie sagte es, als wäre es eine Feststellung.

„Nein, das sehe ich nicht so. Ich gehe in so einem Fall zum Schießstand und schieße eine Weile auf alles, was da an Zielen rumsteht."

„Das klingt vernünftig." Sie verzog den Mund. „Vielleicht brauchst du stattdessen irgendeine kreative Beschäftigung."

„Vielleicht brauche ich Sex." Mal sehen, was sie damit anfangen würde.

„Oh." Ihre Wangen nahmen einen rosigen Hauch an. „Ja, stimmt. Das kann auch sein."

„Kann ich Ihnen etwas zu trinken bringen?", fragte in dem Moment die gut gelaunte Flugbegleiterin, die ihren Getränkewagen neben ihm abgestellt hatte.

Perfektes Timing. Jetzt konnte Melanie sich seine Bemerkung durch den Kopf gehen lassen.

„Einen schwarzen Kaffee und ein Wasser." Er schaute zu Melanie. „Was hättest du gern?"

„Nur ein Sodawasser", antwortete sie. „Mit einem Stück Limette. Und einen Wodka."

Ach was. „Da will wohl jemand Party machen, wie?", fragte er amüsiert.

„Eigentlich noch zu früh, oder?", erwiderte sie. „Aber was soll's? Ich bin aus Kentucky, ich weiß, wie viel Alkohol ich vertrage. Es bleibt beim Wodka."

„Das macht acht Dollar", sagte die Flugbegleiterin leise. „Nur Kreditkarten." Sie beugte sich vor und zog eine winzige Schnapsflasche aus dem Wagen.

Hunter griff nach seiner Brieftasche und gab ihr seine Kreditkarte, während Melanie sich abkämpfte, ihre riesige Handtasche unter dem Sitz hervorzuziehen.

„Das ist nicht nötig“, protestierte sie.

„Honey, wenn der Mann Ihnen einen Drink spendieren möchte, dann lassen sie ihn“, sagte die Frau und reichte ihnen zwei Gläser. „Sie sind dadurch zu nichts verpflichtet, außerdem werden Sie ihn sowieso nie wiedersehen.“

„Wir fliegen gemeinsam für eine Woche nach Mexiko“, machte Melanie ihr klar.

Die Flugbegleiterin gab einen unbestimmbaren Laut von sich und winkte ab. „In dem Fall sollte er Ihnen alle Drinks spendieren. Tut mir leid, aber mir war nicht bewusst, dass Sie beide ein Paar sind.“ Sie sah Hunter an. „Sie hatte ich für einen Geschäftsreisenden gehalten.“

„Ich bin ihr Leibwächter“, antwortete er, weil er das Gefühl hatte, seinen Anzug erklären zu müssen. Außerdem würde er damit Melanie verrückt machen.

„Ist das wahr?“ Die Frau sah Melanie zurückhaltender an. „Sind Sie berühmt?“

Als Melanie den Kopf schüttelte, berührte Hunter flüchtig ihr Knie. „Sie ist nicht in dem Sinne berühmt, dass sie von jedem erkannt wird, aber diejenigen, die sie kennen, sind so besessene Fans, dass sie bereits einige Stalker hat. Vor denen soll ich sie beschützen.“

„Oh weh.“ Die Flugbegleiterin löste die Bremse ihres Rollwagens und schob ihn ein Stück weiter, dann beugte sie sich vor und fragte leise: „Würden Sie mir verraten, in welcher Branche Sie tätig sind?“

Hunter rechnete nicht damit, dass Melanie mitspielen würde. Er dachte, sie würde einen roten Kopf bekommen, sich entschuldigen und erklären, dass eigentlich ihr Freund, der berühmte Fotograf, eine Stalkerin hatte. Doch sie verblüffte ihn, als sie todernst nickte und erwiderte: „Natürlich. Ich bin Pornodarstellerin. Vielleicht haben Sie mich ja schon mal gesehen. Zum Beispiel in *Romeo und Julia und Julia*?"

Das neugierige Lächeln verschwand prompt. „Nein, habe ich nicht", kam die knappe Antwort, dann war die Frau auch schon verschwunden.

Mit einem Huster überspielte er sein Gelächter, wobei er Melanie amüsiert ansah. „Mir war gar nichts über deine Vergangenheit bekannt."

„Ich prahle nun mal nicht gern", sagte sie gespielt hochnäsig.

„Heimvideos? Oder kann ich was aus dem Internet runterladen?" Er wusste, sie hatte sich einen Scherz erlaubt. Trotzdem tauchte mit einem Mal ein Bild in seinem Kopf auf, das sie in einem Korsett zeigte, während sie seinen Schaft berührte.

Melanie verpasste ihm einen Schlag auf den Oberschenkel. „Weder noch, du Blödmann."

„Jetzt bin ich der Blödmann? Du hast der Frau diese Geschichte aufgetischt." Er beobachtete sie aufmerksam. „Sei ehrlich, du würdest niemals ein Heimvideo drehen. Das ist nicht dein Stil."

„Hey, was weißt du denn über meinen Stil?"

„Du machst auf mich nicht den Eindruck, sehr spontan

zu sein. Daheim ein Sexvideo zu drehen ist normalerweise was für spontane Paare oder für wagemutige."

„Ich könnte wagemutig sein."

Seine Einschätzung schien sie verärgert oder zumindest ein wenig in die Defensive getrieben zu haben.

„Schließlich habe ich mich schon nackt fotografieren lassen", fügte sie an.

„Dein Freund ist Fotograf, da ist so was nicht besonders wagemutig."

„Mein Exfreund ist Fotograf. Ex! Er ist nicht mehr mein Freund!"

Hunter kam sich wie ein Idiot vor. „Tut mir leid, das ist mir so rausgerutscht."

Sie zuckte mit den Schultern. „Ich habe mich nicht nur allein von ihm fotografieren lassen, ich war auch bei allen Shootings mit dabei. Das war unser kleiner Insidergag. Ich musste sowieso immer mitreisen, also bin ich auf jedem Foto zu sehen, das im letzten Jahr entstanden ist."

„Ehrlich? Dann bist du so was wie Walter in diesen ‚Wo ist Walter?'-Wimmelbildern? Nur nackt?" Was für eine verdammt verlockende Vorstellung. Die Kleine hatte Mut. Und sie fühlte sich in ihrer Haut offensichtlich wohl, was er unglaublich scharf fand.

Melanie lachte und nippte an ihrem Drink. „Manchmal bin ich getarnt."

„Wie tarnt man sich, wenn man nackt ist?" Seine Gedanken bewegten sich längst in eine Richtung, die so schmutzig war, dass er nur froh über sein Jackett sein konnte, das nach wie vor auf seinem Schoß lag.

„Eine Brille. Oder eine Perücke."

„Ah, klar." Sie war eben nicht so völlig pervers wie er. „Faszinierend. Aufs Ausziehen", sagte er und hielt ihr seinen Kaffeebecher hin, damit sie mit ihm anstieß. „Auf die Nachwelt und auf die Kunst."

„Auf die Kunst", wiederholte sie und stieß mit ihm an, während sie ihm ein sexy Lächeln schenkte.

Sobald sie gelandet waren, würde er im Internet nach Ian Bainbridges Fotos suchen. Ob mit Perücke oder ohne, er war davon überzeugt, dass er Melanies heiße Kurven überall wiedererkennen würde.

Er dankte Gott für das Internet und Ian für dessen Genialität als Künstler und dessen Dummheit als Mann. Dieser Auftrag würde viel aufregender werden, als er es sich hätte träumen lassen.

3. Kapitel

Cheers! Aufs Ausziehen. Schön wär's, dachte Melanie und fragte sich, ob Hunter eigentlich irgendeine Ahnung hatte, wie seine Äußerungen auf sie wirkten. Vermutlich war es gar nicht seine Absicht, mit ihr zu flirten, dennoch kam es ihr so vor, als hätte der Mann seit dem Abheben der Maschine vor einer Stunde über nichts anderes als über Sex geredet. Vielleicht wollte sie das aber auch nur aus seinen Worten heraushören, weil sie genau bei diesem Thema schon seit Wochen eine Außenstehende war. So oder so machte er sie damit verrückt.

Und wie dumm war eigentlich diese Exfreundin, jemanden wie ihn gehen zu lassen? Allerdings war es wirklich anständig von ihr gewesen, auf Hunters Heimkehr zu warten und ihm dann zu sagen, dass sie sich von ihm trennen wollte, ganz im Gegensatz zu gewissen Fotografen, die ihre Freundin in den Urlaub fliegen ließen und per nachgereichter Notiz einen Schlussstrich unter die Beziehung setzten. Es wäre kaltherzig gewesen, Hunter eine E-Mail zu schicken, wenn er sich gerade am anderen Ende der Welt im Kampfeinsatz befand. Möglicherweise war seine Ex ja gar kein Miststück. Vielleicht hatte sie bloß einen anderen Mann haben wollen. Einen, der nicht so atemberaubend aussah.

Sie konnte es noch immer nicht fassen, dass sie Hunter

von den Fotos erzählt hatte, die Ian von ihr gemacht hatte. Außer ihrer besten Freundin Jeannie hatte niemand davon gewusst. Sie war sich mutig vorgekommen, aber sie hatte nie das Verlangen verspürt, darüber zu reden. Und jetzt hatte sie Hunter gegenüber damit förmlich geprahlt – und das alles nur, weil sie sich gegen jede Logik zu ihm hingezogen fühlte und ihn beeindrucken wollte.

Um nicht länger eine Unterhaltung voranzutreiben, von der ihr nur heiß wurde, ohne dass es eine Chance auf Abkühlung gab, holte sie ein Modemagazin aus der Tasche und begann zu lesen. Hunter ließ sie in aller Ruhe das Heft durchblättern, wozu Ian nicht in der Lage gewesen wäre. Er hätte ständig zur Seite gebeugt dagesessen und mitgelesen und das unnatürliche Aussehen der Models beklagt. Natürlich war sie seiner Meinung, aber manchmal wollte sie einfach nur ein paar Schuhe betrachten und ins Schwärmen geraten, ohne sich dabei anhören zu müssen, dass der Fotograf sie völlig falsch ausgeleuchtet hatte.

Hm, das war allerdings interessant, dass sie erleichtert darüber war, ohne Ian unterwegs zu sein. Er war nicht länger ihr Freund, und sie hatte jetzt schon den Punkt erreicht, an dem sie ihm nicht mal mehr eine Träne nachweinte. Dass sie ihn so schnell überwunden hatte, sprach Bände über den Zustand ihrer Beziehung. Aber es beunruhigte sie auch, denn mit einem Mal wurde ihr klar, dass sie bereit gewesen war, sich in vielerlei Hinsicht etwas einzureden, nur um einen Mann in ihrem Leben zu haben.

Hunter hatte die Augen zugemacht, daher konnte sie ihn verstohlen betrachten. Er hatte keine jungenhaften Züge, sondern das Gesicht eines erwachsenen, reifen Mannes mit ausgeprägten Wangenknochen und einem starken, kantigen Kiefer. Am Kinn entdeckte sie eine Narbe, ein kleiner heller Streifen, der nur auffiel, weil dort keine Bartstoppeln wuchsen. Die meiste Zeit war sie mit Männern ausgegangen, die entweder kreativ oder künstlerisch veranlagt waren. Mindestens seit zehn Jahren hatte sie es sich nicht mehr gestattet, Männern hinterherzuschauen – richtigen Männern, keinen Filmstars –, zu denen sie sich auf eine urtümliche, instinktive Weise hingezogen fühlte. Männer, die sie einfach nur scharf fand, weil ihre Muskeln Männlichkeit ausstrahlten und weil sie von einem männlichen Duft umgeben waren.

Bis jetzt. Bis sie Hunter begegnet war, der sie all diese Dinge empfinden ließ, während er dasaß und schlief. Sogar in diesem Zustand strahlte er Kraft und Männlichkeit aus. Auf irgendeiner unterbewussten Ebene reagierte ihr Körper darauf.

Nachdem sie miterlebt hatte, wie sich ihre Freundinnen eine nach der anderen in der Schule in die Jungs verliebt hatten, die einen schlechten Einfluss ausübten, war sie zu dem Entschluss gekommen, nach Männern Ausschau zu halten, die intellektuell etwas zu bieten hatten und die nicht bloß bewirkten, dass sie im Schritt feucht wurde. Mit nassem Slip konnte eine Frau nicht klar denken, und das ging nicht, weil sie die Lage immer im Griff haben wollte. Die letzten zehn Jahre hatte sie damit verbracht, nur auf ihren Verstand zu hören; jetzt schien es so, als hätte ihr Verstand sie schon vor einer ganzen Weile im Stich gelassen. Sonst hätte sie sich wohl kaum dazu überreden können, Monate mit einem Mann zu verbringen, der es gar nicht wert war, von ihr beachtet zu werden.

Sie nahm Ians Nachricht und zerriss sie sorgfältig in schmale Streifen, die sie auf dem Tablett vor sich aufhäufte und dann in den leeren Getränkebecher stopfte. Als die Flugbegleiterin wieder vorbeikam, um sie auf die bevorstehende Landung hinzuweisen, gab sie ihr den Abfall mit, in den auch Ians Mitteilung geraten war. Damit war das vergangene Jahr ihres Liebeslebens an einem bedeutungslosen Ende angekommen. So, als wäre das Ganze nie geschehen.

Als ihre Maschine aufsetzte, schreckte Hunter aus dem Schlaf hoch und lächelte sie auf eine sexy schläfrige Weise an, bei der ihr sofort warm ums Herz wurde.

„*Bienvenido a México*", sagte er. „Ich hoffe, du wirst deinen Urlaub genießen, Melanie."

Nicht nur sexy, sondern auch aufmerksam.

„Oder ist es dir lieber, wenn ich dich mit deinem Pornostar-Namen anrede?"

Sie lachte. „Und wie lautet der?"

„Das musst du mir schon sagen. Allerdings siehst du für mich nach einer Candy aus."

„Wieso denn das?"

„Weil du so süß bist."

Sie war sich nicht sicher, ob sie wirklich süß war. Sie hielt sich selbst für nett, aber die Adjektive, mit denen sie üblicherweise beschrieben wurde, gingen mehr in die Richtung von „tüchtig", „engagiert" oder „pünktlich", also keineswegs etwas Aufregendes. Auf jeden Fall gab es keinen Pornostar-Namen, der zu ihr gepasst hätte. „Mir will nichts einfallen."

„Dann eben Melly. Melly Ambrosia."

„Melly?" Das klang komplett erfunden, aber für einen Pornostar-Namen war ja gerade das ein Muss. „Damit kann ich leben. Ist das die Story, die wir im Hotel und am Strand verbreiten? Dass ich ein Pornostar bin? Das wird mir bloß niemand abnehmen, wenn man mich erst mal im Bikini zu sehen bekommt."

„Erzähl den Leuten, was dir in den Sinn kommt. Du bist im Urlaub."

„Ich weiß, du weist mich ja alle fünf Minuten darauf hin." Melanie sah aus dem Fenster. Kein Schnee, dafür strahlende Sonne. Keine Arbeit. Richtig, sie war im Urlaub.

Als sie die Gangway vom Flugzeug hinuntergingen und das Rollfeld in Richtung Hauptgebäude überquerten, musste sie zugeben, dass die tropische Brise sich auf ihrer wintermüden Haut wundervoll anfühlte. Sie ließ leicht die Schultern kreisen, um die vom Flug verspannten Muskeln zu lockern, und hob den Kopf, damit die Sonne ihr ins Gesicht schien.

„Oh, fühlt sich das gut an", sagte sie zu Hunter. Der hatte das Jackett über die Schulter gelegt und blinzelte, während er hinter ihr herging. „Willst du an den Pool, wenn wir im Hotel sind?"

„Wir machen, was du willst", erwiderte er. „Ich bin nur hier, um dir auf Schritt und Tritt zu folgen."

Ach ja, diese dämliche Leibwächter-Geschichte. Vielleicht sollten sie sich darüber etwas ausführlicher unterhalten. „Für wie lange hat Ian dich eigentlich engagiert?“ Wenn Hunter glaubte, sie würde sich damit begnügen, von ihm wie von einem Schatten begleitet zu werden, dann hatte er sich getäuscht. Sie wollte, dass er sich nackt mit ihr im Bett wälzte und ihr nicht schweigsam folgte und auf Abstand blieb, wenn sie ins nächste Café ging. Das wäre doch zu eigenartig. Außerdem …

Was? Sie wollte, dass Hunter sich nackt mit ihr im Bett wälzte?

Melanie warf einen Blick über die Schulter und sah, wie Hunter die Hemdsärmel hochkrempelte. Ja. Oh ja, das wollte sie wirklich. Böse Melanie. Oder in diesem Fall: Melly. Wenn sie vorgab, die Pornodarstellerin Melly Ambrosia zu sein, würde Hunter dann mit ihr Sex haben wollen? Oder wäre sie weiterhin Gegenstand seines langweiligen Auftrags?

Wenn sie zum Spaß und aus einer Laune heraus eine fiktive Identität annahm, war das doch nicht so, als hätte sie eine jämmerliche Affäre gleich nach einer Trennung, nicht wahr? In dem Fall brach sie aus ihrer Rolle aus und feierte ihren neuen Status als Single und ihre Fähigkeit, Sex zu haben, wann immer ihr danach war.

So würde es laufen … falls sie es tun sollte. Was aber nicht passieren würde. Allerdings war eine Sache schon jetzt sicher: In absehbarer Zukunft würde sie keine neue Beziehung eingehen. Wenn sie ein bisschen Action haben wollte, dann nur unter der Bedingung, dass das Ganze unverbindlich blieb. Also das genaue Gegenteil von dem, was sie die letzten zehn, zwölf Jahre befolgt hatte. Sie bezweifelte, dass sie diese Sache mit dem unverbindlichen Sex wirklich würde durchziehen können, wenn es hart auf hart käme. Das wiederum bedeutete, dass sie auch weiterhin wider Willen enthaltsam würde leben müssen.

Es war einfach lächerlich, dass sie diejenige war, die in ihrer Beziehung unter mangelnder Befriedigung hatte leiden müssen. Der Sex mit Ian war nicht schlecht gewesen, aber der Mann hatte sich eigentlich immer ein bisschen egoistisch verhalten. Offenbar war sie etwas schwer von Begriff, wenn ihr erst jetzt deutlich wurde, wieso es mit Ian nicht geklappt hatte. In der Theorie hatte alles hervorragend ausgesehen, doch man konnte niemanden dazu zwingen, sich unsterblich in einen zu verlieben, wenn derjenige das nicht wollte.

Jemanden anhand persönlicher Daten und mutmaßlicher Kompatibilität als möglichen Partner zu bewerten war reine Zeitverschwendung. Das Gleiche galt dafür, Vernunft walten zu lassen und darauf zu warten, dass ein anderer für sie über ihre Zukunft entschied. Sie musste diesen Urlaub nutzen, um in Ruhe über ihre Situation nachzudenken und ihren nächsten Schritt zu planen.

„Ian hat mich für eine Woche engagiert."

Na, toll. „Meine Sicherheit interessiert ihn gerade mal eine Woche lang, wenn ich tausend Meilen von zu Hause und von seiner Stalkerin entfernt bin? Das ist doch einfach nur dämlich." Sie schüttelte den Kopf, lächelte dann aber einer Frau zu, die mit anderen in einer Reihe stand und alle Fluggäste mit einer Blume begrüßte.

„Ich kann dazu nichts sagen", entgegnete Hunter, nahm ebenfalls eine Blume entgegen und steckte sie ihr ins Haar.

Ein leichter Schauer lief Melanie über den Rücken, als seine Fingerspitzen über ihre Wange strichen.

„Ich habe vor langer Zeit einsehen müssen, dass wir nicht sehen, was im Kopf eines anderen Menschen vor sich geht. Man vergeudet nur Zeit und Energie, wenn man das versucht."

Sie schaute ihn an und wünschte sich, er würde sie noch einmal berühren. Dieser kurze Kontakt hatte sich so gut angefühlt. „Dann fragst du dich nicht, was ich jetzt denke?" Sie wollte, dass er riet. Sie wollte ihn wissen lassen, dass sie sich zu ihm hingezogen fühlte. Er sollte den ersten Schritt unternehmen. Sie war es leid, hinter einem Mann herzulaufen und ständig Pläne zu schmieden und nach Gelegenheiten zu suchen, um mit ihm zusammen zu sein. Sie wollte, dass ein Mann hinter ihr herlief. Pornostar Melly wäre jemand, hinter dem die Männer herliefen.

Er grinste sie schief an. „Wenn du Melly Ambrosia bist, dann wirst du denken, dass du gern mal eine Sexpause einlegen würdest. Du willst einfach in Ruhe gelassen werden, um in der Sonne zu liegen und zum Seilrutschen zu gehen."

Also war sie eindeutig nicht Melly Ambrosia, denn sie dachte seit Wochen an nichts anderes mehr als an Sex und vor allem daran, dass sie schon seit einer Ewigkeit keinen mehr gehabt hatte. „Ich würde annehmen, dass Pornostars Sex mögen."

„Kann ich nichts zu sagen, ich war nie einer." Er deutete kurz in die Richtung, in die er weiterging. „Unsere Koffer bekommen wir dahinten."

Eigentlich war ihr das Gepäck völlig egal, trotzdem folgte sie ihm. „Tu doch nicht so schamhaft."

„Meine Militärkarriere ist keine Tarnung für ein schillerndes Leben als Filmstar. Ich war wirklich zwölf Jahre im aktiven Dienst." Er drehte sich zu ihr um und zwinkerte ihr zu. „Allerdings hätte ich ein Pornostar sein können, wenn ich es gewollt hätte. Die Voraussetzungen dafür erfülle ich allesamt."

Jetzt machte er es schon wieder. Er redete so beiläufig über Sex, dass man seine Haltung falsch auslegen konnte, wenn er nicht gut aufpasste. „Was denn? Den Namen?"

„Den und die Ausstattung", gab er zurück und grinste verrucht.

Typisches Männergehabe. Ob er gerade mit ihr flirtete oder ob das einfach nur seine Art war, konnte sie nicht beurteilen. „Und die nötige Bescheidenheit auch noch." Sie deutete in die Richtung, in der sich momentan die meisten Leute tummelten. „Ist das da unser Gepäckrondell?"

„Würde ich schon sagen. Wie sieht dein Koffer aus?"

„Gepunktet." Sie hatte ihn bereits entdeckt. „Da ist er", sagte sie und zeigte auf den Koffer, gleichzeitig stellte sie ihre Reisetasche ab, damit sie das größere Gepäckstück vom Band nehmen konnte.

Hunter kam ihr zuvor und hob den Koffer mit einer Hand hoch. Melanie lief ihm hinterher. „Hunter! Dein Arm! Ich kann den Koffer doch tragen!"

„Ich habe immer noch zwei Arme", gab er zurück und legte sein Jackett über den Koffer, der jetzt hochkant dastand. „Und das kann ich auch mit dem Arm, der mir Ärger macht.“

Sie zwang sich, nicht die Augen zu verdrehen. Solche männlichen Männer, die unbedingt beweisen mussten, dass sie in jeder Sekunde hundert Prozent leisteten, war sie nicht gewohnt. Das würde eine interessante Erfahrung werden. „Danke fürs Tragen.“

Er holte nun einen deutlich kleineren schwarzen Koffer vom Laufband.

„Das ist dein Gepäck?“, fragte sie verdutzt. „Was ist da drin? Zweimal Unterwäsche und eine Zahnbürste?“ Mit einem solchen Koffer könnte sie keine sechs Stunden überstehen, und erst recht keine sieben Tage.

„Wer braucht Unterwäsche?“, konterte er.

Da war es wieder, dieses Genecke und Geflirte. „Solange du frischen Atem hast, muss mich der Rest nichts angehen.“

Als Hunter sie nach draußen zum Shuttlebus führte, der sie zu ihrem Urlaubsresort bringen würde, konnte er Melanies Gesichtsausdruck beim besten Willen nicht deuten. Sie wirkte nachdenklich. Er war der Meinung gewesen, dass er es mit seinen Bemerkungen rund um ihren Pornostar-Namen übertrieben haben könnte, weshalb er in Sachen Humor etwas zurückgefahren war. Er musste sich vor Augen halten, dass sie verletzt, traurig und wütend war, weil sie von ihrem Exfreund allein in den Urlaub geschickt worden war. Er musste sich ihr gegenüber sensibler verhalten.

Jetzt schaute sie finster drein, aber der Grund war ihm nicht klar. Lag es an der Situation insgesamt? Oder an seinem dummen Unterwäschewitz? Unter freiem Himmel war sie stehen geblieben und hatte das Gesicht in Richtung Sonne gedreht und dabei tief durchgeatmet. Vielleicht entspannte sie einfach nur. Oder sie ließ irgendetwas vor ihrem geistigen Auge vorbeiziehen. Auf jeden Fall hielt er während der ganzen Fahrt den Mund und gab dem Fahrer ein Trinkgeld, als sie ihr Ziel erreicht hatten.

Da er beide Koffer hinter sich herzog, ging Melanie vor ihm in die Lobby. Es überraschte ihn, wie gewöhnlich dieses Resort wirkte. Nichts strahlte in irgendeiner Weise Luxus aus. Ian war also nicht nur jemand, der kein Gefühl für das richtige Timing besaß, er war auch ein preisbewusster Freund. Zugegeben, es war ein hübsches Resort, das seinen eigenen Ansprüchen mehr als genügte, aber hier hätte sogar sein Kontostand es ihm erlaubt, einen Urlaub zu buchen. Es war nur nicht die Wahl, die man von einem Multimillionär erwartete. Andererseits missfiel es Ian womöglich nur, Geld für unnötigen Luxus auszugeben. Daran war nichts verkehrt.

Wenn er ehrlich war, war er froh, hier zu sein, da er sich in einem Schickimicki-Resort doch nur unbehaglich gefühlt hätte. So wie ein Elefant im Porzellanladen. Für eine solch aufgeblasene Gesellschaft fehlte es ihm an standesgemäßer Kleidung, an feinem Benehmen und an Geld. Er konnte also zufrieden sein, dass er hier gelandet war. Was als mühselige Arbeit begonnen hatte, die ihm ein paar Dollar einbringen sollte, verwandelte sich nach und nach in eine völlig entspannte Woche mit Sonnenschein und einer wundervollen Frau an seiner Seite.

Einer Frau, die jetzt am Empfang stand und auf einmal laut wurde.

Er stellte die Koffer ab und ging zu ihr. „Was ist los?“, fragte er und legte eine Hand auf ihren Rücken, um sie zu beruhigen. Melanie war verkrampft, ihr Gesicht ließ einen finsteren Ausdruck erkennen, ihr Körper wirkte verspannt.

„Wir haben nur ein Zimmer“, sagte sie über die Schulter zu ihm.

„Es tut mir leid, Miss Ambrose“, warf der Portier kleinlaut ein. „Aber so ist auch die Buchung vorgenommen worden. Es ist ein sehr schönes Zimmer mit Blick auf den Delfinbereich.“

„Ich glaube Ihnen ja, dass es schön ist, trotzdem brauchen wir zwei Zimmer.“

Hunter beschloss, erst mal den Mund zu halten, weil es für ihn kein Problem darstellte, sich ein Zimmer zu teilen. Es war ihm sogar lieber, da er nicht mehr daran gewöhnt war, Privatsphäre zu haben und allein zu sein. Als er in die Staaten heimgekehrt war, hatte er geglaubt, sich nach völliger Ruhe und Abgeschiedenheit zu sehnen, und während der ersten Wochen war das auch wunderbar gewesen. Dann aber fing er an, sich einsam zu fühlen. Der Nachteil von Privatsphäre war der, dass da niemand war, mit dem man über etwas reden, den man nach seiner Meinung fragen oder mit dem man rumalbern konnte. Er war in einer aus Männern bestehenden Einheit gewesen, und ihm fehlte die Kameradschaft. Nur auf die Gerüche konnte er immer noch gut verzichten. Es war schon lange her, seit er sich das letzte Mal ein

Zimmer mit einer Frau mit all ihren femininen Düften und ihren Launen geteilt hatte.

Selbst wenn er und Melanie sich nicht näherkommen sollten, wollte er die nächsten Tage in ihrer Gesellschaft verbringen. Ihn interessierte, was nötig war, um sie an einem ganz normalen Tag zum Lachen zu bringen, an einem Tag, an dem sich nicht gerade ihr Freund von ihr getrennt hatte.

„Wir haben noch ein weiteres Zimmer zum gleichen Komplettpreis wie Ihr gebuchtes Zimmer", sagte der Portier.

Melanie wurde bleich. „Oh. Na ja, dann ist gut." Sie drehte sich zu ihm um. „Ich kann Ian anrufen. Ich meine, er sollte schließlich für dein Zimmer bezahlen. Er wollte, dass du mitkommst. Tut mir leid, aber die Reise hat mich alles gekostet, was ich aus meiner Kreditkarte herausholen konnte. Noch ein Zimmer kann ich mir nicht leisten."

Was? „*Du* hast die Reise bezahlt?", fragte er erschrocken. „Womit verdienst du deinen Lebensunterhalt?" Nicht, dass das wirklich wichtig gewesen wäre. Ian verdiente Geld in rauen Mengen, es gab nicht den mindesten Grund, wieso seine Freundin ihm den Urlaub spendieren sollte. Wenn beide finanziell gut dastanden, dann konnte man sich die Kosten teilen, doch Hunter war sich so gut wie sicher, dass Melanie sich einkommensmäßig weit darunter befand.

„Ich bin PR-Sprecherin, das ist ein guter Job, aber er bringt nicht genug ein, um zwei Zimmer in Cancún bezahlen zu können." Plötzlich standen ihr Tränen in den Augen. „Tut mir leid, das Ganze ist eine einzige Katastrophe. Ich habe keine Ahnung, warum Ian mir so was antut.

Allmählich glaube ich, dass er mich richtiggehend hasst." Ihre Unterlippe begann zu zittern. „Es ist noch nie jemand richtig gehässig zu mir gewesen. Womit habe ich so was verdient?"

Hunter wollte ein paar tröstende Worte sagen, doch sie legte keine Pause ein, sondern redete weiter: „Ich meine, das Ganze ist so unsagbar peinlich. Wir halten hier alle Leute auf, und ich weiß einfach nicht, was ich tun soll." Dann wandte sie sich dem Portier zu. „Tut mir leid, wir belassen es bei dem einen Zimmer." Gleich darauf war ihr Blick wieder auf ihn gerichtet. „Es sei denn, du willst für dein eigenes Zimmer bezahlen und es Ian in Rechnung stellen."

„Oh, nein danke. Ich kann mir ein eigenes Zimmer auch nicht leisten, und ich habe keine Ahnung, ob Ian dafür aufkommen wird." Er bekam ja nur mit Mühe die Miete zusammen. „Ich schätze, du hast mich wohl am Hals. Aber keine Sorge, ich schnarche nicht."

Sie lächelte ihn schwach an, dann wandte sie sich erneut dem Portier zu. „Okay, wir werden sehen, dass wir das Beste daraus machen. Tut mir leid, wenn ich hier alles aufgehalten habe."

Der Mann versicherte ihr freundlich, das sei alles kein Problem. Während Hunter sich in der Lobby umsah, um sich einen Überblick zu verschaffen, hörte er beiläufig, wie der Portier Melanie alles über die Buffets und den Pool erklärte und wie sie Ausflüge buchen konnte.

Er konnte es noch immer nicht fassen, dass sie diesen Urlaub finanziert hatte, aber es machte ihn umso entschlossener, dafür zu sorgen, dass sie diese Zeit genoss.

Die Lobby war ein freier, offener Platz. Zwar hatte er bei seinen Kampfeinsätzen oft daran gedacht, wie sehr ihm der Schnee fehlte, aber auch wenn er auf die brütende Hitze gern verzichtet hätte, behagte ihm die warme Brise, die vom Meer kommend herüberwehte und den Geruch nach Salzwasser und einen Hauch von Entspannung mit sich brachte.

Als Melanie ihm den Zimmerschlüssel zeigte, schürzte er die Lippen, nahm beide Koffer und folgte ihr. „Ich kann auf dem Fußboden schlafen. Daran bin ich gewöhnt."

Sie blieb stehen und schob die Sonnenbrille nach oben. „Melly Ambrosia hätte kein Problem damit, ein Doppelbett mit ihrem Leibwächter zu teilen. Da müsste sie gar nicht erst lange überlegen. Also macht mir das auch nichts aus, wenn es dich nicht stört. Warum solltest du darunter leiden, dass Ian ein Arsch ist? Ich verspreche, ich trete nicht im Schlaf aus, und ich wälze mich nicht von einem Ende zum anderen."

Damit konnte er leben. „Wenn es dir wirklich nichts ausmacht. Ich würde nie behaupten, dass mir der Fußboden lieber wäre als eine bequeme Matratze."

Seine Aussage konnte er nur unterstreichen, als sie ihr Zimmer betraten und er sah, dass der Boden komplett gefliest war. Darauf zu schlafen würde wehtun, das war ihm sofort klar. Melanie kam zur gleichen Erkenntnis.

„Ja, wir können uns das Bett teilen", bekräftigte sie noch einmal und legte ihre Handtasche auf die Tagesdecke. „Himmel, das ist doch wirklich zu albern! Ich möchte den Mann am liebsten erwürgen. Jetzt sitzen wir beide in Cancún, zwei wildfremde Leute, die sich ein Zimmer teilen. Und wieso?

Wieso eigentlich?“ Sie brachte ihren Koffer zum Gepäckregal und zerrte den Reißverschluss auf. „Ich weiß es nicht. Das ist die Antwort auf meine Frage. Ich weiß es einfach nicht.“

Es war ihr gutes Recht, dass ihr wegen Ian der Kragen platzte, und dabei fand Hunter noch, dass sie wesentlich mehr Zurückhaltung zeigte, als es ihm unter solchen Umständen möglich gewesen wäre. „Vielleicht solltest du Ian anrufen.“

„Ich habe keine Auslandsflatrate gebucht, und ich werde für den Mann keinen einzigen Cent mehr ausgeben.“

Das konnte er ihr nicht verübeln. „Dann vergiss Ian Bainbridge einfach. Du kannst ihn immer noch mit Fragen bombardieren, wenn du wieder zu Hause bist. Lass uns jetzt lieber die Minibar plündern und rausgehen auf die Veranda. Immerhin haben wir hier Ausblick auf den Delfinbereich.“ Was das sein sollte, wusste er zwar nicht, aber es musste sich um etwas handeln, dass sie bei der Buchung dieses Zimmers gezielt ausgewählt hatte.

Melanie atmete einmal tief durch. „Ja, du hast recht. Du hast völlig recht.“ Sie zog den Sweater aus, darunter kam ein Tanktop zum Vorschein. „Ich gehe ein vor Hitze.“

Ihm ging es nicht anders. Er zog die Schuhe aus und machte seine Reisetasche auf, um nach den Sandalen zu suchen. „Fühlt sich gut an, nicht wahr? In zwei Tagen soll ein Schneesturm über Chicago hinwegziehen. Also kannst du am Strand ein paar Selfies schießen und sie all deinen Freunden schicken, um sie neidisch zu machen.“

Er setzte sich auf die Bettkante, zog die Strümpfe aus und

bewegte die Zehen. Als er sein Hemd aufknöpfte, drehte Melanie sich zu ihm um, um etwas zu erwidern. Sie machte zwar den Mund auf, brachte jedoch keinen Ton heraus, dann presste sie hastig die Lippen zusammen.

„Was ist?“, fragte er.

„Nichts.“

„Soll ich ins Badezimmer gehen, um ein anderes Hemd anzuziehen?“ Er sah eigentlich keinen Grund dafür, aber das hier war immer noch ihr Hotelzimmer. Sie hatte bezahlt, und er war im Auftrag von Ian Bainbridge hier.

„Nein, natürlich nicht. Du wirst ja schließlich mit mir an den Strand gehen. Ich komme schon damit klar, deine nackte Brust zu sehen.“

Sie hörte sich erschrocken an, und so wirkte sie auch, als sie sich mit beiden Händen durchs Haar fuhr.

Das war vielversprechend.

Schließlich ging sie zur Patiotür und schob sie auf. „Oh! Hunter, da draußen sind Delfine!“

„Auf der Veranda?“, fragte er grinsend.

„Natürlich nicht, Blödmann. Im Wasser. Komm, sieh dir das an.“

Er zog Hemd und Unterhemd aus, dann folgte er ihr zur offenen Tür. Auf der Veranda gab es eine Hängematte und zwei Stühle. Durch das Geländer hindurch konnte er eine Art Grotte erkennen, in der ein paar Delfine ihre Bahnen zogen und das taten, was Delfine eben so machten.

„Sehr schön.“

„Süß, nicht wahr?“

Sie überquerte den Patio und beugte sich über das Geländer, um besser sehen zu können. Dabei reckte sie ihm unwissentlich den Po entgegen, der nach wie vor in der hautengen Jeans steckte.

„Richtig süß." Diese Aussicht konnte er einfach nur genießen.

„Warum klatschen sie wohl mit der Schwanzflosse auf das Wasser?"

„Ich weiß nicht. Vielleicht, weil ihnen die Hände fehlen, um tatsächlich klatschen zu können." Er stellte sich zu ihr und verzog keine Miene.

„Was?" Sie sah ihn an und ließ sich seine Worte noch einmal durch den Kopf gehen. „Oh mein Gott, ist das dein Ernst? Für einen Mann, der sich die ganze Zeit über so seriös gibt, reißt du verdammt viele Witze."

„Ich bin eben vielschichtig." Tatsächlich war es für ihn ein Schutzmechanismus, um mit bestimmten Situationen klarzukommen. Das hatte ihm der Psychiater erklärt, bei dem er nach seiner Verletzung in Behandlung gewesen war. Dieser Mechanismus war hilfreich, also gab es keine Veranlassung, irgendwelche Veränderungen vorzunehmen.

„Warum bist du dann Leibwächter geworden?"

„Ich habe keine Qualifikationen, um etwas anderes zu machen."

„Ist das der einzige Grund?"

Er zögerte, legte die Arme aufs Geländer und sah auf die Wellen, die die Delfine verursachten. Die zogen sich bereits zurück und gaben Klicklaute von sich. Aus einer anderen Richtung schallte Mariachi-Musik zu ihnen herüber. „Nein. Ich wollte Leute beschützen. Ich wollte etwas Nützliches tun. Als ich meinen Dienst quittiert hatte, kam es mir so vor, als hätte mein Leben keinen Sinn mehr."

„Das kann ich mir bei dir gut vorstellen", erwiderte sie leise. „Denkst du, du wirst das jetzt auf lange Sicht machen? Arbeitest du für eine Firma?"

„Ja, ich bin nämlich nicht gut darin, was den ganzen Papierkram angeht." Das stimmte. Er wollte in Aktion sein, aber nicht tausend Formulare ausfüllen müssen, um sein eigenes Unternehmen zu gründen. Genauso wenig war er daran interessiert, als Sicherheitsberater anderen Leuten zu erzählen, wie sie sich schützen konnten. Für ihn als Mann der Tat war es die bessere Lösung gewesen, für eine Firma zu arbeiten, die ihn sofort zu einem Auftrag rausschickte. Anfangs hatte er damit gerechnet, bei dieser Arbeit einen Adrenalinstoß zu erleben wie in seiner Zeit beim Marine Corps. Doch es war schnell deutlich geworden, dass der Job eines Leibwächters meistens völlig monoton war.

Er hatte außerdem festgestellt, dass dieser Job ihn mit seinen Klienten ins Gespräch kommen ließ. Oder besser gesagt: Die Klienten kamen mit ihm ins Gespräch und erzählten ihm aus ihrem Leben, während er den Zuhörer gab, so, wie er es schon immer gemacht hatte. Seine Mutter hatte ihm mehr als einmal gesagt, dass sein Gesicht andere Menschen dazu veranlasste, ihm ihre Sünden zu beichten, auch wenn er selbst keine Ahnung hatte, welchen Anlass es dafür gab. Vielleicht war es ja auch seine schweigsame Art, die anderen als Einladung zum Reden genügte. Außerdem urteilte er nicht über andere Leute. „Es ist nicht so, wie ich es erwartet habe", gestand er ihr. „Ich hatte auf mehr Action gehofft."

„Dann hast du mit mir ja eine richtige Niete gezogen, wie? Bei mir kannst du nicht mit viel Action rechnen, genau genommen mit überhaupt keiner Action."

Sie hatte ganz offenbar keine Ahnung, wie ihre Worte bei ihm ankamen. Es war gut, dass niemand außer den Delfinen sehen konnte, wie sich seine Hose ausbeulte. „Man kann nie wissen. Manchmal ist die Action genau da, wo man sie am wenigsten erwarten würde."

Ein Delfin stieß schnaubend eine Fontäne aus seinem Atemloch aus.

Ja, er hatte verdammt recht.

4. Kapitel

Melanie hätte schwören können, dass sie Hunters Haut riechen konnte. Die Sonne wärmte seine nackte Brust und seine Arme, er duftete erdig und rau, ganz so wie ein Mann. Sie hatte alles versucht, um sich von einem Blick auf seinen Brustkorb abzuhalten, aber es war ihr einfach nicht gelungen. Spätestens alle dreißig Sekunden waren ihre Augen wieder in seine Richtung gegangen. Er sah noch viel besser aus, als sie es sich mit all ihrer Fantasie hätte ausmalen können. Gebräunt und muskulös, nicht so totenbleich wie sie, und mit einem verlockenden Hauch an Brusthaaren.

„Ich verhungere", platzte sie auf einmal heraus. „Können wir irgendwo etwas essen gehen, obwohl es bereits weit nach Mittag ist?" Den ganzen Tag über hatte sich so viel ereignet, dass sie überhaupt nicht daran gedacht hatte, irgendwann mal einen Happen zu sich zu nehmen. Mittlerweile fühlte sie sich schwindlig, was nur zum Teil damit zusammenhing, dass Hunter ohne Hemd verdammt heiß aussah.

„Natürlich. Du hast das Sagen. Du bist praktisch mein Boss, schon vergessen?"

Vergessen hatte sie es nicht, aber es bereitete ihr Unbehagen. Sie hatte noch nie jemanden gehabt, dem sie sagen konnte, was er tun sollte. Bislang war sie immer diejenige gewesen, die Anweisungen ausführen musste, und es war ihr unangenehm, auf einmal das Sagen über einen anderen zu haben. „Okay, ich muss mich nicht umziehen. Ich möchte nur auf die Schnelle was essen, vom Buffet oder so. Danach dann zum Pool. Den Strand hebe ich mir für übermorgen auf." Sie straffte die Schultern und ging zur Tür. „Für morgen ist der Ausritt eingeplant. Willst du da wirklich mitkommen?"

„Auf jeden Fall. Melly braucht ihren Leibwächter, und der bin ich nun mal."

Ja, natürlich. Er war immer dicht hinter ihr. „Du musst das nicht machen, weißt du. Ich habe kein Problem damit, wenn du faulenzt und anschließend Ian erzählst, dass du rund um die Uhr auf mich aufgepasst hast, sodass er dein Honorar bezahlt. Ihm geschieht das nur recht."

„Und was ist, wenn du doch in Gefahr schwebst?" Hunter ging zu seinem kleinen Koffer und holte ein T-Shirt heraus.

„Ich bin nicht in Gefahr. Wenn diese Savannah so schlau war herauszufinden, dass ich mich heimlich mit Ian treffe, wird sie auch bestimmt begriffen haben, dass er sich von mir getrennt hat. Immerhin mache ich ohne ihn Urlaub in Mexiko. Das sollte wohl ein deutlicher Hinweis sein." Sie durchsuchte ihre Handtasche, dann hatte sie die Sonnencreme gefunden und verteilte sie auf Stirn und Wangen. Sobald die Rede auf Ian kam, wurde sie wütend. „Sie ist eine sehr engagierte Stalkerin, aber allem Anschein nach nicht gewalttätig. Sie glaubt, sie ist in Ian verliebt."

„Mir wäre es trotzdem lieber, wenn ich meine Arbeit

tun könnte. Was ist, wenn sie dich als Konkurrentin betrachtet?"

„Warum sollte sie mich noch angreifen wollen, wenn Ian sich längst von mir getrennt hat und ich außerdem ein paar Tausend Meilen weit von zu Hause weg bin? Das ist doch völlig unlogisch."

„Du kannst damit recht haben, aber tu mir bitte den Gefallen und lass mich dich beschützen."

„Okay, meinetwegen. Können wir uns dann darauf einigen, nicht mehr auf Ian und auf Stalker zu sprechen zu kommen? Außer, wenn es unbedingt nötig ist? Ich habe das Thema nämlich abgehakt."

„Das merke ich."

Er sah sie forschend an, forschend und … mitfühlend.

Mitgefühl? Das war nun wirklich das Letzte auf Gottes grüner Erde, was sie wollte. Ein scharfer Leibwächter, der Mitleid mit ihr hatte. Am liebsten hätte sie ihm die Flasche Sonnencreme an den Kopf geworfen, beherrschte sich jedoch. Schließlich war es nicht ihre Art, ihren Frust am Falschen auszulassen. Also hielt sie den Mund und verrieb weiter die Lotion auf ihrer Haut. „Du weißt, du musst mich nicht so ansehen, als wäre ich eine jämmerliche Gestalt, mit der du gestraft bist."

„Tut mir leid."

Prompt setzte er eine andere Miene auf, so, als wollte er unbedingt versuchen, ihre Laune zu bessern.

„Von mir bekommst du kein Mitleid. Kein bisschen. Ich weiß nur nicht, ob ich mit dir darüber reden soll oder nicht. Du musst mir irgendein Zeichen geben, ob du einen Kommentar hören willst, wenn du auf das Thema zu sprechen kommst. Ich brauche Untertitel zu dem, was du sagst."

„Ha, ha." Wenn sie sich in seine Lage versetzte, war ihr klar, dass er mitten in einem Feld voller Tretminen stand. Dass er so schnell von mitfühlend zu aufmunternd umschalten konnte, half ihr ein wenig, sich zu entspannen. Sie merkte ihm an, dass er darum bemüht war, sie auf andere Gedanken zu bringen. „Okay, wie wäre es damit?", fragte sie und hielt die Arme zum X gekreuzt vor sich. „Wenn ich mich dabei ertappe, wie ich auf die Sache zu sprechen komme, über die ich gar nicht reden will, und wenn ich nicht will, dass du darauf eingehst, dann mache ich das allgemeingültige Zeichen für den Buzzer."

Er zog verdutzt die Augenbrauen hoch. „Kannst du dich nicht einfach betrinken und anfangen zu heulen, wie es alle anderen an dem Tag machen, an dem sie von ihrem Freund verlassen werden?"

„Hab ich doch schon gemacht", konterte sie lachend. „Jedenfalls das Heulen. Dummerweise war ich von dem Wodka ja nicht mal beschwipst."

„Das können wir ändern", sagte er und zog seine Hose aus.

Wie bitte? Melanie starrte ihn an, wie er ganz lässig in seiner knappen Unterhose dastand und seine Sachen durchsuchte.

Der Anblick ließ ihr das Wasser im Mund zusammenlaufen. Sein Hintern war straff und knackig. Einen solchen Hintern hatte sie noch nie gesehen. „Und was genau ändern wir?", fragte sie verwirrt. Ihre Gedanken schossen in alle Himmelsrichtungen, aber das musste daran liegen, dass sie Hunger hatte. Nicht daran, dass zwei Schritte entfernt ein Muskelmann von bestimmt eins dreiundachtzig nur in Unterwäsche vor ihr stand und sie ihn nicht anfassen durfte.

Stimmt doch, oder? Ich darf ihn nicht anfassen, richtig? Dabei entsprach Hunter genau dem Typ Mann, den sie überall anfassen wollte. Anfassen und küssen und …

„Wir sorgen dafür, dass du was in den Magen kriegst", antwortete er lachend.

Melanie spürte, dass ihre Wangen glühten. Sie starrte ihn an. Sie verschlang ihn regelrecht mit ihren Blicken, was völlig unangemessen war. „Gut, danke. Dann brauchst du aber eine Hose." Kaum hatte sie es ausgesprochen, wollte sie am liebsten jedes Wort zurücknehmen. Sie sollte ihn nicht auf das Fehlen seiner Hose ansprechen. Sie sollte Melly Ambrosia den Vortritt lassen und sich keine Gedanken darüber machen, wie viel oder wie wenig er trug. Sonst würde er sie noch für neurotisch und sexuell unterfordert halten.

Dass das in Wahrheit tatsächlich der Fall war, musste er nicht unbedingt wissen.

„Ich arbeite daran." Er schüttelte eine Cargohose aus, die er auf die Größe einer Cannolo zusammengerollt hatte.

Das war eine willkommene Ablenkung. „Deine Packkünste sind wirklich beeindruckend."

„Militärisches Talent." Er zog die Hose an.

Als er sich dabei vorbeugte, gewährte er ihr einen noch besseren Blick auf alles, was er zu bieten hatte. Sie sah weg, da sie ein schlechtes Gewissen bekam, weil sie ihren Leibwächter auf ein Sexobjekt reduzierte. Und dann sah sie wieder hin.

Sie war ein hoffnungsloser Fall, allerdings hatte sie auch noch nie einen so heißen Mann zu Gesicht bekommen. „Ich kann mit der Zunge einen Kirschenstiel verknoten“, sagte sie. „Das ist meine einzige Begabung.“

„Deine einzige Begabung?“ Seine Augen verfinsterten sich. „Irgendwie kann ich mir das nicht vorstellen.“

Hätte Luft knistern können, wäre das in diesem Moment zwischen ihnen beiden zu beobachten gewesen. Und wüsste sie es nicht besser, wäre sie so gut wie davon überzeugt gewesen, dass er sich zu ihr hingezogen fühlte. Aber vielleicht schloss sie ja auch nur von sich auf ihn. „Ja, vermutlich habe ich noch andere Begabungen. Ich kann eine ganze Banane in den Mund nehmen.“

Hunter wollte gerade den Reißverschluss seiner Hose hochziehen, hielt jedoch mitten in der Bewegung inne. „Willst du mich veralbern?“

„Nein.“ Sie schüttelte den Kopf, da ihr bewusst wurde, was sie da gesagt hatte. Das war ja so was von verkehrt gewesen. Sie konnte sich tatsächlich eine Banane in einem Stück bis in den Rachen schieben, allerdings was mit acht witzig und cool klang, hörte sich mit achtundzwanzig ziemlich verdorben an. „Das kam jetzt irgendwie als zweideutige Bemerkung an, wie? Das war nicht so gemeint. Himmel, ich brauche Kohlenhydrate.“

„Vergiss deine Kohlenhydrate, ich besorge dir lieber eine Banane.“ Er stieß heftig den Atem aus. „Verdammt, wie soll ich dieses Bild wieder aus dem Kopf kriegen?“

Na toll. „So erschreckend?“, fragte sie und steckte den Zimmerschlüssel in die Hosentasche.

„So sexy.“ Er zog Sandalen an. „Oder hast du schon vergessen, dass wir heute Nacht beide in diesem Bett schlafen werden?“

Oh nein, das hatte sie keineswegs vergessen. Das war etwas, das sie ganz sicher als Letztes vergessen würde. Okay, es war ein riesiges Bett mit so viel Platz, dass sich zwischen ihnen bestimmt noch einer von den Delfinen breitmachen könnte. Trotzdem war es nur ein Bett. Mit einer großen Decke, unter der sie gemeinsam liegen würden. Sie und ihr Marine.

„Tut mir leid. Soll ich besser auf dem Boden schlafen?“ Warum um alles in der Welt schlug sie denn so etwas vor?

„Warum um alles in der Welt schlägst du denn so was vor?“, fragte Hunter. „Hältst du mich etwa für einen solchen Arsch, dass ich dich auf dem Boden schlafen lasse, während ich es mir im Bett bequem mache?“ Er warf ihr einen finsteren Blick zu, dann riss er die Zimmertür so energisch auf, dass sie gegen die Wand flog.

„Ich wollte damit nicht sagen, dass du ein Arsch bist. Mir ist das nur peinlich, weil ich dir erzählt habe, dass meine einzige Begabung die ist, eine Banane in meinen Hals schieben zu können.“ Oh, miese Wortwahl! Ihre Wangen glühten, ihr Mund war wie ausgedörrt. Sie brauchte Proteine. Und Kohlenhydrate. Und Zucker. Hauptsache, ihr wurde mit irgendwas der Mund gestopft, damit sie aufhörte zu reden.

Hunter stöhnte auf. „Oh Gott! Ich versuche hier, professionell zu bleiben.“

Augenblick mal. „Ich habe dich in deiner Unterwäsche gesehen!“ Gehörte das für ihn etwa auch zu professionellem Verhalten? Sie fand das jedenfalls nicht, schließlich war sie noch nie in Unterwäsche zur Arbeit in den Bainbridge Studios erschienen. Sie hatte bloß ein bisschen mit dem Boss rumgemacht. Hm, vielleicht hatte sie ja doch kein so gutes Argument in der Hand.

Sie gingen den Korridor entlang, der zu dem großen Restaurant führte, in dem man den ganzen Tag über ans Buffet konnte.

„Du hast recht. Soll ich damit aufhören, mich in deiner Gegenwart umzuziehen?“

Von wegen. „Nein, nein, natürlich nicht. Ich will, dass du dich wohlfühlst.“ Sie sahen sich an, dann mussten sie beide lachen. „Das ist irgendwie eigenartig“, meinte sie amüsiert.

„Es war ja auch ein eigenartiger Tag“, stimmte er ihr zu.

Es war tatsächlich ein eigenartiger Tag gewesen. Am Morgen hatte es noch so ausgesehen, als wäre das Beste daran die Aussicht, für eine Woche das eiskalte Wetter hinter sich zu lassen. Dann war er Melanie begegnet, die die verlockendste Mischung aus Zugeknöpftheit und Sinnlichkeit ausstrahlte, auf die er je gestoßen war. Sie schien nicht zu wissen, wie schön sie war, und ganz sicher merkte sie nicht, wie scharf sie ihn machte.

Er war zwar nicht der Meinung, dass er das besonders geschickt überspielte, aber sie bekam so wenig von seinem Verlangen mit, dass er sie schon packen müsste, sie gegen die Wand drücken und sie bis zur Besinnungslosigkeit küssen müsste, damit sie endlich begriff, was los war. Für den Moment würde er mit seinem sexuellen Frust leben müssen und dabei versuchen, mehr über sie herauszufinden.

Im Restaurant schaufelte er auf den Teller, so viel er konnte, musste dann aber einsehen, dass er nicht den Teller balancieren und gleichzeitig sein Getränk tragen konnte. Sein Arm pochte schmerzhaft, seit er das gesamte Gepäck getragen hatte. Der Arzt hatte ihn gewarnt, dass er auf Monate hinaus mit Schmerzen rechnen musste, und er hatte recht behalten. Drei Monate waren inzwischen vergangen, und noch immer wurde er in Abständen von brutalen Schmerzen überrascht.

Melanie saß an dem Tisch, zu dem man sie geführt hatte. Er stellte seinen Teller ab und fragte, ob sie etwas zu trinken haben wollte.

„Vielleicht was Fruchtiges. Einen Rum Runner oder so."

„Ich glaube nicht, dass es den hier gibt, aber ich kann zur Bar rübergehen."

„Oh nein, nicht nötig", sagte sie und winkte abwehrend. „Setz dich hin. Ich habe den Kellner gebeten, uns was zu bringen. Ich hoffe, eine normale Cola ist für dich in Ordnung."

„Ja, bestens. Danke." Er setzte sich zu ihr an den Tisch und trank einen Schluck eiskaltes Wasser, das ihnen bereits serviert worden war. „Und? Warst du schon mal hier?"

„Ich war noch nie in Cancún. Genau genommen bin ich noch nie in Mexiko gewesen." Sie sah sich um. „Also bislang gefällt mir dieses Komplettpaket. Es ist toll, dass man sich keine Gedanken über die Rechnung machen muss. Ich bin in einer ganz normalen Familie aus der Mittelschicht aufgewachsen, da haben wir nie auf diese Weise Urlaub gemacht."

„Wir auch nicht. Es gab nur meine Mom und mich, und Urlaub war eine Ausgabe, die sie sich nicht leisten konnte. Mein Vater ist bei einem Kampfeinsatz gefallen."

„Oh, das tut mir leid."

„Danke." Er sagte nicht „schon gut", weil es das nicht gewesen war, weder für seine Mutter noch für ihn. Er hatte den Verlust so gut verarbeitet, wie es ihm als Kind möglich gewesen war. „Ich war damals sechs, und aus meiner Sicht war ich auf einmal der Mann im Haus. Mom arbeitete bis zum Umfallen als Kellnerin, irgendwie kamen wir über die Runden."

„Dann wundert es mich nicht, dass du heute den Wunsch verspürst, Leute zu beschützen. Angefangen mit deiner Mutter."

Er betrachtete sie, während sie ihren Burrito mit der Gabel aß, und dachte über ihre Worte nach. „In gewisser Weise dürfte das stimmen. Aber lob mich lieber nicht zu viel. Ich habe meine Mom oft genug in den Wahnsinn getrieben. Und du? Ich kann mir nicht vorstellen, dass du Ärger gemacht hast."

„Warum gehst du eigentlich immer davon aus, dass ich ein braves Mädchen bin?", fragte sie und sah ihn aufgebracht an.

Melanie hatte eine so direkte und ehrliche Art an sich, dass er sie sich einfach nicht als Satansbraten vorstellen konnte, der die Familie in Atem hielt. Unwillkürlich musste er lächeln. „Das ist nur so ein Gefühl und nicht als Kritik gemeint. Dass man als Kind ungezogen war, ist nichts, womit man später prahlen sollte."

„Ich bin nicht langweilig", gab sie zurück und klang dabei trotzig.

„Niemand hat das gesagt, und ich finde dich auch nicht langweilig." Er fand sie vielmehr erregend, faszinierend und verdammt sexy. Und süß. Es sagte einiges über sie aus, wie sie am Morgen mit Ians idiotischer Aktion umgegangen war. Sie zeigte eine normale Bandbreite an Emotionen, aber sie tobte nicht wie eine Verrückte oder heulte nicht unentwegt, als wäre sie kurz vor einer Hysterie. Nein, sie hatte Stil. Seine Mom war eine erstaunliche Frau, eine richtige Dame, doch sie konnte laut und ordinär und auch schon mal handgreiflich werden. Einmal hatte sie den Wagen ihres Freundes mit einem Ziegelstein beworfen, als sie dahintergekommen war, dass er sie betrog, und er, Hunter, hatte sich bedingungslos auf ihre Seite gestellt. Melanie schien ein ganz anderer Typ Frau zu sein.

„Ich finde dich faszinierend", gestand er ihr. „Ich weiß nicht, wieso du Bainbridge nicht eine wütende SMS nach der anderen schickst."

„Woher willst du das so genau wissen?"

„Du hast dein Handy nicht ein einziges Mal angefasst. Vergiss nicht, ich bin darauf gedrillt, solche Dinge zu bemerken."

„Lässt du dich eigentlich durch gar nichts ablenken?", fragte sie und legte den Kopf schräg. Dann nahm sie das Glas Cola, das der Kellner eben gebracht hatte, und berührte mit der Zungenspitze den Strohhalm.

Oh ja. Er sah ihr dabei zu, wie sie mit ihrer Zunge verführerisch am Plastikhalm entlangstrich, wie sie es unter den richtigen Umständen an seinem Schwanz tun könnte. „Du wechselst das Thema“, sagte er. „Und du kannst von mir aus stundenlang an diesem Strohhalm saugen, bevor du einen Kirschenstiel verknotest und eine Banane in deine Kehle schiebst. Trotzdem werde ich dich auf Ian ansprechen, weil ich mich vergewissern will, dass mit dir alles in Ordnung ist.“

Sie verzog das Gesicht, stellte das Glas weg und hielt die Arme gekreuzt vor sich. „Von wegen. Das ist jetzt einer von diesen Augenblicken.“

Das hatte er sich selbst eingebrockt. „Klugschwätzerin.“

„Geht nicht, ich bin eins von den braven Mädchen, schon vergessen?“

Hunter kaute und schluckte, dann spülte er mit einem Schluck Wasser nach. Er wäre eigentlich für ein Bier bereit gewesen, doch er würde keins trinken, weil er immer noch im Dienst war. „Ich halte dich für ein braves Mädchen, aber ein bisschen Melly steckt ohne Zweifel in dir, nicht wahr?“

„Ich weiß nicht“, antwortete sie leise. „Falls ja, kommt sie nie nach draußen.“

„Jetzt hast du die Chance.“ Vielleicht dachte er im Moment nur an sich, vielleicht war er auch masochistisch veranlagt. Wenn eine Melanie, die sich so sehr zurückhielt, ihn schon so im Griff hatte, wie gefährlich würde sie dann werden, wenn sie ihrer hemmungslosen Porno-Persönlichkeit freien Lauf ließ?

Trotzdem war er mehr als bereit, es darauf ankommen zu lassen.

Melanie nahm den Strohhalm und saugte daran, bis der fast ganz in ihrem Mund verschwunden war.

Himmel! Sie hatte Talente, die sie gerne bei ihm einsetzen könnte. Und zwar nicht nur einmal. Unwillkürlich zog er die Augenbrauen hoch. Ihre Haare waren ein wenig zerzaust, die Wangen schimmerten rosig, das galt auch für ihren Brustansatz. Hunter hatte keine Ahnung, ob die hohen Temperaturen oder blanke Erregung der Grund dafür waren. Er wusste nur, sie sah fantastisch aus. Sie sah ganz nach der Frau aus, die nackt auf dem Bett liegen und sich unter ihm winden sollte. Etwas am Ausdruck in ihren Augen ließ ihn stutzig werden.

„Das ist nicht Melly, das bist ganz allein du, Melanie. Und du bist verdammt atemberaubend."

5. Kapitel

Melanie konnte nicht fassen, dass sie vor Hunters Augen den Strohhalm nahezu geschluckt hatte. Was war nur in sie gefahren? Das war unter keinen denkbaren Umständen als der Situation angemessen zu bezeichnen. Nur, was hatte es ihr in ihrem Leben gebracht, dass sie sich immer der Situation angemessen verhalten hatte?

Es hatte ihr einen Urlaub mit einem wildfremden Mann eingebracht.

„Danke", sagte sie, nachdem sie den Strohhalm aus dem Mund genommen hatte. Ihr Instinkt forderte sie auf, zu widersprechen und stattdessen auf ihre Fehler und Schwächen hinzuweisen. In Hunters Miene konnte sie jedoch echte Wertschätzung erkennen, deshalb beschloss sie, sich zurückzulehnen und das Kompliment zu akzeptieren, statt sich Gedanken darüber zu machen, wie ernst es wohl gemeint war. „Manchmal muss ich mich über mich selbst wundern."

Das Essen begann Wirkung zu zeigen, und sie fühlte sich tatsächlich wieder wie ein Mensch. Es war ein wirklich übler Tag gewesen.

Hunter beugte sich über den Tisch. „Dann weiß ich jetzt also, dass ich dich nur als braves Mädchen bezeichnen muss, damit du mir deine verdorbene Seite präsentierst."

Er flirtete mit ihr, das war offensichtlich. Dieser Tonfall war eindeutig, und er war näher an sie herangerückt.

„Ich glaube, so einfach bin ich nicht gestrickt", konterte sie und verfiel in seinen Tonfall, wurde leiser und beugte sich ebenfalls vor.

„Das wollte ich damit auch nicht andeuten. Aber du bist im Urlaub. Du solltest ein bisschen entspannen oder vielleicht sogar sehr viel entspannen, abhängig von deiner Stimmung."

„Ich fühle mich bereits besser." Sie schaute auf seinen Teller. „Bist du fertig? Sollen wir zum Pool gehen?" Hunter in Badehose zu sehen würde seinen Anblick in Unterwäsche nicht überbieten können, ihr gefiel jedoch schon die Vorstellung, es sich im Liegestuhl bequem zu machen und die Aussicht zu genießen.

„Gern." Er wartete, bis sie aufgestanden war, dann gab er ihr ein Zeichen, damit sie vorging.

Einen Gentleman an seiner Seite zu haben war eben doch etwas anderes. Melanie wurde bewusst, dass ihr ein solch zuvorkommendes Verhalten zwar bislang nicht gefehlt hatte, dennoch sagten diese kleinen Gesten, wenn Hunter ihr beispielsweise die Tür aufhielt, ihr sehr zu. War das nicht eigentlich bedauernswert? Ein mustergültiges Beispiel dafür, wie tief ihre Erwartungen in Sachen Männer gesunken waren. Wann war das geschehen? Hatte sie durch ihr Bestreben, eine moderne, unabhängige Frau zu sein, der Männerwelt gestattet, in Sachen Höflichkeit nachlässig zu werden? Die Antwort konnte nur ein klares Ja sein.

Vielleicht verhielt sich Hunter bloß so, weil er dafür bezahlt wurde, doch das wollte sie eigentlich nicht glauben. Es schien ihm im Blut zu liegen.

Sie war ihm dankbar für die Art, wie er bislang mit ihr umgegangen war. Er hatte ihr angeboten, den Kopf auf seinen Schoß zu legen, er hatte sie zum Lachen gebracht und ihr zugehört, wie sie über Ian hergezogen war. Nichts davon hätte er tun müssen. Schon witzig, dass ihr bei ihrer Suche nach einem kreativen, künstlerischen und nach ihrer eigenen Definition aufregenden Mann wahrscheinlich ein paar Typen von Hunters Schlag entgangen waren.

Aber vielleicht war es ja noch nicht zu spät, aus dieser Erkenntnis Lehren zu ziehen.

Vielleicht konnte sie eine Art Freundschaft mit Hunter eingehen, solange sie beide in Cancún waren, damit sie erfuhr, wie es sein würde, Zeit mit einem Mann wie ihm zu verbringen. Vielleicht half ihr das, entspannter zu werden und in Zukunft in Sachen Männer offener zu sein, anstatt sich auf ein oder zwei Eigenschaften zu konzentrieren und den Rest komplett zu ignorieren.

„Ich kann mir gar nicht vorstellen, wie das sein muss, wenn man als Soldat einfach irgendwo hingeschickt wird", sagte sie, um die Unterhaltung in eine andere Richtung zu lenken. Vielleicht würde er mehr von sich offenbaren, wenn sie ihn auf ein langes und wichtiges Kapitel seines Lebens ansprach. „Das muss doch schwierig sein."

Sie folgten dem Weg, der zu ihrem Zimmer führte. Melanie hob den Kopf, sodass ihr die Sonne ins Gesicht schien.

Hunter zuckte mit den Schultern. „Es war ein Job, ich habe ihn erledigt und bin heimgekehrt."

Na, das war ja aufschlussreich. „Danke für die tiefschürfende Einsicht", murmelte sie.

„Was hast du erwartet?"

„Keine Ahnung. Eine Anekdote. Etwas über deine Gefühle in der Zeit. Ich versuche, dich besser kennenzulernen."

„Gefühle sind nicht meine Sache. Frag meine Ex."

„Du bist weder unsensibel noch rücksichtslos." Das wusste sie sicher, schließlich hatte er ihr gegenüber immer wieder Mitgefühl erkennen lassen.

„Würde ich auch so sehen. Ich kann gern über deine Gefühle reden, aber nicht über meine."

„Ich will nicht über meine Gefühle reden."

„Dann sind wir ja einer Meinung. Lass uns lieber über Bananen und Kirschen und Pornostar-Namen reden." Er griff nach ihrem Arm und zog sie zur Seite, damit sie einen Bogen um eine Echse machte, die rechts von ihr auf dem Boden saß.

Erschrocken riss Melanie die Augen auf. „Was ist denn das?", keuchte sie.

„Ich weiß nicht. Gefährlich ist das Tier vermutlich nicht, aber ich würde trotzdem nicht drauftreten."

„Igitt." Sie schüttelte sich und ging dichter neben Hunter her. „Ich glaube, das Thema Pornostar-Namen ist erschöpft. Lass uns über Filme oder Musik reden."

„Wir könnten auch schwimmen gehen und ganz aufs Reden verzichten."

Dieser Wink mit dem Zaunpfahl war nicht zu übersehen. „Willst du damit sagen, dass ich dir auf die Nerven falle?"

„Nein, ich finde nur, dass du mal aufhören solltest, so viel zu denken, und dass du stattdessen einfach etwas tun sollst. Weißt du, wie ich das meine?“

„Nein. Ich tue im Moment ja was, oder nicht? Außerdem rede ich mit dir, aber ich denke nicht angestrengt nach.“

Seine Hand lag noch immer an ihrem Kreuz und strahlte Wärme aus.

„Ich glaube nicht, dass du reden kannst, ohne zu denken.“

„Genau genommen kannst du auch nicht schwimmen, ohne zu denken“, hielt sie dagegen. „Im Grunde kannst du gar nichts tun, ohne zu denken.“

„Aber musst du unbedingt so angestrengt denken?“

Sie hatte das Gefühl, von ihm kritisiert zu werden. „Was hast du eigentlich gegen das Denken?“

Er zögerte. „Hört sich das irgendwie verrückt an, wenn ich sage, ich will nur, dass du die Zeit hier genießt? Dass ich mich mies fühle, wenn ich weiß, du hast das alles aus deiner eigenen Tasche bezahlt, und dass ich will, dass du den Urlaub in guter Erinnerung behältst und nicht in zwanzig Jahren noch mit Verbitterung darauf zurückblickst?“

Melanie war zutiefst gerührt. Seine Miene verriet ihr, dass er es zwar ernst meinte, dass es ihn aber auch Überwindung gekostet hatte, so etwas in Worte zu fassen. „Danke. Ich sehe dir an, wie schwer dir das gerade gefallen ist. Was hältst du von einem Deal? Ich werde mich vergnügen und den Urlaub genießen, und du gestattest dir von Zeit zu Zeit, Gefühle zu haben. Einverstanden?“

Seine Mundwinkel bewegten sich nach oben. „Muss ich über die Gefühle reden?“

„Nur wenn du das willst. Aber du kannst sie ja auch zum Ausdruck bringen, ohne etwas zu sagen."

„Du hast ja keine Vorstellung, was ich in diesem Moment auf diese Weise zu gern zum Ausdruck bringen würde. Vermutlich würde ich dir damit Angst einjagen."

„Wieso? Willst du mir eine runterhauen?"

„Was?" Er sah sie erschrocken an. „Nein, natürlich nicht!"

„Und warum solltest du mir damit Angst einjagen?" Sie hoffte, dass er das meinte, was sie glaubte. Nämlich etwas, das damit zu tun hatte, dass er sich herunterbeugte und sie küsste.

Er reagierte mit einem gemächlichen, überwältigenden Lächeln, bei dem die Innenseiten ihrer Oberschenkel nervös zuckten.

„Ich schätze, es würde dir wohl doch keine Angst machen." Sie waren beide stehen geblieben, er drehte sich ganz zu ihr um. „Du bist ziemlich komplex, nicht wahr?"

„Ich will den Leuten zu Gefallen sein", antwortete sie unumwunden. „Ich bin pragmatisch und geordnet."

„Und doch bist du insgeheim eine Romantikerin."

Das stimmte. Es hatten sich nicht viele Gelegenheiten ergeben, aber es gab schon mal diese Momente, in denen sie von der großen Liebe, der wahren Liebe träumte und von maßlos überzogenen Gesten, die damit einhergingen. Schnell bildete sie mit den Armen ein X und sagte: „Wenn du nicht über deine Gefühle redest, werde ich auch nicht über meine reden."

„Du hast gesagt, ich kann meine Gefühle ohne Worte ausdrücken."

„Und du hast gesagt“, konterte sie, „dass ich nicht wissen will, was du gedacht hast.“

Er machte einen Schritt auf sie zu, sie wich nicht zurück, obwohl sie ein wenig verunsichert war. Aber die Neugier darauf, was er tun würde, war einfach stärker. Mit dem Daumen strich er über ihre Unterlippe, ein Schauer lief ihr über den Rücken, und ein heftiges Sehnen erwachte irgendwo tief in ihrem Inneren.

„Ich glaube, wenn du nicht in Gefahr bist, dann gibt es keinen Grund, wieso wir nicht zusammen ein bisschen Spaß haben sollten.“

Okay, vielleicht fühlte er sich ja zu ihr hingezogen. Dieser Eindruck hatte sich den ganzen Tag über verstärkt, und mittlerweile war es ziemlich offensichtlich. „Welche Art von Spaß?“, fragte sie, weil sie hören wollte, wie er es ihr sagte.

Seine Augen waren dunkel vor Verlangen. Sie meinte, ihn und all seine männliche Vollkommenheit riechen zu können.

„Nackter Spaß.“

„Oh.“ Sie schluckte angestrengt. Ja, sie wollte es. Sie wollte es wirklich. Aber erst mal musste sie darüber nachdenken. Es war nicht ihre Art, sich kopfüber in ein Abenteuer zu stürzen. Wenn sie mit Hunter schlief und es endete in einer Katastrophe, hätte sie ihn die nächsten sechs Tage am Hals. Sie war momentan nicht in der besten Verfassung. Sie musste eine Nacht darüber schlafen und zudem eine Liste mit den Vor- und Nachteilen zusammenstellen, bevor sie alle Hüllen fallen ließ. Er war anders als der Mann, mit dem sie bis vor Kurzem geschlafen hatte, und wenn sie ehrlich war, hatte Ian sie verunsichert, weil er so wenig Interesse daran gezeigt hatte, regelmäßig mit ihr ins Bett zu gehen.

„Ich glaube nicht … Ich meine, Ian und ich, wir haben gerade Schluss … Ach, Blödsinn … er hat mit mir Schluss gemacht. Ich glaube, ich würde im Bett nicht viel Freude verbreiten." Er verzog keine Miene und ließ keinerlei Kommentar los. Auf einmal kam sie sich vor wie der größte Idiot auf Erden. Da stand ein absolut scharfer Leibwächter vor ihr, der mit ihr Sex haben wollte, und sie lehnte dankend ab? Nur weil sie jetzt nicht wollte, sagte das nichts darüber aus, was sie in vierundzwanzig oder achtundvierzig Stunden wollte. Also fügte sie hastig hinzu: „Vielleicht im Lauf der Woche?"

Hunter sah Melanie lange Zeit schweigend an, da er nicht wusste, ob er sich womöglich verhört hatte. Wollte sie ihn etwa auf den Arm nehmen? Sie hatte Nein gesagt, weil sie nicht Sex mit ihm haben wollte. Aber vielleicht könnte sie ihn ja im Lauf der Woche für eine schnelle Nummer irgendwo dazwischenquetschen? War das ihr Ernst? Wer machte denn so was?

Ihm war der Grund durchaus klar: Ihr Freund hatte sich erst ein paar Stunden zuvor von ihr getrennt. Vielleicht war es für sie zu früh, um schon mit einem anderen Mann zu schlafen, ohne dass anschließend die große Verlegenheit ausbrach. Sie hätte sich wenigstens einmal von ihm küssen lassen können, bevor sie sich entschied. Stattdessen ein Angebot aus Mitleid? Das konnte sie behalten. Er wollte nicht, dass sie nur mit ihm schlief, weil sie nicht wusste, wie sie Nein sagen sollte.

„Tu das nicht“, erwiderte er schließlich und hörte sich dabei schroffer an als beabsichtigt. „Sag einem Mann Ja oder Nein, aber sag nie Vielleicht. Zeig ihm, dass du weißt, was du willst.“

Sein Tonfall hatte etwas Verletzendes, doch Melanies Worte ließen ihn deutlich erkennen, wieso Ian per Karte mit ihr Schluss gemacht hatte. Sie war tatsächlich jemand, der anderen Leuten zu Gefallen sein wollte. Wenn er schon keinen Sex mit ihr haben würde, konnte er ihr zumindest helfen, ihren eigenen Wert zu erkennen. Sie musste rein gar nichts tun, wenn ein Mann etwas von ihr wollte.

Sie sah ihn mit großen Augen an. „Dann also … nein.“

„Okay.“ Er nickte und ging auf Abstand zu ihr. Ihm musste ihre Antwort nicht gefallen, aber er war froh, dass sie jetzt wenigstens das tat, was sie tun wollte. „Lass uns schwimmen gehen.“

Er hätte sie küssen und ihr Verlangen nach ihm wecken sollen, anstatt gleich von nacktem Spaß zu reden. Es war eine spontane Reaktion gewesen, und die war nach hinten losgegangen. Jetzt konnte er nichts anderes mehr tun, als an eine nackte Melanie und an die Tatsache zu denken, dass er diese Melanie niemals zu sehen bekommen würde.

Sie zog sich um und trug einen Bikini, nur war davon nichts zu sehen, weil sie sich in ein riesiges weißes Laken hüllte. Die Haare hatte sie zum Pferdeschwanz zusammengebunden, und wegen ihrer Sonnenbrille konnte er nicht mal ihre Augen sehen. Seit sie ihn zurückgewiesen hatte, war kaum noch ein Wort über ihre Lippen gekommen, was an seinen Nerven zerrte. Wenn er an diesem Tag eine Sache über Melanie herausgefunden hatte, dann war es die Tatsache, dass sie liebend gern redete. Nun lag sie jedoch in einem Liegestuhl am Pool und blätterte beiläufig in einem Magazin. Er hatte sein Smartphone vor sich und suchte im Internet nach Fotos von Bainbridge.

Hunter wusste, er würde Melanie weder nackt noch im Bikini zu sehen bekommen, denn das Laken bedeckte sie vom Hals bis zu den Knien. Mit einer Mischung aus Langeweile, Frust und Neugier ließ er sich deshalb auf das fragwürdige Niveau herab, im Internet nach mehr zu suchen. Bislang war er aber nur auf winzige Aufnahmen der Nacktfotos gestoßen, auf denen einzelne Personen auch dann nicht zu erkennen waren, wenn er einen Ausschnitt vergrößerte.

Er hatte damit gerechnet, dass sich Ian bei ihm meldete, doch der hatte sich nicht nach dem Stand der Dinge erkundigt. Vermutlich hatte Melanie recht und es gab keinerlei Bedrohung für ihr Leben. Ian hatte ihn für eine Woche engagiert, sodass er Melanie veranlassen konnte, ohne ihn nach Mexiko zu fliegen. Gehässiger hätte dieser Mann die Trennung wohl kaum planen können. Hunter wünschte ihm, dass er mit seinem Unternehmen Schiffbruch erlitt und schmerzhaften Ausschlag am Sack bekam. Melanie hatte es nicht verdient, so behandelt zu werden.

Er hatte sich auch nicht gerade mit Ruhm bekleckert, indem er sie gleich viel zu heftig angemacht hatte. Sie trauerte einer gescheiterten Beziehung nach, und er war nach dem Motto „Hey, lass uns eine Nummer schieben“ auf sie zugegangen. Wirklich sehr taktvoll. Allerdings hatte er während seiner Dienstzeit überwiegend mit Männern zu tun gehabt. Was wusste er schon über Romantik?

Gar nichts. Und davon jede Menge.

Nur ein Foto war vielversprechend genug, um es sich näher anzusehen. Es waren weniger Leute darauf, und die standen nicht so dicht beieinander. Als er das Motiv vergrößerte, entdeckte er schnell Melanie. Und sofort wünschte er, er hätte sie nicht gefunden. Sie trug Slip und Brille, der übrige Körper war mit Farbe bedeckt. Mit ihren Kurven, der schmalen Taille und den perfekten Brüsten sah sie exakt so aus, wie er sie sich vorgestellt hatte. Ihm lief das Wasser im Mund zusammen, vor allem, als er ihr verstohlenes Lächeln bemerkte. Es wirkte auf ihn so, als wüsste sie genau, wie verdorben sie war. Es war das Lächeln, das eine Frau ihrem Liebhaber schenkte. Wie sehr er sich in diesem Moment wünschte, es hätte ihm gegolten.

Sie war braun bemalt, um wie Baumrinde auszusehen, aber Hunter musste bei dieser Farbe unwillkürlich an Schokoladensauce denken, die er auf ihre Nippel träufeln und dann genüsslich ablecken konnte. Er drehte sich auf seinem Liegestuhl um und zog die Knie an, um Melanie nicht sehen zu lassen, dass er einen gewaltigen Ständer hatte. Mann, es war schon verdammt lange her, seit er das letzte Mal eine Frau gehabt hatte.

„Ich gehe schwimmen“, ließ er sie wissen. Das kalte Wasser würde seinen Schwanz schnell genug schrumpfen lassen. Vom Pool aus konnte er Melanie gut im Auge behalten.

Sie nahm das Magazin runter. „Ist das Wasser sehr kalt?“

„Ich weiß nicht, ich bin ja noch nicht drin."

„Dann sag es mir, wenn du drin bist", konterte sie und schnitt eine Grimasse.

Er überlegte, ob er ihr vorschlagen sollte, selbst einen Zeh ins Becken zu tauchen, um es herauszufinden, aber dann würde sie ihm wahrscheinlich das Heft an den Kopf werfen. Melanie hatte eine undefinierbare Laune, und er wusste nicht mal wieso. Lag es an ihm und seiner deplatzierten Bemerkung, oder hatte es mit Ian und der Trennung zu tun? Es war unmöglich, das zu sagen. Stattdessen streckte er einfach beide Daumen in die Höhe. „Wird erledigt."

Das brachte sie tatsächlich zum Lächeln. „Du bist nicht der Zwei-Daumen-rauf-Typ."

„Was für ein Typ bin ich denn dann?"

Nach kurzem Zögern sagte sie: „Ein gefährlicher Typ."

Hunter stand auf. „Gefährlich? Auf eine gute oder eine schlechte Art?"

„Auf eine gute Art. Sexy, nicht unheimlich." Melanie setzte sich hin und legte ihr Magazin weg. „Eventuell komme ich ja mit rein."

Ein Fortschritt. Dass sie ihn für sexy hielt, war auf jeden Fall ein Schritt in die richtige Richtung. Sie wollte vielleicht nicht mit ihm schlafen, aber zumindest würde er sich an ihrem Anblick erfreuen können. Als sie aufstand und sich aus dem Laken schälte, kam darunter ein makelloser Körper zum Vorschein, der in einem roten Bikini verpackt war. Hunter stockte der Atem.

Am Beckenrand angekommen, setzte er sich hin und tauchte die Füße ins Wasser. Es war nicht so warm wie Badewasser, aber auch nicht eisig kalt. Die Temperatur war eigentlich genau richtig. Mit beiden Händen schöpfte er etwas Wasser und holte aus, ohne hinzusehen. In der nächsten Sekunde kreischte Melanie vor Schreck auf, und als er sich umdrehte, sah er, dass er ihr die Ladung direkt auf die Brust geschleudert hatte. Jawohl! Ein Volltreffer. „Und?", fragte er grinsend. „Wie ist das Wasser?"

„Kalt, du Blödmann", fauchte sie.

„Stimmt ja gar nicht."

„Dann schütt es dir doch selbst ins Gesicht."

„Werde ich gleich sogar machen."

Während sie sich neben ihm vorsichtig auf den Betonboden setzte, spritzte er sich Wasser auf die Arme und die Brust. Es war erfrischend.

Ohne Vorwarnung versuchte sie, ihn in den Pool zu schubsen, doch er hatte so etwas bereits geahnt. Außerdem war sie gar nicht stark genug, um ihn von der Stelle zu bewegen. Schnell erlangte er die Balance zurück und lächelte Melanie breit an. „Ist das dein Ernst? Mehr als das hast du nicht zu bieten?"

Daraufhin schürzte sie die Lippen. „Ach, verdammt. Ich hatte mir schon ausgemalt, wie du mit dem Gesicht voran im Wasser landest."

„Ich kann ja reinspringen, wenn dir das Spaß macht."

„Nein danke", lehnte sie lachend ab. „Das wäre nicht das Gleiche."

„Ganz sicher?" Er schwankte hin und her und tat, als würde er jeden Moment das Gleichgewicht verlieren. „Oh, oh, nein!" Wegen des Wassers, mit dem sie von ihm bespritzt worden war, hatte sie eine Gänsehaut bekommen, und ihre Nippel hatten sich versteift. Ihre Haut strich über seine, als er sie streifte, sie fühlte sich kühl und weich an. „Ich kann mich nicht mehr lange halten. Hilfe!"

Sie schüttelte den Kopf und verdrehte die Augen, doch dann legte sie eine Hand auf seinen Rücken und gab ihm einen Stoß. In einer dramatischen Bewegung ließ er sich fallen und genoss das Wasser und die völlige Stille im Moment des Untertauchens. Er kam wieder nach oben und sah Melanie, die ihn angrinste. Bevor er erneut untertauchte, fasste er nach einem ihrer Fußgelenke und zog kurz daran, aber nur so, dass sie bestenfalls einen kleinen Schreck bekam. Schließlich sollte sie ja nicht hinfallen und sich auf dem harten Boden verletzen oder sogar bewusstlos werden, falls sie unglücklich stürzte.

Als er wieder auftauchte, drückte er ihre Füße auseinander, bis er sich zwischen ihre Beine schieben konnte und ihrem Bauch sowie dem winzigen Stück Stoff ganz nahe war, das ihre unteren Regionen bedeckte, denen er sich nur zu gern ausgiebig gewidmet hätte.

Ihr Lachen verstummte, sie sah ihn ermahnend an, während sie die Hände auf seine Schultern legte. „Das ist so nicht richtig, Hunter", ließ sie ihn wissen, ohne ihn jedoch wegzustoßen.

„Was willst du? Mir ist kalt, und deine Beine wärmen mich."

„Du bist unmöglich."

„Ich muss in deiner Nähe bleiben, um dich zu beschützen." Er zwinkerte ihr zu.

„Dann bist du also nur ein Werkzeug."

Noch immer sorgte sie nicht für mehr Abstand zu ihm.

Jemand stieß im Vorbeigehen mit dem Bein gegen Melanies Schulter. Der Mann blieb stehen, schaute zwischen ihm und Melanie hin und her, dann fragte er sie: „Kennen wir uns irgendwoher?"

„Sie ist ein berühmter Pornostar", erklärte Hunter mit todernster Miene. „Bestimmt haben Sie sie im Internet gesehen."

Der Mann strahlte übers ganze Gesicht. „Na klar!", rief er erfreut und nickte zufrieden. „Ist ja toll, Sie mal richtig live zu sehen. Ich liebe Ihre Filme ... Sie verstehen schon." Dann winkte er und ging weiter.

Melanie drehte sich zu ihm um. „Ist das gerade eben wirklich passiert?", fragte sie und begann schallend zu lachen.

„Du bist halt berühmt. Was soll ich da sagen? Stell dein Licht nicht unter den Scheffel." Er war sich nicht ganz sicher, ob er diesen Spruch richtig im Gedächtnis hatte.

„Warum kommt es mir so vor, als würdest du immer irgendetwas Perverses sagen, ohne tatsächlich irgendetwas Perverses zu sagen?"

„Weil ich völlig verrückte Fähigkeiten besitze." Er sah auf ihren Bauchnabel und beobachtete einen Tropfen Wasser, der über ihre Haut lief. Er wollte ihn ablecken und von ihr kosten. Er wollte seine Zunge in ihre Bauchnabelhöhlung schieben und sie bis zu ihrem Bikiniunterteil weitergleiten lassen. „Warum siehst du so verdammt gut aus?", fragte er leise. „Du machst es mir ganz schön schwer."

Er hob den Kopf und stellte fest, dass sie ihn anstarrte und den Mund nicht mehr zubekam. Sie wirkte auf ihn, als wollte sie genau das Gleiche wie er. Er wollte ihr den Bikini ausziehen und seine Zunge einsetzen, um sie heftig kommen und nach mehr betteln zu lassen. Ihre Beine hatten ihn bereits fest umschlossen, ihre Fingernägel drückten in seine Schultern.

„Ich will es dir nicht schwer machen, doch ich muss versuchen, Fehler zu vermeiden."

„Das respektiere ich. Es ändert allerdings nichts daran, dass ich scharf auf dich bin; ich werde dich jedoch zu nichts drängen."

Auch wenn ein Stich durch seinen Arm ging, hob er Melanie von der Poolkante ins Wasser, um sie an seine Hüfte zu drücken. Zwar stieß sie einen spitzen Protestschrei aus, sie wehrte sich aber nicht. Für einen Moment genoss er das quälend gute Gefühl, ihren Körper auf sich zu spüren, als ihr Hintern sich an seinen Oberschenkeln und seinem Schwanz rieb und sich ihre Brüste an seinen Oberkörper schmiegten.

Dann ließ er sie los, und sie landete im Wasser.

6. Kapitel

Melanie tauchte auf. Haare klebten ihr im Gesicht, sie hatte Wasser in der Nase und in den Augen, sie musste nach Luft schnappen und konnte nichts sehen. Ihre Augen brannten, sie wischte wieder und wieder und rief: „Das war gemein!"

Vor allem, weil sie ernsthaft mit dem Gedanken gespielt hatte, ihn zu küssen. Er war so sexy und muskulös. Und sexy. Und hart. Sie hatte gespürt, wie seine Erektion die gefährlichste Region ihres Körpers anstieß. Alles in ihr hatte sich glutheiß angefühlt, obwohl sie bis zum Bauch im kühlen Wasser gestanden hatte.

Jetzt fühlte sie sich nicht mehr heiß, sondern halb ertrunken.

Wassertretend riss sie die Augen auf und warf ihm einen wütenden Blick zu. „Was sollte denn das?"

„Ich musste uns beide ablenken."

Er trieb vor ihr im Wasser und sah völlig gelassen und hinreißend aus.

„Damit ich nichts tue, was du bereuen würdest."

„Ach, aber *du* würdest es nicht bereuen, oder wie?" Verdammt, warum hatte sie das jetzt sagen müssen? Sie tauchte unter, sodass sie sich leichter die Haare aus dem Gesicht streichen konnte. Dann ließ sie sich rücklings treiben, bis ihr auffiel, dass Hunter auf ihre Brüste starrte.

„Nein, ich bin mir hundertprozentig sicher, dass ich absolut nichts bereuen würde."

Sie spürte, wie ihre Wangen zu glühen anfingen.

Sein Blick glitt weiter, bis er auf ihre Augen gerichtet war. „Andererseits lebe ich mein Leben auch vorwärts- und nicht rückwärtsgerichtet. Wenn ich niemanden verletze, was soll ich dann bereuen?"

„Warum hast du mit deiner Freundin Schluss gemacht?", fragte sie. Er hatte zwar gesagt, der Grund sei der gewesen, dass er seine Gefühle nicht zum Ausdruck brachte. Aber was genau sollte das bedeuten? Es musste doch mehr sein als nur das.

Prompt hielt er die Arme gekreuzt vor sich. „Nicht. Darüber rede ich nicht."

Wie gemein von ihm, ihr Vetorecht für sich in Anspruch zu nehmen. „Warum nicht? Was hast du zu verbergen?"

Er schüttelte den Kopf. „Oh nein, auf diese typisch weibliche Manipulation falle ich nicht herein. Ich habe nichts zu verbergen. Ich sehe nur keine Veranlassung, mich mit dir über meine Ex zu unterhalten, wenn ich über dich reden will."

Das klang genauso manipulierend wie ihre Frage. „Vielleicht sollten wir besser über das Wetter reden. Heute ist ein schöner Tag."

„Ja, das stimmt." Er schwamm einmal um sie herum, als könnte er nicht lange auf einer Stelle bleiben. „Und wie gefällt dir dein Job?"

Ihr Job ließ sie automatisch an Ian denken. Ungewollt verzog sie das Gesicht.

Hunter wirkte zerknirscht.

„Tut mir leid, das war wohl das falsche Thema."

Melanie schüttelte nachdrücklich den Kopf. „Nein, ich muss mir schließlich darüber Gedanken machen. Von allen Seiten bekommt man zu hören, dass man mit seinem Boss nichts anfangen soll, und dann stellt sich heraus, dass alle anderen recht hatten." Sie fühlte sich niedergeschlagen. „Ich kann mir im Moment nicht vorstellen, dass ich bereit bin, wieder zur Arbeit zu gehen."

„Diese ganze Woche musst du das sowieso nicht machen."

„Das einzig Gute ist, dass niemand wusste, was zwischen uns lief."

„Diese Heimlichtuerei ist völliger Mist", sagte er mit Nachdruck. „Einfach nur Blödsinn."

„Er wollte nicht, dass es sich auf die Arbeit auswirkt." Wenn sie es laut aussprach, musste sie zugeben, dass das ein verdammt schwaches Argument war. „Außerdem wollte er seine Stalkerin nicht auf ein mögliches neues Opfer hinweisen."

„Ich begreife das nicht. Dass er für deine Sicherheit sorgen wollte, kann ich verstehen. Aber es ist so gut wie unmöglich, irgendetwas vor einer Stalkerin zu verheimlichen. Und am Ende bist du dann doch noch diejenige gewesen, der man wehgetan hat."

Sie erwiderte nichts darauf, weil es ihr das Gefühl gab, dumm zu sein. Es war ja auch dumm gewesen, Ians Worte für bare Münze zu nehmen.

Als ihm auffiel, dass sie nichts dazu sagte, fluchte er leise vor sich hin. „Tut mir leid, das war gedankenlos von mir. Ich bin nur sauer über das, was er sich bei dir erlaubt hat, Melly. Das ist alles."

„Ich weiß." Sie wusste es tatsächlich. Hunter würde eine Beziehung nicht geheim halten, weil das seiner Meinung nach verlogen und respektlos war. So gut kannte sie ihn bereits, dass sie das über ihn sagen konnte. „Und mein Name ist nicht Melly, wie du weißt." *Melly* stand für *mehr Spaß haben.* Das traf auf sie nicht zu.

„Für mich bist du Melly."

„Ein Pornostar?" Sie war sich nicht sicher, wie er auf diese Idee kommen konnte, nachdem sie ihm eine so deutliche Abfuhr erteilt hatte.

„Nein. Sexy, aber süß. Spaß haben, aber äußerst loyal. Das ist Melly. Das bist du."

Seltsamerweise war es genau das, was sie hören musste. „Danke, Hunter." Sie fühlte sich jedoch immer noch melancholisch. „Tut mir leid."

„Willst du dich jetzt für irgendwelchen Mist entschuldigen, für den du dich gar nicht entschuldigen musst? Falls ja, bin ich hier raus und setze mich in den Whirlpool."

„Aber ..."

„Kein Aber."

Er hatte recht. Es gab nichts, wofür sie sich entschuldigen musste. Sie hatte sich einfach falsch entschieden, als sie bei Ian geblieben war. Na und? Das war nicht das Ende der Welt. Das war nicht wie Krebs oder Armut oder Krieg. Es war nicht mal vergeudete Zeit, weil sie dabei dies und jenes gelernt hatte. Wieso beklagte sie sich und nahm eine Schuld auf sich, mit der sie gar nichts zu tun hatte?

Also lächelte sie Hunter an. „Du hast recht. Ich bin in Mexiko, und zu Hause liegt ein Meter Schnee. Es gibt nichts, was mir leidtun müsste."

„Da hast du verdammt recht." Hunter zeigte auf die schwimmende Bar. „Kommst du auf einen Drink mit? Ich lade dich ein."

Sie musste lachen. „Schon vergessen, dass ich all-inclusive gebucht habe?"

„Ach, Mist. Ich kann nicht mal großzügig und schneidig rüberkommen, wenn alles im Preis drin ist."

Er besaß die Fähigkeit, bei Bemerkungen wie dieser todernst dreinzuschauen und ganz ohne Betonung zu reden, was jeden, der ihn nicht kannte, rätseln ließ, ob er nun einen Witz gerissen hatte oder vielleicht doch nicht. Aber sie durchschaute ihn auf Anhieb. Die Umstände machten es erforderlich, den Charakter eines anderen schnell einzuschätzen. Er mochte an den großen bösen Wolf erinnern, und bestimmt konnte er auch fürchterlich knurren und fauchen, aber in seinem Herzen war er ein Softie.

„Du bist die ganze Zeit über nichts anderes als großzügig und schneidig gewesen", sagte sie und schwamm neben ihm her zur Poolbar. „Das ist wirklich sonderbar. Ich komme mir vor wie eine Meerjungfrau", sagte sie, als sie sich auf einen unter dem Wasserspiegel befestigten Betonhocker setzte, sodass sich der größte Teil ihres Körpers immer noch unter Wasser befand. „Es muss seltsam sein, hier als Barkeeper zu arbeiten."

„Glaube ich auch. Hast du was dagegen, wenn ich ein Bier nehme?"

„Warum sollte mich das stören?“

„Weil ich dein Leibwächter bin.“

„Ja, ja, schon klar.“ Es war völliger Unsinn, und das wussten sie beide. „Trink ruhig ein Bier.“

Er saß auf dem Hocker neben ihr, eine Weile widmeten sie sich in einvernehmlichem Schweigen ihren Getränken. Melanie fühlte sich nicht immer behaglich, wenn eine Unterhaltung ins Stocken geriet, doch das hier war etwas ganz anderes. Das war ein Moment der Entspannung im Sonnenschein, während sie an einem Fruchtdrink mit Cocktailschirmchen nippte.

Als sie gähnte und sagte, sie würde gern ein Nickerchen machen, kehrte Hunter mit ihr sofort zu den Liegestühlen zurück. Melanie legte sich bäuchlings auf ihr Badetuch, den Kopf ließ sie auf die verschränkten Arme sinken. Die Augen hatte sie geschlossen, um die friedliche, besänftigende Ruhe auf sich wirken zu lassen.

Bis sie auf einmal Hunters Hand auf ihrem Rücken bemerkte.

„Was machst du da?“ Sie war unmittelbar vor dem Einschlafen gewesen.

„Deine Haut wird schon rot, ich reibe dich mit Sonnencreme ein.“

Über die Schulter warf sie ihm einen forschenden Blick zu, um herauszufinden, ob er irgendwelche anderen Absichten hegte, aber er gab nur Lotion auf seine Finger und verrieb sie auf ihrer Haut. Ein Blick auf ihren Oberarm zeigte ihr, dass Hunter recht hatte, selbst da schimmerte ihre Haut rosig. „Danke.“

Es fühlte sich unglaublich gut an, wie er die Lotion auf

ihrem Rücken verteilte und sie dabei sanft massierte. An den Schultern fing er an, von dort arbeitete er sich bis unter das Bikini-Oberteil vor, woraufhin sie ungewollt ein Stöhnen von sich gab. „Gott, fühlt sich das gut an."

„Deine Schultern sind völlig verspannt." Er kauerte so neben ihr, dass er mit seinem Körper hin und wieder ihren berührte. Mit leiser, sanfter Stimme redete er dabei auf sie ein.

Warum hatten nicht alle Männer so eine Stimme? Sie fühlte sich sicher und geborgen, wenn sie Hunter reden hörte. Es war so, als könnte er einerseits mit Leichtigkeit jeden zu Brei schlagen, der sie bedrohte, und sie andererseits dennoch mit Fürsorge und Zärtlichkeit berühren. Nicht, dass das hier als Zärtlichkeit zu verstehen war. Er war eben aufmerksam. Oder aber das Ganze war nur ein Vorwand, um sie zu erregen und um sich so an ihren Schutzwällen vorbeizumogeln. Wenn Letzteres der Fall sein sollte, hatte er damit Erfolg. Sie fühlte sich völlig entspannt und nahm sehr deutlich war, wie nahe seine Hand bei den kreisenden Bewegungen an ihren Po herankam. Es wäre ein Leichtes gewesen, die Finger unter den Stoff zu schieben und sie sinnlich zu streicheln …

Abrupt räusperte sie sich und presste die Oberschenkel zusammen. Sie waren unter Leuten, und sie musste sich in den Griff bekommen. Außerdem hatte sie ihm bereits erklärt, dass sie nicht mit ihm schlafen würde. Für wie verrückt sollte er sie halten, wenn sie es sich nur drei Stunden später anders überlegte? Drei Tage würden nicht ganz so schlimm aussehen. Und vielleicht fühlte sie sich bis dahin ja gefestigter und selbstbewusster.

Sie sah zur Seite, dabei kam es zum Blickkontakt mit einer

Frau, die ein Stück weiter rechts lag. Die Fremde anlächelte sie an und schaute unverhohlen neidisch.

„Ich wünschte, mein Mann würde mich mal so massieren“, sagte die Frau gleich darauf. „Sie können sich wirklich glücklich schätzen.“

„Na ja“, erwiderte Melanie, der beim besten Willen nichts Intelligentes in den Sinn kommen wollte.

„Frank, siehst du das?“ Die Frau drehte sich zu ihrem Ehemann um, auf dessen beachtlichem Bauch ein wahrer Dschungel aus Brusthaaren prangte. „Ihr Mann massiert ihr den Rücken.“

Frank zog die Augenbrauen hoch, als er zu ihnen sah. „Das liegt nur daran, dass er eine scharfe Ehefrau hat.“

Die Frau schlug mit ihrem Buch nach Frank, dazu hatte sie auch allen Grund. Melanie musste verlegen lachen. „Oh weh“, murmelte sie, da sie nicht wusste, was sie sonst hätte sagen sollen. Zwar war Franks Frau keine fünfundzwanzig mehr, und mit Konfektionsgröße 34 wäre sie nicht mehr hingekommen, aber sie war eine attraktive Sechzigjährige mit flottem Pagenschnitt und guter Figur.

„Nur damit Sie es wissen“, sagte Hunter zu der Frau, während sich Frank von seinem Liegestuhl erhob und zum Pool schlenderte, „Frank ist derjenige, der sich von Ihnen beiden als der Glücklichere schätzen darf.“

Sie reagierte mit einem Lächeln. „Danke, das ist nett von Ihnen.“ Dann zeigte sie auf Melanie und ergänzte: „Lassen Sie den Mann niemals entwischen.“

„Keine Angst, ich laufe nicht weg“, sagte Hunter mit sanfter Stimme.

Die Melancholie, die sich schon zuvor geregt hatte, stürmte wieder auf Melanie ein. Sie hatte auf dieser Reise Romantik erwartet, und jetzt fühlte sie sich einfach nur … einsam. Hunter war eine angenehmere Gesellschaft, als sie vermutet hatte, und tatsächlich war er derjenige, der es bislang geschafft hatte, sie den Urlaub genießen zu lassen, der ebenso gut ein Desaster hätte sein können. Er gehörte jedoch nicht zu ihr, sie beide waren kein Paar. Sie wollte die eine Hälfte eines Paars mit einem Mann wie ihm sein. Einem Mann, der aufmerksam war und der sie beschützte. Doch sie konnte nichts weiter vorweisen als einen Abschiedsbrief von ihrem Ex und einen Leibwächter, der vermutlich mit ihr schlafen würde, der aber weiter nichts von ihr wollte.

Das war alles Mist. Einfach nur elender Mist.

Hunter schien magische Hände zu haben, denn trotz ihrer missmutigen Stimmung sorgten die Wärme der Sonne und seine Berührungen dafür, dass sie allmählich eindöste.

Sie träumte davon, dass Hunter sie liebte, während Ian im Hintergrund stand und Fotos machte. Sogar im Schlaf schaffte er es, dass ihre Erregung schlagartig verpuffte. Sie gehörten einfach nicht in ein und denselben Traum. Ian war ihre desinteressierte ehemalige Realität, und Hunter war ihr momentaner Wunschtraum.

Hunter überlegte, ob er Melanie noch etwas länger schlafen lassen sollte. Einerseits musste sie sich zwar ausruhen, andererseits lag sie jetzt schon seit fünfundvierzig Minuten in der Sonne und schlief wie tot. Trotz der Sonnencreme entwickelte ihre Haut allmählich einen Farbton, der an das Innenleben einer Wassermelone erinnerte. Hummerfarbe war es noch nicht ganz, aber wenn er sie nicht umgehend für die Nacht in ihr Zimmer brachte, würde sie den Status bald erreicht haben. Also beugte er sich zu ihr rüber und tippte ihr auf die Schulter.

„Melly, wach auf, Sweetheart.“ Er war sich nicht sicher, wann er damit begonnen hatte, ihren Spitznamen zu benutzen, und wann er sich das Recht erworben hatte, ihr einen Kosenamen zu geben. Auf jeden Fall fühlte es sich gut an, so etwas zu sagen. Vielleicht brauchte er weibliche Gesellschaft doch viel dringender, als ihm bislang klar gewesen war – und er meinte nicht bloß Gesellschaft der nackten Art.

Sie machte die Augen einen Spaltbreit auf und sah sich desorientiert um. „Hmm?“

Oh Gott, sie sah verschlafen und sexy aus, und er hatte einen Instant-Ständer. „Du brutzelst wie ein Spiegelei vor dich hin. Wir sollten für eine Weile nach drinnen gehen.“

„Oh.“ Sie drehte den Kopf, um einen Blick auf ihren Rücken zu werfen, aber außer dass sie zu schielen begann, erreichte sie damit gar nichts. „Okay, wie spät ist es.“

„Fünf Uhr. Die Sonne dürfte bald untergehen. Bei diesem Wetter vergesse ich, dass wir immer noch Winter haben.“

„Gibt es hier eigentlich Käfer und ähnliche Krabbeltiere?“

Das schien so gar nicht zum Thema zu passen. „Krabbeltiere findest du überall.“

„Ich habe nicht daran gedacht, dass die Sonne hier viel

früher untergeht. Ich habe kein Insektenspray mitgebracht." Sie gähnte und setzte sich auf. „Ob es das wohl im Souvenirshop gibt?"

„Lass uns doch erst mal sehen, ob es hier überhaupt Moskitos gibt." Zwar gefiel ihm nicht, wie sie sich ständig wegen irgendetwas Sorgen machte, dennoch mochte er es, wie gut sie organisiert war und auf alles vorbereitet sein wollte. Beim Militär hatte er gelernt, jederzeit einsatzbereit zu sein, und er wusste es zu schätzen, dass sie beide vom gleichen Schlag waren. „Bereit zum Abendessen?", fragte er.

„Können wir das aufs Zimmer bringen lassen? Ich bin noch immer verdammt müde und würde mich heute gern früh schlafen legen."

„Kein Problem." Das hatte ihm zu seinem Glück gerade noch gefehlt, mit ihr zusammen in diesem Zimmer zu sein und dicke Eier zu haben. Es gab nicht mal einen Tisch, an den sie sich setzen könnten, also würde das Abendessen im Bett stattfinden. Nur war das, was er am liebsten vernascht hätte, nicht auf der Speisekarte zu finden.

Er half ihr, all ihre Sachen in die große Strandtasche zu packen, musste dann aber enttäuscht feststellen, dass sie sich wieder in ihr Laken hüllte. Warum Frauen sich an einem Ort wie diesem so verpackten, war ihm ein Rätsel. Jeder war hier im Urlaub, und ganz sicher würde man ihr nicht verbieten, im Bikini den Souvenirshop zu betreten.

Zurück auf ihrem Zimmer befasste sie sich eine halbe Ewigkeit lang mit der Speisekarte und ließ eine rhetorische Frage nach der anderen auf ihn los.

„Ich frage mich, ob das Risotto was taugt."

„Meinst du, ich kann die Champignons separat bekommen, oder ist das alles schon zusammengemischt?"

„Es gibt da eine Tagessuppe. Ob die auf Gemüsebasis zubereitet worden ist?"

Schließlich ertrug er es nicht mehr. „Warum rufst du nicht in der Küche an und fragst nach?"

„Oh, ich will den Leuten nicht zur Last fallen."

Er streckte eine Hand aus, damit sie ihm die Speisekarte gab und nicht länger grübeln konnte. „Lass mich mal sehen." Nach flüchtigem Blättern sagte er: „Ich nehme das Filet."

„Du hast doch gar nicht gesehen, was es sonst noch alles gibt."

„Ich habe genug gesehen." Wenn es etwas mit Fleisch war, dann war es nach seinem Geschmack. „Jetzt entscheide du dich bitte. Ich habe nämlich Hunger."

Sie nahm die Speisekarte wieder an sich. „Wenn ich den Salatteller bestelle, weiß ich nicht, ob der Kopfsalat vielleicht schon welk ist."

Um Himmels willen! Kein Mensch konnte all die Dinge wissen, über die sie sich Gedanken machte. Es gab Riskanteres im Leben als ein welkes Salatblatt. „Dann bestell eben keinen Salat."

Melanie lag im Bikini auf dem Bett, weil sie nach dem Bestellen duschen wollte. „Wirst du mürrisch, wenn du Hunger hast? Tut mir leid, ich werde mich beeilen."

Dass er zu allem Überfluss auch noch Hunger hatte, war alles andere als hilfreich, aber sein leerer Magen war nicht der Grund dafür, dass er so ungehalten war. „Nein", gab er schroff zurück. „Jetzt ruf in der Küche an und bestell irgendwas."

„Okay, schon gut." Sie warf ihm einen Blick zu, als hätte er sie getadelt, dann griff sie nach dem Telefonhörer.

Hunter ging auf den Patio und legte sich in die Hängematte. Eigentlich wollte er sich gar nicht hier draußen aufhalten, aber das war der einzige Ort, an den er sich vor Melanie und ihrer sexy Art zurückziehen konnte. Zu gern hätte er ihr einen Klaps auf ihren knackigen Po gegeben, um sie zur Eile anzutreiben. Und dann hätte er noch viel lieber etwas mit ihr gemacht, das sie ihr gottverdammtes Risotto schnell hätte vergessen lassen.

Die Delfine machten Lärm, sie quiekten und schnatterten, sie schlugen mit den Flossen, sodass das Wasser nur so umherspritzte. Er war sich nicht sicher, ob das Ganze ein Vorspiel oder einen Ehestreit darstellen sollte. Vielleicht waren das da unten ja sogar zwei Jungs, die sich gegenseitig zu überbieten versuchten. Auf jeden Fall half diese Unruhe in Verbindung mit seinem knurrenden Magen und seinem pochenden Schwanz ihm nicht beim Entspannen.

Er kletterte aus der Hängematte und ging zurück ins Zimmer, schob die Tür zu und verriegelte sie, dann ließ er die Jalousien runter.

„Was machst du da?", fragte Melanie erschrocken. Sie durchwühlte eben ihren Koffer auf der Suche nach irgendetwas.

„Ich will Gewissheit haben, dass du hier sicher aufgehoben bist. Ich gehe eine Runde joggen."

„Etwa jetzt?"

Sie klang so verblüfft, dass er grinste. „Wüsstest du einen besseren Zeitpunkt?" Er musste etwas von dieser aufgestauten Energie loswerden. Aus seinem kleinen Koffer holte er Shorts, ein T-Shirt und die Joggingschuhe hervor.

„Du hast gesagt, du hast Hunger. Ich habe dir Essen bestellt, das kalt sein wird, wenn du wieder zurück bist."

„Macht mir nichts aus. Lange bleibe ich sowieso nicht weg." Eine halbe Stunde war alles, was er brauchte. Er musste einfach laufen, um diesen sexuellen Frust zu überwinden, der ihn im Griff hatte. Das war etwas, was er wirklich gut beherrschte.

„Ich kann in der Küche anrufen und sagen, sie sollen damit noch warten", ereiferte Melanie sich.

„Ist nicht nötig. Wahrscheinlich bin ich sowieso schon lange wieder zurück, bis das Essen gebracht wird. Ich muss mich nur umziehen."

Er ging zum Badezimmer, aber Melanie redete weiter.

„Ein Steak wird zäh, wenn es abkühlt."

Wie konnte jemand, der so süß war, gleichzeitig so anstrengend sein? Er zog betont die Augenbrauen hoch. „Wenn ich mich jetzt umziehen kann, werde ich rechtzeitig wieder hier sein."

„Aber ich verstehe nicht. Warum ausgerechnet jetzt?"

Es half nichts, er würde das Kind beim Namen nennen müssen, damit sie endlich begriff. „Melly, dir zuzusehen, wie du dich auf dem Bett umherwälzt, ist mehr, als ich aushalten kann. Ich gehe joggen, um was gegen meinen Ständer zu unternehmen."

„Ich habe mich *gar nicht* herumgewälzt.“ Ihr Blick glitt nach unten. „Hast du wirklich einen … Oh.“

„Ja, habe ich. Darf ich mich jetzt umziehen?“ Er brauchte einen Moment Ruhe, und vor allem musste er die Badehose loswerden, da sie inzwischen so knapp saß, dass er fürchtete, ohnmächtig zu werden.

„Ich finde, wir sollten darüber reden“, beharrte sie.

Das war es. Wenn sie nicht wollte, dass er das Zimmer verließ, würde er sich eben hier vor ihren Augen umziehen. Er zerrte die Badehose herunter und warf sie in die Ecke.

Endlich kamen keine weiteren Fragen von Melanie. Sie saß da und schwieg.

Hunter grinste zufrieden, als er sich bückte, um eine Unterhose aus dem Koffer zu nehmen.

7. Kapitel

Melanie war so geschockt, dass sie beinahe ohnmächtig wurde. Ihr fehlten die Worte, und sie war sich nicht sicher, ob sie zu sabbern begonnen hatte.

Wieso musste sie bloß immer die Kontrolle über alles haben wollen? Warum hatte sie Hunter nicht in Ruhe gelassen, damit er ins Badezimmer gehen und sich umziehen konnte? Jetzt stand er nackt vor ihr, und sie schaffte es nicht, wegzusehen. Es war ihr einfach nicht möglich, den Kopf zur Seite zu drehen und den Anstand zu wahren. Zugegeben, er wollte auch gar nicht, dass sie wegsah. Trotzdem sollte sie es tun. Denn sie sollte Hunter nicht so sehen, obwohl sie sich längst nicht mehr daran erinnerte, wieso eigentlich nicht.

Meine Herren! Dieser Mann befand sich jenseits von Gut und Böse. Er war ein einziges Muskelpaket, vom Hals bis zu den Knien, traumhafte Bauchmuskeln und eine Erektion, die himmelwärts aufragte. Als er sich umdrehte, um die Unterhose aus dem Koffer zu nehmen, wurde ihr diese Aussicht zum Teil genommen, doch als Ausgleich gab es einen Blick auf seinen Hintern im Profil. Noch eine Körperpartie, die perfekter nicht hätte sein können. Kein Mann sollte so verdammt gut aussehen. Das war einfach nicht fair, denn intelligente Frauen wie sie wurden bei so einem Anblick zu stammelnden Idiotinnen.

„Viel Spaß beim Joggen“, brachte sie trotz zugeschnürter Kehle irgendwie heraus. Reflexartig hatte sie die Hände zu Fäusten geballt, jetzt zwang sie sich dazu, sie Finger für Finger wieder zu öffnen.

„Danke. Weißt du, es könnte sein, dass du recht hast.“ Er drehte sich zu ihr um.

Oh nein. Melanie versuchte, den Blick nicht von seinem Gesicht wegdriften zu lassen und nur den jugendfreien Teil des Bildes zu betrachten, das sich ihr bot. Sie konnte jedoch nicht verhindern, dass ihre Augen sich ein tiefer gelegenes Ziel suchten. Das alles hätte heute Nacht ihr gehören können. Aber sie musste ihm ja unbedingt eine Abfuhr erteilen. „Ich glaube nicht, dass ich jemals mit irgendwas recht gehabt habe“, erwiderte sie.

Hunter lachte, sein Penis wippte dabei ein wenig auf und ab. Verdammt, wie konnte er nur so steif sein? Und das ganz ohne Anlass. Und wie konnte er so steif bleiben? Sie fragte sich, was für ein Typ Liebhaber Hunter wohl war. Ernst, voll konzentriert? Verspielt und zu Späßen aufgelegt? Wahrscheinlich von allem etwas.

„Du verlangst zu viel von dir“, sagte er. „Ich wünschte, du würdest einfach mal deinem Instinkt vertrauen, anstatt dir ständig über andere Leute Gedanken zu machen.

„Ich werde daran arbeiten.“ Sie verschränkte die Arme vor ihren Brüsten, da ihr nur zu bewusst war, wie ihre Nippel durch den Stoff ihres Oberteils drückten. Es ging über ihren Verstand, wie Hunter so dastehen und sich mit ihr unterhalten konnte, als würden sie sich in einem Büro oder irgendwo auf der Straße unter Menschen aufhalten.

Er bückte sich und zog seine Unterhose an. Endlich. Melanie stieß einen deutlich hörbaren Seufzer aus. Für so etwas war sie nicht geschaffen. Ihr Leben verlief in geordneten, genau geplanten Bahnen. Das hier war für sie Neuland.

„Willst du mitkommen?“

Diese völlig unmögliche Frage holte sie aus ihrer Panik. „Also bitte. Ich laufe nur, wenn jemand hinter mir her ist.“

„Ich kann hinter dir her sein. Genau genommen dürfte ich das sogar schon sein.“ Er setzte sich hin und zog sich fertig an.

„Ehrlich?“, fragte sie neugierig. War er tatsächlich an einer Affäre mit ihr interessiert? Oder war das nur eine spontane Reaktion, weil sich gerade eine günstige Gelegenheit bot? So, wie man im Supermarkt ein Stück Wurst probierte, weil es einem an einem Werbestand angeboten wurde. Man hatte eigentlich keinen Hunger, man griff jedoch zu, weil es nichts kostete.

Hunter nickte bestätigend. „Ja, ehrlich. Ich respektiere, dass du Nein gesagt hast. Aber ich fühle mich zu dir hingezogen, und ich werde nicht aufhören, mit dir zu flirten. Ich bin zuversichtlich, dass ich letztlich doch das bekomme, was ich haben will. Wir haben noch die ganze Woche vor uns.“

Eine ganze Woche. Himmel. „Hat das was damit zu tun, dass Marines immer den zu fassen kriegen, den sie suchen, oder …?“

„Ich glaube, der Spruch gilt für die Mounties in Kanada. Aber wenn ich etwas will, dann verwende ich sehr viel Energie darauf, es auch zu bekommen. Und ja, ich will dich.“

Das ließ bei ihr Körperpartien kribbeln, die sich schon

seit Wochen nicht mehr gerührt hatten. Sie war noch nie einem Mann begegnet, der so offen sein Verlangen nach ihr aussprach. Ihre Erfahrung hatte sie zu der Erkenntnis gebracht, dass Männer immer entschlossen waren, den coolen Typen zu spielen. Hunter war jedoch nicht so wie andere Männer. Sie war sich nicht sicher, was sie sagen sollte. Was war eine passende Reaktion auf seine Worte? Dann fiel ihr ein, was er ihr geraten hatte: Sie sollte auf ihren Instinkt hören.

„Ich will dich auch, das ist gar keine Frage." Sie ließ die Arme sinken und atmete tief durch. Kein Versteckspielen, keine Heimlichtuerei. „Ich bin mir bloß nicht sicher, ob ich für eine Urlaubsaffäre bereit bin. Ich fürchte, ich könnte ausrasten und das Ganze zu einer großen Enttäuschung machen."

Er sah sie an, sie wartete darauf, dass er etwas sagte. Jeden Augenblick musste eine Reaktion kommen.

Wie bitte? Sie machte sich hier verletzlich, indem sie ihm die Wahrheit sagte, und er starrte sie nur an?

„Ich mag dich", antwortete er schließlich. „Wenn du bereit bist, dich für mich auszuziehen, wie sollte ich dann von dir enttäuscht sein?"

„Ich weiß nicht. Ich meine, Männer rennen mir nicht gerade die Tür ein, nur um ein zweites Mal mit mir schlafen zu dürfen." *Okay, das war jetzt viel zu privat.* Sie verdrehte die Augen. „Ach, vergiss es einfach."

„Ich will es aber nicht vergessen."

Er kam auf sie zu, wobei Melanie sich zusammenreißen musste, um nicht vor ihm zurückzuweichen.

„Wenn diese Männer nicht zufrieden gewesen sind, dann haben sie etwas verkehrt gemacht, aber nicht du."

„Vielleicht ..." Sie wollte ihm glauben. Von ganzem Herzen wollte sie das. Die Erkenntnis dämmerte ihr nur langsam, doch das eigentliche Problem war, dass sie kein gutes Händchen hatte, was ihre Männerwahl betraf.

„Kein Vielleicht, erinnerst du dich? Ja oder nein. Und in diesem Fall ist die Antwort ein deutliches Ja."

Hunter legte eine Hand an ihre Wange und musterte sie. Ihr war klar, dass er auf die Erlaubnis wartete, sie küssen zu dürfen. Sie hatte die Wahl. Sie wollte es, ganz ehrlich. Sie wollte sich sexy und lebendig und begehrt fühlen, und sie war davon überzeugt, dass sie das alles von ihm bekommen würde. Sie wippte auf den Zehenspitzen vor und zurück und lehnte sich Hunter in der Absicht entgegen, ihn zu küssen. Es sollte ein sanfter, forschender Kuss werden.

Hunter wartete jedoch nicht, und es wurde auch keine flüchtige Berührung ihrer Lippen. Es war vielmehr ein besitzergreifender, kraftvoller Kuss, bei dem seine Lippen ihre vollständig bedeckten. Er nutzte die Chance, als sie verdutzt keuchte, um mit seiner Zunge in ihren Mund vorzudringen und ihre Zunge zu umspielen. Es war ein hitziger, erotischer Tanz, auf den sie nicht gefasst gewesen war. Hastig griff sie nach seinen Armen, um sich irgendwo festzuhalten. Während sie sich küssten, spürte sie, wie sich Hitze in ihr regte und sich gemächlich ausbreitete. Melanie drückte sich an ihn, da sie mehr wollte ... da sie ihn wollte.

Hunter löste sich so plötzlich von ihr, dass sie fast nach vorn gefallen wäre.

„Ich will ein zweites Mal mit dir", erklärte er mit rauer Stimme. „Ich will auch ein drittes und ein viertes Mal, bis du aufhörst zu denken und dich nur noch von deinen Gefühlen leiten lässt."

Das klang himmlisch. Allerdings wusste sie nicht so richtig, wie sie das anstellen sollte. „Ich denke, ich bin bereit, es zu versuchen."

„Nicht denken, einfach nur ja oder nein."

Himmel, er redete mit ihr, als wäre er Yoda und sie Luke Skywalker. Verdammt noch mal, was war denn so schlimm daran, wenn sie erst mal überlegte?

Sie wollte zu einer Erwiderung ansetzen, doch es kam kein Ton über ihre Lippen.

Hunter drehte sich um. „Ich bin in zwanzig Minuten zurück."

„Du gehst wirklich noch weg?" Warum verfiel sie nur in diesen kläglichen Tonfall, wenn sie das Gefühl hatte, alleingelassen zu werden? Wahrscheinlich weil dies der längste Tag in der Geschichte der längsten Tage war.

Sie war einsam, daran gab es keinen Zweifel. Und Hunter war derjenige, der diese Lücke in ihrem Leben ausfüllte. Hastig fügte sie hinzu: „Soll ich dir eine SMS schicken, wenn das Essen da ist?"

„Denk dran, du hast keinen Auslandstarif gebucht. Mach dir keine Gedanken, so lange werde ich nicht weg sein."

Zwanzig Minuten waren nicht viel Zeit, aber sie bekam damit ausreichend Gelegenheit, um über diesen Kuss und über seinen Körper nachzudenken. Melanie schaltete den Fernseher an, doch jeder Sender strahlte sein Programm auf

Spanisch aus, was gar nicht geeignet war, ein bisschen zu entspannen. Das Essen wurde gebracht, sie begann wie ferngelenkt zu essen. So hungrig wie zur Mittagszeit war sie nun gar nicht mehr, dafür jedoch erschöpft.

Ihre Welt war in den letzten zwölf Stunden komplett auf den Kopf gestellt worden. Hätte am Morgen, als der Wecker ging, jemand zu ihr gesagt, dass sie noch am selben Tag mit einem Leibwächter Sex haben würde, hätte sie vorgeschlagen, denjenigen in einer geschlossenen Abteilung unterzubringen. Jetzt dagegen kreisten ihre Gedanken ausschließlich um Hunter. Ian war längst abgemeldet. So kurz nach der Trennung kam ihr das alles völlig verkehrt vor.

Und trotzdem konnte sie sich nicht davon abhalten.

Warum genau war das alles verkehrt? Ian hatte sich von ihr getrennt. Sie hatte seit sechs Wochen keinen Sex mehr gehabt. Sie war einsam, sie wollte Trost für ihr Ego, sie wollte einen Orgasmus. Alle möglichen Leute stürzten sich nach einer Trennung gleich wieder in eine Affäre. Sie machte hier Urlaub, und niemand würde jemals etwas erfahren müssen.

Nachdem sie von ihrem Gericht gut ein Drittel verspeist hatte, beschloss sie zu duschen. Trotz Hunters Massage waren ihre Schulter immer noch verspannt. Sie ließ sein Steak unter der Abdeckhaube auf dem Bett stehen, ging ins Badezimmer und stellte sich unter die Dusche. Ein zufriedenes Seufzen kam über ihre Lippen, als das warme Wasser über ihre Haut lief und dabei die Sonnencreme ebenso wegspülte wie den Angstschweiß und hoffentlich auch die Lage Unsicherheit, die sie schon den ganzen Tag mit sich herumtrug.

Hunter hatte recht. Sag Ja oder sag Nein. So schwer war das gar nicht.

Als sie in Tanktop und Shorts und mit feuchten Haaren aus dem Badezimmer kam, war er zurück. Sein Teller war leer. „Wow, du hast aber schnell gegessen."

„Nicht schnell, sondern zeitsparend."

„Ich bin müde. Was dagegen, wenn ich mich ins Bett lege?"

„Nein, natürlich nicht." Er schlug die Bettdecke auf ihrer Seite um. „Ich will auch noch eben duschen gehen."

Melanie gähnte. Sie hatte damit gerechnet, nach spätestens dreißig Sekunden eingeschlafen zu sein, doch als sie auf dem kühlen Laken lag, gingen ihr tausend Gedanken durch den Kopf, ohne dass sie sich auf einen davon richtig konzentrieren konnte. Ihr Körper war hundemüde, ihr Geist war dagegen hellwach. Sie fühlte sich, als hätte sie zu viel Kaffee getrunken, da ein Gedanke nach dem anderen so schnell an ihr vorbeischoss, dass sie keine Chance hatte, auch nur einen zu fassen zu bekommen.

Das unwirkliche Gefühl überkam sie, sie würde sich das alles nur einbilden und als Nächstes in ihrem Apartment in Chicago aufwachen, wo es kalt genug war, um sich den Hintern abzufrieren, während auf ihrem Handy eine Guten-Morgen-SMS von Ian auf sie wartete.

In der nächsten Sekunde wurde ihr klar, was sie da gerade gedacht hatte. Fast schon entsetzt verdrängte sie diese Vorstellung und hoffte bei Gott, dass so etwas nicht passieren würde.

Sie wollte hier bei Hunter sein, nicht zu Hause bei Ian.

Nur dieses eine Mal wollte sie etwas tun, weil es sich gut anfühlen würde, und nicht, weil es die logische Entscheidung war.

Die Antwort war ein klares Ja.

Hunter verließ das Badezimmer, das Handtuch hatte er um seine Hüften gewickelt. Er war frisch geduscht, aber sexuell nach wie vor frustriert. Der Kuss von Melanie war viel heißer gewesen als erwartet – und er hatte schon hohe Erwartungen damit verbunden. Womit er nicht gerechnet hatte, war die Feuerwalze, die ihn erfasst hatte, noch bevor sie sich richtig nahegekommen waren. Wenn das bereits am Anfang so war, wie würde dann erst der Abschluss werden?

Melanie lag rücklings auf dem Bett, das dünne Laken hatte sie über sich gezogen, ihr Blick war an die Decke gerichtet. Sie wirkte kein bisschen müde oder schläfrig. „Alles in Ordnung?", fragte er.

Sie schaute ihn an. „Ja."

„Ganz sicher?" Sie sah nicht danach aus, sondern machte eher den Eindruck, als hätte sie Schwierigkeiten mit dem Atmen, da sich ihre Brust unnatürlich schnell hob und senkte.

„Ja."

„Okay." Er war sich nicht sicher, ob er ihr glauben sollte, aber er würde sich nicht an dieses Thema klammern.

„Nein, ich meinte damit *ja*." Sie drehte sich auf die Seite, das Laken geriet ins Rutschen.

Sie trug weder ein Shirt noch einen BH. Was für ein wundervolles Paar Brüste da unter dem strahlend weißen Laken hervorschaute. Hunter blieb wie angewurzelt stehen, sein Mund war mit einem Mal wie ausgedörrt.

„Was …" Lässig, ganz so, wie er sich kannte. „Ich …" Und noch etwas lässiger.

Ihre Haare waren vom Duschen feucht und lagen in sanften Wellen auf ihrer nackten Haut. Ihre Wangen schimmerten rosig, ihre Schultern ebenfalls, weil sie erregt war … und vielleicht auch nervös. Sie war hinreißend und einfach nur sexy.

Und sie würde heute Nacht wohl ihm gehören. Was war er doch für ein Glückspilz.

Irgendetwas schien jedoch nicht so recht zu stimmen. Er zögerte und wartete, weil er Klarheit darüber haben wollte, was genau sie ihm da eigentlich vorschlug.

„Was machst du da, Melly?", fragte er, obwohl er gleichzeitig einen Schritt nach vorn trat und in diesem Moment nichts lieber getan hätte, als das Laken wegzuziehen, um herauszufinden, welche Überraschungen noch auf ihn warteten.

Der Roséton auf ihren Wangen wurde kräftiger. „Na ja, ganz offensichtlich mache ich es nicht besonders gut, sonst müsstest du ja nicht fragen. Ich versuche dir mitzuteilen, dass ich …", ihre Stimme wechselte zu einem Flüstern, „… Sex mit dir haben will."

Dass sie sich verlegen fühlte, bescherte ihm ein schlechtes Gewissen, da er sie ja dazu aufgefordert hatte, ihm ein klares Ja oder Nein als Antwort zu geben. Vielleicht wollte sie wirklich Sex haben, doch womöglich hatte sie sich auch emotional völlig verausgabt. Er konnte der Mann sein, der diesen für sie so extrem aufwühlenden Tag ausnutzte, um sich von ihr das zu nehmen, was er haben wollte. Oder aber er ließ es langsam angehen, nahm sich nur ein wenig und wartete ab, ob er am kommenden Tag immer noch der Mann war, den sie haben wollte.

„Stimmt das?", fragte er. „Ich dachte nämlich, ich bin nur der Muskelmann mit dem Auftrag, dich zu beschützen." Er wollte, dass sie sich entspannte, darum beugte er sich zu ihr hinunter und ließ seinen ironischen Worten einen sanften Kuss auf ihre Lippen folgen. „Mir gefällt übrigens meine Arbeit. Der beste Auftrag, den ich je hatte."

„Ach ja?", hauchte sie so, dass ihr Atem auf seiner Haut kribbelte. „Du wirst dafür bestimmt fürstlich bezahlt."

„Ich mache das komplett gratis." Er strich ihr das Haar aus dem Gesicht, dann legte er eine Hand an ihre Wange. Als er sich weiter vorbeugte, konnte er ihr Shampoo riechen. Er sah ihre rosige Haut, die leuchtenden Augen. Sie wirkte nervös, aber entschlossen. Als sie eine Hand an seinen Brustkorb presste, war diese simple Berührung unglaublich sexy. „Ich bin froh, hier bei dir zu sein."

„Ich bin auch froh, dass du hier bist." Sie nahm seine Hand, umfasste sie und drückte sie auf ihre Brust.

Ihre Haut fühlte sich warm an, ihr Nippel war steil aufgerichtet. „Bist du dir wirklich sicher?"

Melanie nickte. „Ja, ich bin mir sicher. Ich will, dass dieser Urlaub ein Sexfest wird, und ich habe das Gefühl, dass ich genau das von dir bekommen kann."

Als sein Schwanz anschwoll, löste sich der Knoten, der das Handtuch um seine Lenden zusammenhielt. „Das kann ich ganz bestimmt bieten. Bist du bereit loszulegen?"

Nur Sex. Nur Urlaubssex. Exakt das, was er hatte haben wollen. Das jähe Ende ihrer Beziehung hatte Melanie verletzt und verwirrt zurückgelassen, und das war für ihn das perfekte Timing. Sie würde keine unrealistischen Erwartungen haben, sondern Trost darin finden, dass er bei ihr war. Und er würde ihr das Gefühl geben, sexy zu sein – was sie ja auch war.

Ihm würde es dringend benötigte Befriedigung einbringen, und sie entkam den miesen Empfindungen, die mit einer Trennung einhergingen. Beide konnten sie nur gewinnen.

„Mehr als nur bereit."

Sie setzte sich hin, das Laken rutschte bis zur Taille hinunter. Er hatte sie im Bikini gesehen, aber abgesehen vom ungehinderten Blick auf die Schönheit ihrer vollen Brüste und die straffen rosigen Nippel bot sich ihm jetzt ein völlig anderes Bild von ihr, da sie sich ihm aus freien Stücken zeigte. Es war ungelogen das Schärfste, was er je zu sehen bekommen hatte.

Als er an die Bettkante trat, fasste Melanie mit zitternden Fingern nach dem Handtuch und zog daran, bis es ins Rutschen geriet und zu Boden fiel. Dann schnappte sie nach Luft, während er unter ihrem interessierten Blick noch praller wurde. Als sie seine Erektion umfasste, war er auf einmal derjenige, dem der Atem stockte. Diese zögerliche Berührung war schon fast mehr, als er aushalten konnte.

Sanft löste er sich von ihr und drückte sie zurück aufs Bett. Als er sich zu ihr legte, gab sie einen verhaltenen überraschten Laut von sich. Das geschah in dem Augenblick, in dem er auf die Kondompackungen auf dem Nachttisch aufmerksam wurde. Sie musste sie dort hingelegt haben, während er geduscht hatte. Einen Moment irritierte ihn der Gedanke, dass sie diese Kondome eigentlich für einen anderen Mann mitgebracht hatte, doch dann war der Ärger auch schon wieder verflogen. Zum Teufel mit Bainbridge. Er war nicht hier, also hatte er das Nachsehen. Außerdem hatte er Melanie sowieso nicht verdient.

Hunter bedeckte ihren Körper mit seinem, stützte sich links und rechts von ihr ab, ließ den Kopf sinken und küsste sie sanft. „Deine Lippen sind einfach köstlich. So weich und saftig."

„Wie können meine Lippen saftig sein?", fragte sie und hob den Kopf, als er sich wieder ein wenig aufrichtete.

„Na, sie sind es eben." Er biss spielerisch in ihre Unterlippe, um den Geschmack zu genießen und um sie zu fühlen.

Melanie stöhnte leise auf.

Er legte eine Hand um ihre Brust, um zu sehen, welche Reaktion sie dabei zeigte.

Sie seufzte heftig. „Weißt du, was mich veranlasst hat, es mir doch noch anders zu überlegen?", fragte sie.

„Dass ich mir hier mitten im Schlafzimmer die Badehose ausgezogen habe?" Er knabberte an ihrer Unterlippe. Er wollte ihren Körper erkunden und jede Reaktion auf seine Berührungen beobachten.

„Das kitzelt", sagte sie kichernd. „Und ja, das mit der Badehose war auch ein Grund. Aber eigentlich habe ich daran denken müssen, wie du mich massiert hast. Das hat mich entspannt und gleichzeitig richtig scharfgemacht. Ich habe davon geträumt, dass du deine Finger in meinen Bikinislip gleiten lässt."

„Was für ein Zufall. Mit dem Gedanken habe ich dabei gespielt." Wären sie nicht unter Leuten gewesen, hätte er womöglich den Versuch gewagt.

Jetzt waren sie beide zum Glück allein, und Melanie hatte irgendwo auf dem Weg ins Bett ihr Shirt vergessen. Er fragte sich ernsthaft, wie es um den Rest ihrer Bekleidung bestellt sein mochte. „Dreh dich auf den Bauch, ich werde dich noch mal massieren." Er stand auf und ging zum Badezimmer.

„Wohin willst du?"

Es gefiel ihm, dass es sie zu beunruhigen schien, dass er wegging. „Ich hole Lotion."

„Oh."

Als er zurückkam und auf dem Weg zum Bett bereits etwas von der parfümierten Lotion in seine Hand gab, sah er, dass Melanie sich in der Zwischenzeit tatsächlich auf den Bauch gedreht hatte. Den Kopf hatte sie auf die Hände gestützt, und sie lächelte ihn an, während sie ihn beobachtete.

„Du weißt aber, dass du das nicht machen musst."

„Oh doch, das muss ich." Er stieg wieder zu ihr ins Bett. „Das ist keine Pflicht und auch keine wohltätige Geste. Ich muss nicht bei meinem Wagen alle dreitausend Meilen einen Ölwechsel machen lassen. Ich muss auch nicht beim jährlichen Barbecue meines Freundes Brent erscheinen. Aber das hier? Das muss ich machen, und zwar für uns beide." Sie würden nicht einschlafen können, wenn sie nicht wenigstens einen Orgasmus zustande brachten.

„Nein, ich meine die Massage. Ich habe dich sozusagen dazu gezwungen."

Diese Frau brauchte dringend einen kräftigen Klaps auf den Po, sodass sie aufhörte, so viel Zeit damit zu verbringen, ihm all die Dinge ausreden zu wollen, die er für sie tat. „Du hast mich zu gar nichts gezwungen. Du hast nicht mal darum gebeten. Darf ich dir was vorschlagen?" Er begann an ihren Schultern und freute sich über den wohligen Seufzer, den er ihr dabei entlockte.

„Was denn?"

„Halt einfach mal den Mund und lass andere Leute was für dich tun. Lass deiner inneren Diva den Vortritt."

„Ich glaube nicht, dass ich so was habe", gab sie so ernst zurück, dass er lachen musste.

„Gehen wir doch mal auf die Suche nach ihr." Er setzte sich rittlings auf ihre Oberschenkel, vor sich hatte er ihren Po, der mit dem Bettlaken bedeckt war. Dann beugte er sich so vor, dass sich ihre Körper immer wieder leicht berührten, während er die Verspannungen aus ihren Muskeln herausmassierte. Schließlich lehnte er sich so weit vor, dass er eines ihrer Ohren, ihren Hals und einen Mundwinkel küssen konnte. „Sind wir ihr schon näher gekommen?"

„Ich glaube nicht", murmelte sie.

Die Augen hielt sie geschlossen, und er spürte deutlich, wie sie sich unter seinen Berührungen entspannte.

Langsam bewegte er sich nach unten, strich mit den Daumen zu beiden Seiten an ihrer Wirbelsäule entlang. Von der ersten Massage war er mit ihrem Körper bereits vertraut, doch jetzt durfte er sich den Luxus erlauben, weit genug nach vorn vorzudringen, um ihre Brüste zu ertasten. Sie hatte wunderbare Brüste, und er freute sich darauf, sich ihnen in aller Ruhe zu widmen.

„Okay, dann versuchen wir etwas anderes." Er bewegte sich zur Seite und ließ seine Hände so weit nach unten gleiten, dass er das Laken wegziehen konnte. Sie trug noch ihren Slip, was ihn nicht überraschte. Es hatte sie schon genug Mut gekostet, sich oben ohne ins Bett zu legen.

Das hielt ihn aber nicht davon ab, ihr den Slip auszuziehen, womit sie komplett nackt vor ihm dalag. Plötzlich schnappte sie nach Luft.

„Sei so gut und massier mich da nicht", sagte sie leise.

„Warum nicht?"

„Das wäre irgendwie eigenartig."

Er ging über ihre Bemerkung hinweg, legte beide Hände auf ihre Pobacken und drückte sie sanft. Es machte ihn wahnsinnig scharf, sie so berühren zu können, während er ihren Körper bewunderte. Sie sah so sexy aus, die Lippen von seinen Küssen angeschwollen, die feuchten Haare wild zerzaust. Aber sie wirkte auch ein wenig nervös.

Sie stöhnte auf, und trotzdem wiederholte sie: „Das ist eigenartig."

„Was ist daran seltsam?" Hunter wischte sich die Hände am Bettlaken ab, damit sich keine Lotion mehr an seinen Fingern befand.

„Ich weiß nicht", flüsterte sie und sah ihn unter halb geschlossenen Lidern hindurch an. „Niemand hat jemals meinen Hintern angefasst."

„Das ist nicht dein Ernst." Federleicht strich er über ihren Po und wartete geduldig, dass sie sich wieder entspannte. „Wenn du mir jetzt auch noch erzählen willst, dass du Jungfrau bist, dann glaube ich dir davon kein Wort."

Sie verdrehte die Augen. „Nein, ich bin keine Jungfrau mehr. Was hat das eine mit dem anderen zu tun?"

„Du kannst unmöglich Sex gehabt haben, ohne dass dein Hintern dabei irgendwann mal angefasst worden ist." Er küsste sie, bevor sie antworten konnte, und spielte mit ihrer Zunge.

Melanie lächelte und wich zurück. Als sie weitersprach, klang sie ein wenig außer Atem. „Ich meinte die *Art*, wie du meinen Hintern anfasst, so, als würdest du einen Teig kneten. Das sind ja keine beiläufigen Berührungen."

„Das ergibt schon mehr Sinn. Damit habe ich ja aufgehört. Soll ich hiermit auch aufhören?" Er streckte einen Arm aus und schob den Mittelfinger zwischen ihre Schenkel, bis er ihren feuchten Schoß erreicht hatte. In einem gleichmäßigen Rhythmus drang er mit dem Finger in sie ein. Sie stöhnte dabei leise und drückte ihm unbewusst ihre Hüften entgegen. Verdammt, das war scharf. Sie hatte genau die Figur, die er so liebte. Bis zu seinem zehnten Lebensjahr hatte er im südlichen Florida gelebt und in der Zeit am Strand zahlreiche wunderschöne Latinas im Bikini zu sehen bekommen. Er war ein Mann, der klassische Kurven bei einer Frau zu schätzen wusste. Je länger er mit ansehen musste, wie Melanie vor ihm lag und ihren Po in die Höhe reckte, umso heißer wurde ihm. Diese Frau hatte einen Körper, der für Sex wie geschaffen war.

Und er hatte den Körper, der dafür geschaffen war, sie zu befriedigen.

„Nein." Sie drückte sich gegen seinen Finger. „Bitte nicht ..."

„Bitte was nicht?"

„Nicht aufhören."

„Erst wenn du es mir sagst", versprach er ihr. „Ist das so genug? Möchtest du mehr?" Er wünschte sich, dass sie seinen Schwanz haben wollte, aber er wusste, sie war schüchtern. Oder vielleicht war es ja auch gar keine Schüchternheit. Vielleicht war sie sich nur nicht sicher, was ihr tatsächlich Spaß machte. Sein Gefühl sagte ihm, dass sie mit Männern bislang nicht viel Glück gehabt hatte.

Mit der freien Hand angelte er ein Kondom vom Nachttisch und riss die Verpackung mit den Zähnen auf. Melanie machte große Augen, als sie sah, was er tat, schwieg jedoch.

Normalerweise begann er eine Nacht nicht damit, dass er eine Frau von hinten nahm, aber ihr Po war einfach zu verlockend in die Höhe gereckt, sodass er nicht widerstehen konnte. Er brachte sich hinter ihr in Position, drückte ihre Beine ein wenig auseinander und neckte sie erst mal nur mit der Spitze seiner Erektion, um zu hören, ob sie protestieren würde. Dass sie ihm ihre Hüften daraufhin noch etwas weiter entgegendrückte, war eine offensichtliche Einladung.

Oh ja, er würde diese Einladung annehmen.

Mit einem Stoß drang er tief in sie ein, was sie beide mit lautem Stöhnen quittierten. Er war gerade erst im Begriff, das Gefühl zu genießen, da fiel ihm auf, dass sie bereits kurz vor dem Orgasmus war. Oh verdammt, das war der blanke Wahnsinn.

Mit einer Hand umfasste er ihre Hüfte, während er einen Finger der anderen Hand so weit vorschob, dass er ihre Klit sanft reiben konnte.

Das kehlige Schluchzen tiefster Befriedigung, das Melanie gleich darauf ausstieß, war das Beste, was er seit Langem zu hören bekommen hatte. „So ist es gut, Melly. Komm für mich."

„Tu ich doch", keuchte sie.

Sie klang dabei so verblüfft, dass er angestrengt schlucken musste, ehe er sich bewegen konnte.

Sie fühlte sich unglaublich eng an, und je tiefer er in sie eindrang, umso mehr verlor er sich in ihr.

8. Kapitel

Melanie überlegte tatsächlich einen Moment, ob es ihr peinlich sein sollte, dass sie so schnell zum Höhepunkt kam, doch eigentlich war sie viel zu beschäftigt mit dem Orgasmus, um sich ernsthaft um so etwas zu kümmern. Verdammt, dieser Mann konnte Unglaubliches mit ihr anstellen. Es musste mit seinen großen Händen, seinem festen, warmen Körper und seinen spielerischen Berührungen zu tun haben.

Und dazu noch seine Stimme. Tief, volltönend, männlich. Es kam ihr nicht empörend vor, das zu tun, was er ihr vorschlug, wozu er sie verleitete, wozu er sie ermutigte.

Sie hatte nicht damit gerechnet, dass er sie von hinten nehmen würde. Aber sie war auch nicht davon ausgegangen, dass er mit seiner Massage bei ihr ein solches Maß an Erregung erreichen würde. Und dabei hatte er sie sogar küssen können. Allein die Tatsache, dass das hier nicht nach der einstudierten Choreografie ablief, die sie gewohnt war, machte das Ganze umso erregender. Hunter schien einfach das zu tun, was ihm im jeweiligen Moment in den Sinn kam, anstatt eine Sexroutine einzuhalten, die bei all seinen Geliebten zum Einsatz gekommen war.

Das war wirklich scharf.

Deshalb war sie auch längst mehr als bereit für ihren

Orgasmus, als Hunter schließlich in sie eindrang. Er ließ einen Stoß nach dem anderen folgen, wobei sie von Wellen purer Ekstase getroffen und mitgerissen wurde. Sie krallte die Finger ins Bettlaken und nahm sich die Freiheit, seinen Namen zu rufen. Es war unglaublich, wie leicht sie mit ihm zum Höhepunkt kam. Eigentlich hatte sie sich in dieser Hinsicht nie als echten Problemfall gesehen, doch üblicherweise war schon einiges an Anstrengungen erforderlich, damit sie an diesen Punkt gelangte. Dass Hunter dafür nur ein paar Minuten gebraucht hatte, erstaunte sie über alle Maßen, sodass sie kaum einen vernünftigen Gedanken fassen konnte.

Er war bei seinem Orgasmus nicht so lautstark wie sie, aber sein heftiges Stöhnen war dennoch ein ausgesprochen befriedigender Laut.

„Oh mein Gott", keuchte er. „Melly. Das war ja unglaublich, Baby!"

Anfangs war sie sich nicht sicher gewesen, ob sie es mochte, von ihm mit einem Spitznamen angesprochen zu werden, der in dem Witz mit dem Pornostar seinen Ursprung hatte. Doch inzwischen hatte sie damit kein Problem mehr. Melly war eine von den Frauen, die schnell zum Höhepunkt kamen. Sie war die Ruhe selbst, sie ging nicht ständig im Geiste endlose Listen all der Dinge durch, die noch erledigt werden mussten. Zu ihrer Überraschung gefiel es ihr, Melly zu sein.

Hunter zog sich aus ihr zurück und ließ sich mit dem Gesicht voran neben ihr aufs Bett fallen. Sie musste schlucken, ehe sie sich zur Seite drehte und ihn ansah. Ihr Po beklagte sich leise über den Winkel, in dem sie auf dem Bett gelegen hatte. Ihr Po konnte sie mal. Diese Sache war ein bisschen

Muskelkater wert gewesen. Sie blies sich die Haare aus den Augen und lächelte Hunter an. „Na?"

„Hey." Er sah sie an und grinste. „Wie war die Massage?"

„Sehr befriedigend."

Er stützte sich auf einem Ellbogen auf, holte mit der anderen Hand aus und ließ sie auf ihren Po klatschen. Melanie zuckte mehr vor Überraschung als vor Schmerz zusammen. „Autsch! Was sollte das denn?"

„Das ist dafür, dass du so verdammt begehrenswert bist. Ich wollte, dass es länger dauert, aber du hast mich bezwungen."

Seinem Gesichtsausdruck nach zu urteilen meinte er es ehrlich. Sie fühlte sich gleich selbstsicherer, und es war gar keine Frage, dass sie so etwas dringend gebraucht hatte. „Vielen Dank."

„Machst du Witze? Ich habe dir nicht aus Höflichkeit irgendwo eine Tür aufgehalten", gab er schnaubend zurück. „Das war für uns beide, da muss sich keiner von uns beim anderen bedanken. Das wirklich Eigenartige ist übrigens, dass ich deinen Hintern nicht anfassen soll."

Damit hatte er völlig recht. Es war eine Angewohnheit, die ihr in Fleisch und Blut übergegangen war und von der sie sich verabschieden sollte. „Vielleicht wäre es das Beste, wenn ich deinen Hintern anfasse. Dann wären wir quitt."

„Von mir aus."

Angesichts der Tatsache, dass sie davon geträumt hatte, seit er ihr das erste Mal in Unterwäsche unter die Augen gekommen war, wollte sie das unbedingt tun. Sie rutschte zu ihm rüber, um sich an ihn zu schmiegen.

„Das gefällt mir jetzt schon", sagte er mit heiserer Stimme. „Es gibt so vieles, was ich mit dir machen will. Nur gut, dass wir genug Zeit haben."

Sie legte einen Arm auf seine Hüfte und spürte die Hitze seiner Haut ebenso wie die Anspannung in seinen Muskeln. Das hier konnten sie an den nächsten fünf Tagen jederzeit tun, wenn sie wollten. Sie rechnete ganz bewusst mit fünf Tagen, da der letzte Tag für die Rückreise nach Chicago draufgehen würde. Sie konnte nicht anders, als so zu rechnen, weil das die Art und Weise war, nach der ihr Verstand arbeitete. Daran würde sich niemals etwas ändern. „Hmm, klingt nach einem Plan. Kommst du morgen trotzdem zum Austritt mit?"

„Aber natürlich."

Sie ließ ihre Finger über seinen Po gleiten, um seine harten Muskeln zu ertasten. Wow, es fühlte sich genauso gut an, wie es aussah.

„Bist du zufrieden?", fragte er und klang schläfrig.

„Sehr beeindruckend."

Melanie überlegte, ob er nun wohl auf Abstand gehen würde, um ihr deutlich zu machen, dass es hier nur um Sex und um nichts anderes ging. Doch das tat er nicht. Nachdem er das Kondom abgestreift und in einem Taschentuch entsorgt hatte, nahm er sie in die Arme und drückte sie an sich.

„Betrachte das Ganze als ein Warmlaufen", sagte er. „Als Einführung in den Lehrgang Orgasmus."

Sie musste leise lachen und fühlte sich völlig entspannt. Sein warmer Körper umgab sie wie ein Kokon. „Ich habe dir doch gesagt, dass ich keine Jungfrau mehr bin."

„Biologisch betrachtet nicht. Aber bevor wir nach Hause zurückfliegen, werde ich es geschafft haben, dass du dich wirklich gehen lässt, Melly."

Dabei fand sie, dass sie das schon ziemlich gut gemacht hatte. „Ich dachte, du sollst mich vor allen Gefahren beschützen", scherzte sie.

„Seit wann ist fantastischer Sex gefährlich?"

Ganz einfach: Wenn sie zurück in Chicago waren, würden sich ihre Wege trennen, und sie würden sich nicht wiedersehen. Dann wäre er der Standard, an dem sich jeder andere Mann messen lassen müsste, und das konnte gefährlich werden, weil womöglich niemand mit ihm mithalten konnte. Und weil sie möglicherweise ihr Herz an ihn verlieren würde, was sie natürlich nicht wollte.

„Ich bin nicht sehr athletisch. Ich könnte mir was verdrehen, wenn ich mich richtig gehen lasse", sagte sie stattdessen, um den Eindruck zu erwecken, dass sie das Ganze auf die leichte Schulter nahm. Er musste nicht wissen, in welche Richtung sich ihre Gedanken in diesem Moment bewegten.

„Dann solltest du vorher Dehnungsübungen machen", entgegnete er und gähnte.

Falls ihm aufgefallen war, dass sie sich vor der wahren Antwort gedrückt hatte, ließ er es sie zumindest nicht merken. Wahrscheinlich wusste er es aber nicht, denn die meisten Männer dachten nun mal völlig anders als Frauen, wofür die Vielzahl an gescheiterten Beziehungen der beste Beweis war. „Gute Idee."

„Ich kann dir beim Stretching helfen, wenn du willst. Du

weißt schon, die Füße auf meine Schultern legen und so weiter."

Ach du lieber Gott. „Danke, aber mir geht's gut."

Hunter gab ihr einen Kuss. „Dann hör auf, dich zu beklagen."

„Ich beklage mich ja gar nicht!" Oder doch? Nein, sie fand nicht. „Ich werde jetzt schlafen. Gute Nacht."

„Gute Nacht, Schönheit."

Sie drehte sich auf den Rücken.

„Hör auf zu zappeln."

„Ich wollte dir nur Platz machen."

„Ich will keinen Platz", sagte er. „Ich will dich."

Melanie hielt inne. Hunter hatte die Augen geschlossen und schien nicht ganz mitzubekommen, was er da redete. Sie wusste, es hatte nichts zu bedeuten.

Trotzdem würde sie sich für den Moment an seinen warmen Körper schmiegen und es genießen, jemanden an ihrer Seite zu haben. Sie seufzte entspannt und schloss die Augen, während der erste Tag ihres Urlaubs zu Ende ging.

Nie im Leben hätte sie sich träumen lassen, dass dieser Tag so verlaufen würde, doch sie war stolz auf sich, weil sie sich letztlich nicht aus der Ruhe hatte bringen lassen.

Und sie weigerte sich schon jetzt, morgen nach dem Aufwachen irgendetwas zu bereuen.

Hunter war noch nie gern geritten. Er hatte nie das Gefühl, das Tier tatsächlich kontrollieren zu können, und das machte ihn sauer. Obwohl die Pferde, die für den Ausflug bereitgestellt wurden, älter und zahm waren, kam es ihm so vor, als müsste er jeden Moment runterfallen. Da half es auch nichts, dass Melanie sich auf dem Pferderücken behaglich und glücklich fühlte und freudestrahlend dreinschaute, während sie am Strand entlangtrotteten.

Mitten in der Nacht war er schweißgebadet aus dem Schlaf hochgeschreckt. Da er Melanie nicht loslassen wollte, blieb er einfach liegen und döste vor sich hin. Als er schließlich aufgewacht war, musste er feststellen, dass sie bereits duschte. Da sie die Badezimmertür abgeschlossen hatte, konnte er den Morgen nicht mal so starten, wie er sich das vorgestellt hatte. Als sie kurz darauf das Badezimmer verließ, verkündete sie gut gelaunt, dass er nur noch zwanzig Minuten hatte, bis sie sich auf den Weg machen müssten. Damit war der Wunschtraum geplatzt, dass sie zu ihm kam und sich auf ihn setzte, um den Morgen mit einer gemächlichen Runde Sex zu beginnen.

Ihm blieb gerade genug Zeit, einen Muffin zu essen, dann musste er sich auch schon der Bestie stellen, auf der er reiten sollte. Er war ein Mann, er wollte ein richtiges Frühstück, nicht irgendein Teilchen. Es machte ihn ungehalten, genauso wie die Tatsache, dass er davon abgehalten worden war, Melanies Körper vom Kopf bis zu den Zehenspitzen zu erforschen.

Allerdings machte sie nicht den Eindruck, als würde sie den entgangenen Morgensex bedauern. Vielmehr wirkte sie zufrieden und gelassen, was eigentlich eine gute Sache war, wenn er es sich recht überlegte. Sie musste etwas lockerer werden, und sie verdiente es, glücklich zu sein. Wenn ein Ausritt auf einem gottverdammten Pferd das bei ihr bewirkte, würde er damit zurechtkommen. Vielleicht konnte er sich ja selbst ein wenig schmeicheln, indem er sich sagte, dass es der Sex vom Abend zuvor war, der sie jetzt so strahlen ließ.

Ihr Fremdenführer machte immer wieder Scherze und widmete Melanie besonders viel Aufmerksamkeit, was er als ausgesprochen ärgerlich empfand. Hatte sie dem Kerl etwa die Pornostar-Story aufgetischt? Hoffentlich nicht. Das war eigentlich als Witz zwischen ihm und Melanie gedacht gewesen, aber sogar er selbst hatte Fremden davon erzählt, was er inzwischen bedauerte. Er wollte nicht, dass sie von irgendwelchen Typen angemacht wurde, nur weil die meinten, sie sei leicht rumzukriegen.

Diese Sorge veranlasste ihn dazu, sein Pferd zu Eile anzuspornen, damit er zu Melanie und ihrem neuen Freund aufschließen konnte. Innerlich musste er über sich lachen, weil er auf den Fremdenführer eifersüchtig war. Das war einfach nur lächerlich. Vor zwei Tagen hatte er nicht mal von Melanies Existenz gewusst, und jetzt verspürte er Eifersucht? Die war zwar völlig irrational, dennoch war es nicht verkehrt, um ihre Sicherheit besorgt zu sein, falls sie sich tatsächlich als Pornostar ausgab.

Na bitte.

Hunter holte die beiden so schnell ein, dass der Fremdenführer sein Pferd nach rechts dirigieren musste, um ihm Platz zu machen, als er sich mit seinem Tier zwischen den Mann und Melanie drängte.

„Hey, Amigo“, sagte der Führer und lächelte ihn breit an. „Jetzt haben Sie es raus, wie man reitet, wie?“

„Ja.“

Melanie sah ihn zerknirscht an. „Das macht dir keinen Spaß, nicht wahr? Tut mir leid, ich wusste ja nicht, dass du nicht gern reitest. Ich liebe das."

„Das merke ich. Mir geht's gut, mach dir um mich keine Sorgen." Wie lange konnte dieser Ausritt denn schon dauern? Nach ein paar Stunden würde das alles hinter ihm liegen. „Ich lerne gerade mein Pferd besser kennen. Wir werden noch richtige Kumpel."

Als sie daraufhin lachte, klang das so wunderbar sorglos, dass er nicht anders konnte, als sich zu entspannen. Der Fremdenführer ließ sich zurückfallen, um sich mit einem anderen Paar zu unterhalten. Hunter nutzte diesen Moment, um Melanie zu warnen. „Hör mal, ich … ähm … ich weiß, ich habe diese Sache mit Melly Ambrosia angefangen, aber ich glaube, du solltest den Leuten nicht erzählen, dass du Pornofilme drehst. Das bringt manche Kerle nur auf dumme Gedanken, und du könntest Aufmerksamkeit auf dich lenken, die du nicht haben willst."

Sie warf ihm einen missbilligenden Blick zu. „Du hast recht, du hast damit angefangen. Und nur dass du es weißt, ich habe nichts in der Art erzählt. Erstens kennt er meinen Namen, weil ich das Ausflugspaket gebucht habe. Zweitens bin ich nicht dumm. Drittens geht er davon aus, dass du mein Freund bist. Er ist nur freundlich zu mir, er ist nicht ordinär. Nett zu sein gehört zu seinem Job, schließlich kann ich mir vorstellen, dass er am Ende des Ausflugs ein Trinkgeld haben möchte."

„Wenn die Leute annehmen, dass du meine Freundin bist, dann solltest du dich auch so verhalten." Wow. Er hörte sich an wie ein Höhlenmensch, dabei hatte das witzig rüberkommen sollen.

Sie riss die Augen auf und beugte sich vor, um das Pferd zu tätscheln, als hätte das eine besänftigende Wirkung auf sie. „Was soll denn das heißen?“

„Nichts. Vergiss es.“ Es wäre nicht richtig, über seine Gefühle zu sprechen. Zumindest wusste er keine Möglichkeit, es ihr zu erklären, ohne dass er sich dabei extrem unbehaglich fühlte. Verdammt, er wusste ja nicht mal, was das überhaupt für Gefühle waren.

„Wir … wir machen doch nur ein bisschen rum, nicht wahr?“, fragte sie und klang mit einem Mal verunsichert.

Na wunderbar. Jetzt war sie vermutlich der Meinung, dass er auf eine Beziehung aus war. Normalerweise lief das umgekehrt ab – der Mann war derjenige, der fürchtete, dass die Frau mehr von ihm erwartete, als er geben wollte. Dass sie glaubte, er wollte nach einer kurzen, aber intensiven sexuellen Begegnung gleich mit ihr zusammenziehen, war regelrecht demütigend. Okay, er konnte sie gut leiden, das war schon alles.

„Ja, wir machen nur rum. Solange wir hier in Mexiko sind.“

„Ist das eine Urlaubsaffäre?“, fragte sie. Ihre Miene war unergründlich.

„Ja.“

„Also müssen wir nicht darüber reden, was passieren wird, wenn wir wieder in Chicago sind, weil nichts passieren wird. Ist das richtig?“

Er befand sich auf einem Minenfeld, davon war er überzeugt. Sie bereitete eine Falle für ihn vor, daran gab es keinen Zweifel. Wenn sie glaubte, er würde sich aus der Affäre ziehen wollen, indem er verneinte und damit nur falsche Erwartungen weckte, dann hatte sie sich in ihm getäuscht. Er war nicht dumm. Und er war nicht der Richtige für Melanie. Sie brauchte jemanden, der über seine Gefühle reden konnte, sie brauchte nicht ihn. Zurück in Chicago würden sich ihre Wege trennen. Er würde sich in sein karges Apartment zurückziehen, arbeiten und seinen Körper trainieren, während sie einen netten Mann kennenlernte, der Golf spielte und mit ihr Antiquitäten kaufen ging. Das hier war nur eine Situation, in die sie beide hineingeraten waren und die für den Augenblick sehr angenehm war, die aber keine Zukunft haben konnte.

„Richtig."

„Danke, dass du das klargestellt hast."

Sie war verärgert, allerdings wusste er nicht so genau, was der Grund dafür war. Wollte sie, dass mehr zwischen ihnen war? Oder gefiel es ihr nicht, dass er einfach zugestimmt hatte, anstatt das erst noch in schöne Worte zu verpacken?

„Gern geschehen."

Das war definitiv die verkehrte Antwort, da Melanie die Augen verdrehte und die Fersen in die Flanken ihres Pferdes drückte, damit es in einen Galopp wechselte und er hinter ihr zurückblieb. Sein Pferd wieherte daraufhin und schüttelte den Kopf. „Keine Angst, Kumpel", sagte er. „Wir werden sie nicht verfolgen. Sie will jetzt ihre Ruhe haben."

Dieser Tag verlief ganz und gar nicht so, wie er ihn sich vorgestellt hatte.

9. Kapitel

War es Männern eigentlich nicht klar, dass eine Frau, die aufgebracht aus dem Zimmer stürmte – oder die in diesem Fall auf ihrem Pferd davongaloppierte –, von dem Mann erwartete, dass er ihr folgte? Sie hatte deutlich zu erkennen gegeben, dass sie verärgert war, und ihrer Ansicht nach war es Hunters Aufgabe, ihr zu folgen, sie einzuholen und sie dazu zu überreden, ihm den Grund für ihre Verärgerung zu erklären, damit sie das Problem gemeinsam aus der Welt schaffen konnten. Dass er zu blind war, das zu begreifen, machte sie nur noch wütender. Also ritt sie weiter und warf gelegentlich einen Blick zurück, während sie sich fragte, wie er es bloß geschafft hatte, sie innerhalb von zehn Minuten vor Wut kochen zu lassen.

Sie war nicht blöd, sie wusste selbst, dass es sich nur um eine Urlaubsaffäre handelte. Aber dass er das so betonen musste, als hätte er Angst davor, sie könnte auf dumme Gedanken kommen und sich in ihn verlieben, war einfach nur frustrierend. Diese pure männliche Arroganz versetzte sie immer wieder in Erstaunen. Warum konnte *sie* nicht ein bisschen von dieser Art an sich haben? Es wäre ein äußerst befreiender Zustand, durchs Leben zu gehen und felsenfest davon überzeugt zu sein, dass jeder Mann sie sowieso begehrte.

Na gut, dann würde sie Hunter eben zeigen, was sie fühlte. Für eine neue Beziehung war sie ohnehin nicht bereit, schließlich war die letzte vor gerade mal vierundzwanzig Stunden beendet worden. Nachdem diese Beziehung überwiegend unbefriedigend verlaufen war, brauchte sie erst mal eine Verschnaufpause, damit sie in Ruhe überlegen konnte, was sie wirklich wollte und was sie sich von einem Partner versprach. Dass Hunter glaubte, sie würde herumzetern und einem Mann unbedingt eine feste Beziehung aufladen wollen, nur weil sie Eierstöcke hatte, war sexistisch und frustrierend zugleich. Sie war in der Lage, unverbindlich Sex zu haben. Und um das klarzumachen, würde sie diese Unverbindlichkeit beim Sex ausdrücklich betonen.

Hatte sie das nicht bereits gestern Abend bewiesen? Himmel, als sie sich nur mit einem Slip bekleidet ins Bett gelegt hatte, da war sie ganz sicher nicht von irgendeinem Gedanken an die Zukunft angetrieben worden. Und sie war auch nicht darauf aus gewesen, Hunter mit allen Mitteln an sich zu binden.

Jetzt war er einerseits in Sorge, andere Männer im Resort könnten sie attraktiv finden, wenn sie weiter als Melly unterwegs war, und zum anderen fürchtete er, wenn er sich als ihr Freund ausgab, könnte sie auf den offenbar erschreckenden Gedanken kommen, dass er tatsächlich ihr Freund war. Anscheinend erwartete er von ihr, dass sie eine magische Gratwanderung vollführte und zu ihm und jedem anderen mit einem Penis freundlich, jedoch nicht zu freundlich war. Also wirklich! Was für Männer dachten sich solchen Müll aus?

Fest entschlossen, diesen Unsinn aus ihrem Kopf zu bekommen, ritt sie eine Weile vor der Gruppe her, schließlich machte sie kehrte. Als Kind war sie oft geritten, aber heutzutage hatte sie nur selten genug Geld übrig, um ein paar Stunden zu buchen. Es war ein teures Hobby, und es fühlte sich wunderbar an, wieder mal im Sattel zu sitzen. Beim Blick in die hübschen, sanften Augen des alten Pferds Ariel wurde sie sofort ruhiger, und als sie sich auf gleicher Höhe mit Hunter befand, war sie so gefasst, dass sie sich vornahm, ihn so scharf auf sie zu machen, dass er nicht in der Lage sein würde, auch nur eine einzige Minute lang still zu sitzen.

„Und? Vergnügst du dich gut?“, fragte er.

„Tu ich immer“, gab sie kühl zurück. „Das ist doch der Sinn eines Urlaubs, oder nicht?“

Er nickte, sah sie aber unschlüssig an.

„In der Sonne liegen, Ausflüge machen, sich mitten in der Nacht von einem Fremden gedankenlos begrapschen lassen …“ Das war ihr nicht so wie beabsichtigt über die Lippen gekommen. Es hätte sexy sein sollen, es hörte sich jedoch zickig an. Sie brauchten heute eine Wiederholung von alldem. Der Tag war gerade mal zwei Stunden alt, und sie waren bereits neben der Spur.

„War es das für dich? Gedankenloses Begrapschen?“ Er hörte sich ein wenig beleidigt an.

„Ja, weil ich glaube, dass das zu unverbindlichem Urlaubssex dazugehört.“ Nicht, dass sie so was schon jemals gemacht hätte, aber es schien der allgemein akzeptierten Definition zu entsprechen.

„Das lässt das Ganze so unpersönlich erscheinen. Doch das ist es nicht. Wir haben uns schließlich angefreundet, und wir können uns gegenseitig gut leiden."

Melanie beschloss aufzugeben. Sie hatte nicht die Spur einer Ahnung, was im Kopf dieses Mannes vor sich ging. Und wenn sie ehrlich war, wollte sie das eigentlich auch gar nicht so genau wissen. Vermutlich war da oben eine düstere Höhle zu finden, in der Bindungsangst genauso einen Platz hatte wie die unterschiedlichen Maßstäbe, mit denen er sich durchs Leben lavierte.

„Okay", erwiderte sie nur.

„Was jetzt? Sind wir keine Freunde?"

Oh ja, er war sauer. Er schaute richtig finster drein. Obwohl ... seine mürrische Miene stellte er ja bereits zur Schau, seit sie aus dem Badezimmer gekommen war und ihn an den anstehenden Ausflug erinnert hatte. „Natürlich sind wir Freunde." Nur konnte keiner behaupten, dass sie sich wirklich gut kannten. Sie kannte sein Mienenspiel, seinen Duft, und sie war mit einer stark gestrafften Schilderung seiner Kindheit vertraut. Das war schon alles. Aber so wollte sie sich nicht verhalten, und so wollte sie auch nicht fühlen.

Sie hatte ungewollt Hunter zum Sündenbock bestimmt, obwohl er rein gar nichts verkehrt gemacht hatte. Hier ging es im Grunde um Ian. Melanie schluckte angestrengt. Sie schämte sich dafür, dass sie irgendwelche Rückschlüsse aus Hunters Gedanken, Motiven und Taten gezogen hatte. Wenn sie wissen wollte, was genau er dachte, musste sie doch einfach nur ihre verdammte Klappe aufmachen und den Mann fragen.

„Tut mir leid, Hunter, ich wollte nicht so seltsam klingen. Eigentlich weiß ich das sehr zu schätzen, dass du mir gegenüber so ehrlich bist. Mir gefällt, dass uns beiden klar ist, dass wir die Zeit hier und die Gesellschaft des jeweils anderen genießen wollen."

Er sah sie aufmerksam an. „Habe ich dich gestern zu sehr bedrängt? Falls ja, tut es mir leid. Es sollte nicht so aussehen, als würde ich die erstbeste Gelegenheit ausnutzen wollen."

„Ich bin diejenige, die sich fast nackt ins Bett gelegt hat. Und nein, du hast mich nicht bedrängt."

„Ich will nur nicht, dass du das hier bereust. Ich will, dass du Spaß hast und nicht darüber nachdenkst, was ich gerade fühle."

„Und was fühlst du gerade?" Mist! Warum musste sie ihn das fragen? Sie hätte sich dafür ohrfeigen können, dass sie immer wieder ausgerechnet das tat, was sie eigentlich nicht tun wollte.

„Ich fühle mich verdammt glücklich, wenn du es wissen willst. Ich hätte niemals damit gerechnet, dass diese Woche so verlaufen würde. Oder dass ich einer Frau wie dir begegnen würde."

Um genauso offen und ehrlich zu sein, erwiderte sie: „Ich denke, ich sollte dir sagen, dass ich so was noch nie gemacht habe … also eine Urlaubsaffäre. Ich weiß gar nicht so genau, was alles dazugehört, darum möchte ich dich bitten, Geduld mit mir zu haben. Mir ist aber klar, dass unsere Grundannahme die ist, dass wir uns nicht wieder treffen werden, wenn wir zurück in Chicago sind."

„Das ist die Grundannahme. Wir müssen uns einig sein, dass wir uns an das halten werden, was zu einer Urlaubsaffäre gehört. Schlag ein.“ Hunter hielt ihr die Hand hin.

Ihr kam es so vor, als hätten sie sich wegen eines Gebrauchtwagens geeinigt. „Können wir uns am kleinen Finger fassen? Das fühlt sich nicht so sehr wie eine Geschäftsvereinbarung an.“

Hunter lachte. „Von mir aus.“ Er hakte sich an ihrem kleinen Finger ein. „Hiermit schwöre ich, dass ich dich heute Abend so scharf machen werde, dass du dich anschließend nicht mehr daran erinnern kannst, ob du wirklich aus Chicago kommst.“

Oh ja, bitte. Sie spürte, wie sich ihre Nippel versteiften. „Das dürfte nicht schwierig werden, ich bin nämlich aus Kentucky.“

„Du machst mich noch wahnsinnig.“ Er wollte sich zu ihr vorbeugen, doch sein Pferd glaubte, sich in die entgegengesetzte Richtung bewegen zu müssen. „Übrigens, sag den Leuten, dass wir ein Paar sind“, fügte er mit entschlossener Miene an. „Ich habe mir einen groben Schnitzer geleistet, als ich aus dieser Pornostar-Sache einen Witz gemacht habe. Ich hätte dich nie so bloßstellen dürfen.“

„Ich glaube, das mit dem Bloßstellen habe ich selbst erledigt“, sagte sie und grinste verschmitzt. „Aber nur in deiner Gegenwart.“

Er stimmte in ihr Lachen ein, fügte dann jedoch hinzu: „Ich meine das ernst, Melanie. Ich will, dass du den Leuten klar und deutlich zu verstehen gibst, dass wir zusammen sind. Ich will nicht, dass sich irgendjemand dir gegenüber eine Frechheit herausnimmt. Und ich will ganz bestimmt nicht, dass du allein im Resort unterwegs bist."

Es war ja nun nicht so, als hätte sie irgendwelche Anstalten gemacht, von ihm wegzukommen, deshalb verstand sie nicht, wieso er auf einmal so aufgebracht wirkte. Natürlich konnte sie so tun, als wäre sie seine Freundin. Allerdings unter einer Bedingung. „Einverstanden, doch du musst mit mir reden und dich mir öffnen. Wenn ich deine Freundin spielen soll, muss ich Details über dich erfahren."

„Vermutlich ist das nicht notwendig", entgegnete er, nickte jedoch. „Aber wenn es das ist, was du willst."

„Genau das ist es." Wenn sie nachts an ihn geschmiegt im Bett lag und tagsüber Hand in Hand mit ihm durchs Resort spazierte, wollte sie seinen zweiten Vornamen kennen und wissen, wo er aufgewachsen war. Warum er zu den Marines gegangen war. Was er sich von seiner Zukunft erhoffte. Eben das ganze Paket. „Das wird lustig werden, Hunter. Du kannst mich dann ebenfalls besser kennenlernen."

Sein Blick war so hitzig und so sexy, dass sie fast überwältigt aus dem Sattel gerutscht wäre.

„Das habe ich auch vor."

Wow. Melanie kam zu dem Schluss, dass sie von diesen Gruppenausflügen genug hatte. Sie befanden sich auf dem Rückweg zu den Ställen, wofür sie sehr dankbar war. Sie wollte wieder Zeit mit Hunter allein verbringen.

Er saß als Erster ab und hielt die Arme ausgestreckt, um ihr zu helfen, als sie aus dem Sattel stieg. Normalerweise schaffte sie das ohne fremde Hilfe, aber plötzliche Erregung und die Erinnerung an den Moment, als er in sie eingedrungen war, brachten sie so aus der Ruhe, dass sie beim Absitzen den Halt verlor und wegrutschte. Sie sah, wie Hunter kurz das Gesicht verzog, als er sie auffing, und da fiel ihr wieder seine Verletzung ein.

„Oh mein Gott, dein Arm!“, rief sie erschrocken und trat einen Schritt nach hinten. „Ist alles in Ordnung?“

„Alles bestens.“

Seine Stimme klang rau, die Lippen hatte er geschürzt.

Gar nichts war bestens, aber ihre bisherige Erfahrung mit ihm sagte ihr, dass sie ihn besser in Ruhe ließ. Er schätzte es nicht, von ihr umsorgt zu werden und immer wieder zu hören, wie sehr ihr das leidtat. Er war einer von den richtig harten Jungs.

Stattdessen legte sie die Arme um seinen Nacken und gab ihm einen zarten Kuss auf die Lippen, woraufhin er sich noch mehr versteifte.

„Wofür war der jetzt?“, fragte er verwundert.

Sie lächelte und zuckte mit den Schultern. „Vielleicht für unsere Zuschauer. Vielleicht war mir einfach danach. Vielleicht auch beides zusammen.“

Sie nahm die Arme herunter und fasste nach seiner Hand, wobei sie wusste, dass ihm das gar nicht gefiel – obwohl er selbst darauf bestanden hatte, dass sie wie ein Paar auftraten. Sie ließ den Kopf an seine Schulter sinken. „Darf ich dich Pookie nennen?“

„Na sieh mal einer an, wer da seinen inneren Klugschwätzer gefunden hat.“

„Wer denn?“, fragte sie mit gespielter Ahnungslosigkeit und blickte suchend über den Strand.

Hunter sah sie darauf lange schweigend an, bis sie in schallendes Gelächter ausbrach.

Eine ältere Frau ging an ihnen vorbei und tätschelte Melanies Arm. „Sie zwei Turteltäubchen sehen zusammen so süß aus."

Die Frau musste stockbetrunken sein, denn Hunter sah alles andere als süß aus. Eher so, als hätte er Verdauungsstörungen. Trotzdem sagte sie: „Danke."

„Verbringen Sie Ihre Flitterwochen hier?"

„Nein, wir sind seit fünf Jahren verheiratet", antwortete Melanie. „Darum guckt er auch so mürrisch drein."

Hunter schnaubte aufgebracht.

„Tja, dann wird es vielleicht Zeit, dass Sie ein Baby bekommen", entschied die Frau säuselnd.

Eindeutig betrunken.

„Nicht in dieser Woche", sagte Hunter.

Amüsiert winkte Melanie der Frau zu, fasste Hunter an der Hand und zog ihn hinter sich her. Als sie außer Hörweite waren, fragte sie: „Du willst irgendwann Kinder haben?"

„Klar. Wieso fragst du? Das wollen die meisten Leute."

„Ist schon gut. Himmel, ich war nur neugierig." Hunter war ein zärtlicher Mann, auch wenn er selbst die Meinung vertrat, genau das nicht zu sein. Sie hätte Geld darauf verwettet, dass er wie Butter in der Sonne zerfließen würde, wenn man ihm ein Baby hinhielt.

„Und du?", erkundigte er sich.

„Eines Tages." Im Moment verspürte sie nicht dieses drängende Verlangen, aber auf jeden Fall machten Kinder ihr Spaß. „Ich glaube, die Frau war blau."

„Sie roch nach Rum, nach viel Rum“, bestätigte er.

„Es ist erst elf Uhr.“

„Sie ist im Urlaub. Urteile nicht einfach über sie. Und nur damit du es weißt: Darüber zu reden, ob wir Kinder haben wollen oder nicht, sprengt den Rahmen von Urlaubssex.“

Natürlich hatte er recht, wenn er das sagte. Nur waren ihre Äußerungen bedeutungslos, weil sie bloß auf die Worte dieser Frau reagiert hatte. Sie gab ihm einen Klaps auf den Arm. „Hey, wir haben doch geschworen, dass wir Spaß haben wollen. Wieso kann ich dann nicht das aussprechen, was mir gerade durch den Kopf geht?“

„Ich schätze, es spricht nichts dagegen.“

„Was trinkst du am liebsten? Bier?“

„Ja, aber viel trinke ich nicht. Außerhalb der Basis in Afghanistan herrschte Alkoholverbot, dadurch war ich gewohnt, ganz ohne Alkohol auszukommen. Als ich zurück in den Staaten war, habe ich es mit harten Drinks versucht. Ein paar haben genügt, und ich war blau. Das war es nicht wert. Darum bleibe ich beim Bier. Und du?“

„Ich mag Wein“, antwortete sie.

„Können wir frühstücken?“, wechselte Hunter abrupt das Thema. „Ich verhungere bald. Gebäck am Morgen ist was für kleine Kinder und für Franzosen. Ich brauche was mit Eiern und Speck.“

„Bei dir geht es ständig nur um deinen Magen, wie?“ Sie kehrten zum Hauptgebäude zurück, und Hunter hielt noch immer ihre Hand. Das überraschte sie, denn auch wenn jeder glauben sollte, dass sie ein Paar waren, hatte sie angenommen, dass er in der Öffentlichkeit keinen Austausch von Zärtlichkeiten wünschte. Allerdings hatte er sich vergangene Nacht nach dem Sex an sie geschmiegt, obwohl es dafür keine Notwendigkeit gegeben hatte.

Oh Gott, sie fing schon wieder an und verglich ihn mit Ian.

Er lächelte sie verrucht an. „Das ist nicht das einzige körperliche Verlangen, das regelmäßig befriedigt werden muss."

Na wunderbar. Er besaß diese Gabe, sofort ihre Erregung auflodern zu lassen. Wie bekam er das nur hin? Das grenzte an Sex-Voodoo. „Wie regelmäßig?"

„Morgens, mittags und abends."

Aber sicher. Er war eindeutig darauf aus, sie auf den Arm zu nehmen. „Übertreib mal nicht. Meine Frage war ernst gemeint."

„Meine Antwort auch. Das ist mein Idealzustand."

„Dreimal am Tag? Das ist nicht mal möglich!" Dachte sie jedenfalls. Oder doch?

Er sah sie lange eindringlich an. „Natürlich ist das möglich. Nach Sex muss keine Schonfrist eingehalten werden."

„Aber … wer hat denn dafür Zeit?"

„Ich sprach ja auch von einem Idealzustand. Unter der Voraussetzung, dass man nichts anderes zu tun hat. Zum Beispiel im Urlaub." Mit dem Daumen rieb er über ihre Handfläche. „Warum also nicht?"

Ja, warum nicht? „Ähm …" Himmel, sie fühlte sich aufgebracht und war fasziniert. Dieser Mann hatte wirklich Ehrgeiz.

„Ich hatte gehofft, den Morgen auf die perfekte Weise zu beginnen, aber da warst du schon ins Badezimmer entschwunden. Morgen früh werde ich das zu verhindern wissen.“ Er zwinkerte ihr zu.

Das erklärte seine Gereiztheit. Er hatte ein üppiges Frühstück und sie dazu vernaschen wollen, und sie war an nichts anderem interessiert gewesen, als das Zimmer zu verlassen und am Strand entlangzureiten. „Oh, das war mir nicht klar. Du hast auch nichts gesagt.“

„Du warst voller Eifer, diesen Ausflug zu unternehmen. Ich konnte mir nicht vorstellen, dass ich dir den würde ausreden können.“

Das klang so, als wäre sie völlig berechenbar. „Das weißt du aber erst, wenn du es versuchst“, gab sie zurück.

„Ach ja?“

„Ja.“ Sie kam allmählich auf den Geschmack. „Wir können jetzt auf unser Zimmer gehen, dann wirst du ja sehen, was passiert, wenn du es versuchst.“

„Erst mal brauche ich ein Frühstück.“

Aber klar doch. Da wollte sie mal spontan und sexy sein, und ihn interessierte nur sein Frühstücksspeck. Sie konnte sich ein Grinsen nicht verkneifen. „Natürlich.“

„Danach solltest du allerdings darauf gefasst sein, dass dir der Boden unter den Füßen weggezogen wird. Für den Nachmittag hast du nichts geplant, oder?“

„Ich hatte gehofft, mich wieder an den Pool legen zu können“, antwortete sie.

„Der Pool ist morgen auch noch da. Heute schließen wir die Tür hinter uns ab und machen die Leute im Zimmer nebenan eifersüchtig auf uns.“

Das klang vielversprechend. „Dann lass uns dafür sorgen,

dass du genug Proteine bekommst, und danach hängen wir das ‚Bitte nicht stören'-Schild an die Tür."

Hunter grinste Melanie an. Sie schien von der Vorstellung fasziniert, den Nachmittag im Bett zu verbringen. Er konnte nicht fassen, dass sie so etwas noch nie gemacht hatte. Es war ihm schlicht unverständlich, wie das für eine Frau in ihrem Alter Neuland sein konnte – auch wenn er ihr genaues Alter gar nicht wusste. „Wie alt bist du eigentlich?"

Sie sah ihn über die Schulter an, da er hinter ihr stand und ihr die Tür zum Restaurant aufhielt. „Achtundzwanzig. Wieso?"

„Weiß nicht. Pure Neugier." Da er fand, dass sie es wissen sollte, fügte er hinzu: „Ich bin dreißig."

„Und dabei siehst du immer noch aus wie neunundzwanzigeinhalb."

Ja, sie hatte wirklich ihren inneren Klugschwätzer entdeckt, stellte er amüsiert fest. „Danke. Und du siehst alterslos, zeitlos und unbezahlbar aus."

„Oh mein Gott", rief Melanie und lachte lauthals los. „Diese lässige Nummer steht dir nicht. Überhaupt nicht."

„Was? Findest du nicht, dass ich lässig bin?" Verdammt, er wusste selbst, dass er das nicht war. Es war witzig, dass sie ihn durchschaute. Er war ehrlich, manchmal zu ehrlich, und er hatte keine Ahnung, wie man verführerisch mit einer Frau reden musste. Er konnte einer Frau jedoch versprechen, dass er ihr große Lust bereiten würde.

„Du siehst im Anzug toll aus, aber du bist kein James Bond. Dafür bin ich sehr dankbar, sonst würde mich nämlich irgendein Bond-Schurke umbringen, sobald ich mit dir geschlafen habe. Das scheint das Schicksal aller schönen Frauen an Bonds Seite zu sein."

„Die Hälfte von denen sind Spioninnen, und das weiß er auch, trotzdem legt er sie flach. Ich könnte so was nicht." Er zog für sie den Stuhl zurück, und als sie sich gesetzt hatte, beugte er sich vor und küsste sie auf den Hals, nachdem er ihre Haare zur Seite geschoben hatte. „Darling."

Ihr lief ein Schauer über den Rücken, und sie kicherte.

„Okay, vielleicht steckt ein kleiner James Bond in dir."

Zufrieden über ihre Reaktion, nahm er ihr gegenüber Platz. „Danke."

„Dann würdest du also nicht mit mir schlafen, wenn du wüsstest, dass ich dem Feind Geheimnisse zukommen lasse?"

„Nein. Ich bin Patriot. Ich war auch nicht des Geldes wegen bei den Marines." Er legte seine Sonnenbrille auf den Tisch. „Kann ich mir jetzt ein paar Eier holen?" Nicht, dass er auf sein Frühstück fixiert war, aber er hatte verdammt noch mal Hunger.

„Ja, bitte. Ich könnte es nicht verantworten, wenn du an Unterernährung stirbst."

Es waren neckende Worte, ihr Lächeln war umso zärtlicher. So, als würde sie ihn mögen. Und als wäre er ihr wichtig. Alarmglocken schrillten in seinem Kopf los, er beschloss jedoch, sie zu ignorieren. Sie waren sich einig, dass sie nur ein paar Tage lang ihren Spaß haben wollten. Er musste sich keine Sorgen machen, dass Melanie sich an ihn klammern könnte, wo er sie doch ohnehin nicht verdient hatte. Es gab keinen Grund, weshalb er ihre Gesellschaft und die unverbindliche Zuneigung nicht genießen sollte, richtig?

„Danke." Er stand auf und ging zum Buffet, das mit Gerichten aus aller Welt aufwartete, und packte seinen Teller voll. Crêpes, ein Frühstücksburrito, Bücklinge und Kartoffelpuffer türmten sich darauf, als wollten sie seinen Magen herausfordern.

Melanie trank eine Tasse Kaffee und aß ein paar Melonenecken, was er mit einem Kopfschütteln kommentierte. Das Leben wäre sicher viel einfacher, wenn er in der Lage wäre, sich ebenfalls nur von Melonenecken zu ernähren, doch das würde in absehbarer Zeit nicht passieren.

Als er aufgegessen hatte, fühlte er sich besser. Und er bekam prompt ein schlechtes Gewissen, weil er am Morgen so mies drauf gewesen war. Sie verließen das Lokal, und er schlug vor, einen Blick in die Geschäfte zu werfen, an denen sie auf dem Rückweg vorbeigehen mussten: eine Zigarrenhandlung, ein Juwelier und ein Weinhändler. „Lass uns Champagner holen", sagte er. „Dann können wir feiern."

„Was feiern wir denn?", fragte sie, obwohl ihr die Idee zu gefallen schien.

„Die Tatsache, dass wir hier sind und nicht in Chicago, wo einem vom kalten Wind innerhalb von dreißig Sekunden Arme und Beine abfrieren." Er wählte eine Flasche aus. „Ist der gut?"

„Klar."

Als er bezahlte, stand sie dicht neben ihm – so dicht, dass es nach intimer Nähe aussah. Er musste zugeben, dass ihm das gefiel. So etwas hatte ihm während seiner Einsätze gefehlt. Eine richtige Gefährtin, mit der ein inniger, vertrauter Umgang möglich war. Er überrumpelte Melanie, indem er sie spontan auf die Schläfe küsste.

Damit begab er sich auf gefährliches Terrain. Eben noch hatten sie sich darauf geeinigt, dass zwischen ihnen nicht mehr als Sex sein würde, dennoch schienen sie beide bereit, einander näherzukommen.

„Feiern Sie Hochzeitstag?“, fragte die junge Verkäuferin.

„Ja“, behauptete er, obwohl es keinen Grund dafür gab. Er wollte einfach, dass es ein besonderer Tag für sie war. Nicht bloß ein weiterer Tag, den es irgendwie zu überstehen galt, sondern ein Tag, den er mit einer heißen Frau verbringen durfte. Damit verstieß er nicht gegen ihre Abmachung, es ging nur darum, die Zeit mit ihr zu genießen, solange das möglich war. Sie wollte reden, er wollte mit ihr kuscheln – daran war nichts verkehrt.

Dass er in dieser Phase seines Lebens Single sein würde, hatte er eigentlich nicht erwartet. Irgendwie war in seinem Leben alles in umgekehrter Reihenfolge abgelaufen. Er war mit Danielle zusammen gewesen, als sein Dienst es von ihm verlangt hatte, sich am anderen Ende der Welt aufzuhalten. Und jetzt, da er heimgekehrt war und sein Leben mit einer Frau teilen wollte und konnte, war er auf einmal allein. Nicht gerade das, was er sich vorgestellt hatte. Aber er wusste auch, dass sein Entschluss, für eine Weile solo zu bleiben, richtig war. Es gab einen Grund dafür, dass seine Beziehungen kein gutes Ende nahmen, und soweit er das beurteilen konnte, war er selbst dieser Grund. Er musste erst mal herausfinden, was mit ihm los war, bevor er sich wieder einer Beziehung widmen konnte, die von Dauer sein sollte.

Melanie gab angesichts seiner dreisten Lüge einen erstickten Laut von sich, protestierte aber nicht.

„Das ist ja schön." Die Verkäuferin freute sich, packte die Flasche ein und gab ihm die Tragetasche. „Meinen Glückwunsch. Wie viele Jahre?"

„Fünf", antwortete Hunter und wiederholte damit, was Melanie zuvor behauptet hatte. Er nahm die Tasche an sich. „Danke. Wir gehen jetzt zurück auf unser Zimmer."

Die Frau zwinkerte ihr zu. „Sie Glückliche."

Melanie lachte kurz auf. Als sie draußen waren, sagte sie: „Du bist wirklich schlimm, Hunter."

„Die Geschichte mit dem Hochzeitstag war deine Idee." Er betrachtete die Auslage im Zigarrenladen. „Kann ich mir eine holen? Oder stört dich das?"

„Überhaupt nicht, geh ruhig. Ich werde mir einen Delfinanhänger kaufen, damit ich etwas habe, das mich an diesen Urlaub erinnert."

Als sie zum Juwelier ging, gab Hunter ihr einen Klaps auf den Po. „Ich werde schon dafür sorgen, dass du dich immer an diesen Urlaub erinnerst, Sweetheart."

Sie verdrehte die Augen, lächelte ihn dabei aber an, was ihn ebenfalls mit einem Lächeln reagieren ließ. Einen Moment lang standen sie da wie grinsende Narren.

Hunter betrat die Zigarrenhandlung und versuchte, sich darauf zu konzentrieren, was er nehmen sollte. Er hätte sich ohrfeigen können, dass er vorgeschlagen hatte, sich erst noch in den Geschäften umzusehen. Inzwischen könnten sie längst zurück auf ihrem Zimmer sein. Es war jedoch wichtig, dass er seine Libido in den Griff bekam und Melanie über das Tempo entscheiden ließ.

Nachdem er eine Weile mit dem Geschäftsinhaber geplaudert hatte und zum Humidor geführt wurde, war Hunter überzeugt, dass er auch an den nächsten fünf Tagen gefühlsmäßig auf Abstand zu Melanie bleiben und die Zeit mit ihr einfach nur genießen konnte. Er musste sich vor Augen halten, dass sie weder ihren Hochzeitstag feierten noch ein Paar waren. Ein glückliches Ehepaar zu spielen verriet ein wenig zu viel darüber, was sie eigentlich wollten, was er aber unter allen Umständen meiden würde, weil es so für sie beide das Beste war.

Nachdem er seine Zigarre gekauft hatte, schlenderte er zum Juwelier, um herauszufinden, ob Melanie ihr Souvenir gefunden hatte. Sie stand vor einer Theke, vor ihr lagen bestimmt sechzehn oder siebzehn Halsketten mit Anhänger ausgebreitet.

„Welche soll ich nehmen?“, fragte sie ihn und deutete auf die Sammlung vor ihr.

„Hmmm … ich weiß nicht“, konnte er nur sagen, da für ihn alles gleich aussah: ein springender Delfin an einer Kette. Aber inzwischen wusste er, dass Melanie bei allem sehr systematisch vorging und viele Fragen stellte. Wenn er nicht irgendeiner Kette den Vorzug gab, würden sie wahrscheinlich in einer Stunde immer noch hier sein. „Die da?“, schlug er vor und zeigte auf eine Ausführung, die etwas verspielter wirkte als der Rest.

Sie stutzte. „Findest du nicht, dass der Anhänger zu groß ist?“

„Ja, stimmt eigentlich.“ Er lernte schnell und wusste, Melanies unnütze Frage bedeutete, dass es diese Kette nicht schaffen würde. „Mir gefällt die da“, sagte er plötzlich, griff wahllos eine heraus und gab sie der Verkäuferin. „Können Sie uns die einpacken?“

Melanie gab einen Protestlaut von sich. „Aber ich bin mir nicht sicher, dass ich die auch wirklich will.“

„Wer zu lange zögert, steht am Ende ohne Delfinkette da. Und wer zu lange grübelt, wird sich nie ganz sicher sein. Nimm die und freu dich darüber. Du kaufst kein Haus, Babe.“

Es war vermutlich etwas zu forsch von ihm gewesen, ihm war jedoch aufgefallen, wenn sie lange Zeit über eine Wahl nachdachte, war sie letztlich doch nicht zufrieden mit ihrer Entscheidung.

„Aber …“

Hunter holte die Brieftasche heraus und gab seine Kreditkarte an die Verkäuferin weiter. Jetzt konnte er nur hoffen, dass er nicht die eine Kette ausgesucht hatte, die zweitausend Dollar kostete.

„Du musst die nicht bezahlen“, wandte sie ein.

„Das will ich aber.“ Mit großer Erleichterung sah er, dass die Kasse eine Summe von lediglich fünfundzwanzig Dollar anzeigte. Damit konnte er leben, auch wenn er sich eingestand, dass er sich freiwillig verschuldet hätte, wenn Melanie dadurch lockerer wurde und sich entspannte.

Er beugte sich zu ihr und drückte ihr einen Kuss auf den

Kopf, der absolut allem widersprach, was er erst vor ein paar Minuten überlegt hatte. Wow. Er verließ eindeutig den Bereich, in dem der Sex mit ihr unverbindlich war. Gedankenverloren nahm er von der Verkäuferin den verpackten Anhänger entgegen und dankte ihr. Das war nicht gut. Das war überhaupt nicht gut.

Als er Melanies Lächeln sah, war seine Geste ihm mit einem Mal das Risiko wert, das er eingegangen war.

„Na gut, wenn du darauf bestehst", sagte sie und gab ihm in Gegenwart der Verkäuferin einen sanften Kuss auf den Mund. „Bereit?"

Bereit, sich in eine Ecke zu setzen und sich nicht noch mehr Fehltritte zu leisten. Bereit, sich davon zu überzeugen, dass der Schutzwall um seine Gefühle halten würde. Bereit, sich ganz darauf zu konzentrieren, Melanie vor Lust schreien zu lassen. „Oh ja."

10. Kapitel

Melanie war froh, dass dieser Tag nach einem schlechten Start noch eine Wendung zum Guten genommen hatte. Sie wusste nicht, wie sie sich gegenüber einem Mann verhalten sollte, mit dem sie geschlafen hatte, nachdem sie ihn gerade mal sechzehn Stunden kannte. Sie wusste nicht, wie Hunter über sie dachte, und sie fürchtete, dass spontanes Handeln die falsche Entscheidung gewesen sein könnte, auch wenn es sich in dem Moment fantastisch angefühlt hatte.

Es war vor allem fantastisch gewesen, dass dieser entsetzliche Tag so gut zu Ende gegangen war, und sie wollte das Ganze nicht unnötig kompliziert machen. Dass sie beide sich gegenseitig völlig unverbindlichen Sex versprochen hatten, verschaffte ihr ein sehr befreiendes Gefühl.

Hunter hatte recht – sie musste aufhören, ständig so viel nachzudenken. Dadurch nahm sie sich selbst viel von der Freude, eine endgültige Entscheidung zu treffen. Ob es um eine Delfinkette oder ein Risotto oder einen Mann ging, sie stellte sich immer wieder die Frage, ob ihr Entschluss wirklich der richtige war, und alles nur, weil sie zuvor endlos lange hin und her überlegt hatte. Dieser Urlaub könnte der befreiendste werden, den sie je erlebt hatte. Eigentlich hätte es ein Sexfest mit Ian sein sollen, doch daraus war bereits viel mehr geworden, da sie lernte, das Leben beim Schopf zu packen und sich nicht so viele Sorgen und Gedanken zu machen. Und ein Sexfest war dieser Urlaub nebenbei auch noch.

Deshalb war sie jetzt mit Hunter auf dem Weg in ihr Hotelzimmer, um sich an ihm zu erfreuen, ohne darüber nachzudenken, was dies oder jenes eventuell bedeuten mochte. Auf halber Strecke blieb Hunter plötzlich stehen und stellte die Tragetasche mit dem Champagner ab.

„Was hast du vor?", fragte Melanie.

Er holte die Halskette aus der Verpackung und zog das Preisschild ab. „Ich dachte, du möchtest das vielleicht schon tragen." Er öffnete den Verschluss, stellte sich hinter sie und legte ihr die Kette um.

„Oh. Danke." Ein leichter Schauer rieselte ihr über den Rücken, als seine warmen Finger ihren Nacken berührten, während er damit beschäftigt war, den Verschluss zuzudrücken. Er fasste unter ihr Haar und legte es über die Kette, dann hielt er kurz inne und küsste sie auf die empfindliche Stelle unter einem ihrer Ohren.

„War mir ein Vergnügen."

Während Hunter wieder an ihre Seite kam, dachte Melanie darüber nach, dass sie sich von Ian womöglich gar kein Sexfest erhofft hatte, sondern das hier: eine simple Berührung. Es war ganz natürlich, die Finger eines anderen Menschen auf der Haut spüren zu wollen oder zu erfahren, wie es sich anfühlte, wenn diese Finger einem zwischen die Haare glitten. Als kleines Mädchen hatte sie es geliebt, sich Zöpfe flechten zu lassen, sich mit ihren Cousinen in eine Decke gehüllt umherzuwälzen, bei ihrer Mutter auf dem

Schoß zu sitzen. War man erst einmal erwachsen, war es nicht mehr so leicht, diese körperliche Nähe zu finden. Sie hatte lange Zeit danach gesucht, und die Ironie des Ganzen war, dass dieses Bedürfnis nicht gestillt worden war, nachdem sie sich für Ian ausgezogen hatte.

Dagegen gab eine simple Geste von Hunter ihr genau das, wonach sie sich sehnte.

Oh ja, sie musste noch einiges über sich und über ihre Bedürfnisse lernen. In diesem Moment wusste sie aber zumindest sicher, dass sie Hunter haben wollte. Für die nächsten vier Tage würde er ihr allein gehören. Mit einem Mann zusammen zu sein, ohne irgendwelche Erwartungen damit zu verbinden, war für sie zwar völliges Neuland, doch ihr gefiel die Freiheit, die sie dadurch hatte.

„Wie lange bist du mit Danielle ausgegangen?“, fragte sie, was wirklich eine intelligente Wahl für ein Gesprächsthema war, da sie auf dem Weg zu einer Runde Mittagssex waren.

Er warf ihr einen undefinierbaren Blick zu.

„Achtzehn Monate. Wieso fragst du?“

„Pure Neugier.“ Sie war so unglaublich schlecht darin, was diesen unverbindlichen Sex anging. Allerdings war sie in Sachen Beziehungen auch nicht besser. Überhaupt schien sie nicht so richtig mit dem ganzen Zeugs zurechtzukommen, das sich zwischen Mann und Frau abspielte.

Sie tastete nach dem Anhänger, der auf ihren Brüsten hin und her schaukelte, und hielt sich vor Augen, dass sie lernen wollte, eine Situation nicht kontrollieren zu müssen, sondern sie einfach nur zu genießen.

Als sie zurück in ihrem Zimmer waren, schlug Hunter

vor, dass sie sich auf die Veranda setzten und die Delfine beobachteten. Er holte zwei Gäste, entkorkte die Flasche und schenkte ihnen beiden Champagner ein. Melanie ging nach draußen auf den Patio, ließ sich in einen der bequemen Sessel sinken und seufzte entspannt. Hunter kam zu ihr und gab ihr ein Glas.

„Einen Toast", sagte er und hob das Glas in ihre Richtung.

Sie erwartete, dass er etwas über die Sonne, die Wellen oder die Delfine sagen würde.

Weit gefehlt.

„Auf Ian, das dümmste Stück Scheiße, dem ich je begegnet bin. Ihm verdanke ich eine ganze Menge", sagte er.

War das sein Ernst? Was war aus James Bond geworden? Der war elegant und sexy. Trotzdem musste sie lachen. Hunter schaffte es immer wieder, sie zum Lachen zu bringen. „Ich stoße nicht auf Ian an."

„Wieso nicht? Ohne ihn wären wir beide jetzt nicht hier."

„Dass er sich von mir getrennt hat, kann kein Anlass sein, um auf ihn zu trinken." Sie stieß mit ihm an. „Auf den Spaß. Wie klingt das?"

Er zog die Augenbrauen hoch, sagte aber kein Wort, sondern hob sein Gals und trank von seinem Champagner. Melanie nippte an dem prickelnden Getränk, während sie die Delfine beobachtete. Sie sahen aus, als würden sie ständig lächeln, doch sie fragte sich, ob sie sich an der Gesellschaft ihrer Artgenossen erfreuten oder ob es ihnen so erging wie ihr, wenn sie mit der Straßenbahn unterwegs war und gereizt darauf reagierte, dass sie sich den knappen Raum mit Fremden teilen musste.

Auf einmal hängte sich ein Delfin einem anderen auf den Rücken. „Oh!“, machte Melanie erschrocken, als ihr klar wurde, was die beiden da taten. Es war ihr tatsächlich peinlich, dass sich diese Szene nur einige Meter von ihr entfernt abspielte.

Hunter lachte. „Ich glaube, es interessiert sie nicht, wenn wir ihnen sagen, dass es angebracht wäre, sich ein Zimmer zu nehmen.“

„Sollen wir reingehen? Die zwei wollen bestimmt unter sich sein.“ Trotz ihrer Worte konnte sie den Blick nicht von dem Paar abwenden, was das Ganze umso peinlicher machte.

„Ich weiß nicht, ob sie wirklich allein sein möchten, aber ich wäre jetzt gern mit dir allein.“ Hunter hielt ihr die Hand hin, um ihr aus dem Sessel zu helfen.

Melanie griff danach, während sie sich fragte, ob sie errötet war. Auf jeden Fall fühlte sie sich, als würde sie glühen. Die Vorfreude darauf, mit Hunter ins Bett zu gehen, war völlig anders als bei ihren bisherigen Freunden. Es fehlte zwar noch der lässige, ungezwungene Umgang, doch die Anziehung, die er auf sie ausübte, reichte so tief, dass ihre Haut kribbelte, ihr Herz raste und sie hastig und nervös ein- und ausatmete. Es kam ihr so vor, als wäre die vergangene Nacht nur eine kurze, unerwartete Vorschau auf den heutigen Tag gewesen. Ihr Gefühl sagte ihr, dass sie diesmal gemeinsam viel mehr erkunden würden, was sie begeisterte, sie aber auch unruhig werden ließ.

Einerseits wollte sie sich auf Hunter stürzen, ihn ins Bett zerren und loslegen, andererseits wollte sie sich selbst herausfordern und feststellen, ob sie in der Lage war, ihm die Kontrolle zu überlassen, damit er sie durch eine wahrhaft sinnliche Erfahrung führte. Hier ging es nicht darum, möglichst effizient eine Liste abzuarbeiten. Hier ging es nur um Sinnlichkeit.

Sie trank auf dem Weg nach drinnen den restlichen Champagner aus. Hunter nahm ihr das Glas ab und stellte es zusammen mit seinem auf dem Fernsehtisch ab. Es folgte eine kurze Pause, als er einfach nur dastand und sie mit einem schelmischen und sexy Lächeln auf den Lippen betrachtete. Dann hob er einen Arm und legte seine Hand an ihre Wange.

„Du bist sehr schön", sagte er. „Ich kann nur wieder betonen, was für ein Glückspilz ich bin."

Schon witzig, denn Melanie hatte das Gefühl, dass *sie* hier der wahre Glückspilz war. Schließlich hätte das die schlimmste Woche ihres Lebens werden können, doch jetzt hatte sie mehr Spaß als jemals zuvor. „Danke, dass du meinen Urlaub gerettet hast", murmelte sie.

„War mir ein Vergnügen." Hunter machte einen Schritt auf sie zu und küsste sie.

Der Kuss war zärtlicher, als sie erwartet hatte, und das traf sie völlig unverhofft. Ihre Schultern entspannten sich, ein Seufzer kam ihr über die Lippen, und tief in ihrem Inneren nahm sie ein wildes Flattern wahr. Es kam ihr ganz natürlich vor, die Arme um seinen Hals zu legen und seinen Nacken zu streicheln. Dem Kuss folgten weitere, denn sobald sie sich voneinander lösten, machte das beiderseitige Verlangen sich wieder bemerkbar. So ging es scheinbar endlos lange, da Hunter keine Anstalten machte, sie in Richtung Bett zu dirigieren. Er hatte eine Hand auf ihren Arm gelegt und strich federleicht über ihre Haut.

Sie hatte das Gefühl, dass sie bereits alles an ihm kannte – seinen Mund, seinen Duft, seine Größe. Als er sie an sich zog, war ihre Nervosität verflogen, und es war alles ganz lässig. Es gab keinen Grund zur Eile, und jeder Kuss ließ ihre Erregung wie eine vergessene Glut langsam aufleben. Es war eine Ewigkeit her, seit sie das letzte Mal vollständig bekleidet mit einem Mann rumgemacht hatte. Schließlich ließ er eine Hand weiter nach unten gleiten, bis er seine Finger mit ihren verschränkte. Dann hob er ihren Arm so hoch, dass er einen Pfad aus Küssen an ihrem Handgelenk beginnen konnte, um ihn über den Ellbogen bis zu ihrer Schulter fortzuführen, bis er sein Gesicht an ihren Hals schmiegte. Sie legte den Kopf schräg, damit er mehr Bewegungsfreiheit bekam.

Und dieser Mann behauptete, nicht charmant zu sein? Dabei war das hier verdammt charmant, wenn es nach ihr ging.

Wäre Musik im Hintergrund gelaufen, hätten sie jetzt getanzt. So wie bei einem Tango nahm Melanie ein Bein hoch und schlang es um seine Hüfte, weil sie seinen Körper mit ihrem berühren wollte, wo sie nur konnte. Er stieß ein kehliges, zustimmendes Gemurmel aus, dann überraschte er sie, indem er sie hochhob und sie zum Bett trug.

Oh wow. So etwas hatte sie noch nie erlebt. Hunter hielt sie, als würde sie praktisch nichts wiegen. Zwar hätte sie instinktiv beinah protestiert und ihn an seinen verletzten Arm erinnert, doch sie presste die Lippen zusammen, weil sie die

Magie dieses Augenblicks nicht stören, sondern einfach alles spüren wollte. Er legte sie aufs Bett und strich ihr das Haar aus dem Gesicht. Während er sie küsste, zog er eins ihrer Beine wieder an sich, sodass sie ihn genauso umschloss wie zuvor, als sie beide mitten im Zimmer gestanden hatten. Diesmal allerdings hatte er sich so auf sie geschoben, dass sie es genießen konnte, von ihm umarmt zu werden und seine Erektion zu fühlen, die gegen ihre Hüfte drückte.

Er richtete sich halb auf und strich nur mit den Fingerspitzen über ihren Oberkörper, verweilte jedoch nicht auf ihren Brüsten, sondern streifte flüchtig an ihnen entlang. Das Gleiche machte er rund um ihren Bauchnabel und an den Innenseiten ihrer Schenkel. Es war ein wundervolles, erhabenes Gefühl, das gleichzeitig dazu angetan war, sie in den Wahnsinn zu treiben. Wenn er wollte, dass sie sich unter ihm wand, hatte er den richtigen Weg eingeschlagen. Ganz gemächlich öffnete er einen Knopf nach dem anderen an ihrem Shirt und legte jedes Mal eine Pause ein, um die freigelegte Hautpartie ausgiebig zu küssen. Seine Lippen strichen erst links, dann rechts kurz am Brustansatz entlang, doch er schob noch nicht den BH zur Seite.

Hunter setzte diese Art der Liebkosung fort, bis ihr Shirt komplett aufgeknöpft war und er sich ihrem Bauchnabel widmen konnte. Melanie rutschte auf der Matratze hin und her, als seine Zunge den Bund ihrer Shorts erreichte und er mit den Zähnen den Druckknopf öffnete. „Oh, Hunter." Sie stöhnte allein aus dem Grund, weil sie ihn wissen lassen wollte, was genau er mit ihr anstellte.

Er hob den Kopf. „Ja?"

„Nichts."

„Okay", gab er in einem entspannten Tonfall zurück.

Mit nervenaufreibender Lässigkeit zog er den Reißverschluss ihrer Shorts auf. Am liebsten hätte sie seine Hand weggedrückt, um es selbst zu erledigen, damit diese köstliche Qual ein Ende nahm. Als ihre Shorts offen standen, drückte er sein Gesicht auf ihren Slip, der darunter zum Vorschein gekommen war. Da nur eine dünne Lage Stoff seine glühende Hitze von ihrer Klit trennte, musste sie nach Luft schnappen. Das akute Ziehen tief in ihr war so schlimm, dass es an Schmerz grenzte.

„Es macht dir wohl Spaß, mich so zu quälen, wie?", raunte sie ihm zu.

„Ja, macht es, aber ich quäle mich damit selbst ganz genauso, musst du wissen."

„Du kannst deinen masochistischen Neigungen nachgehen, wann immer du willst, allerdings nicht bei mir", brachte sie heraus und bewegte die Hüften hin und her, um mehr, viel mehr zu spüren.

„Wir haben noch fünf Tage. Ich habe nicht vor, irgendwas zu überstürzen."

Wenigstens fasste er nach dem Hosenbund und zog ihr die Shorts aus – jedoch wieder so gemächlich, dass sie die Augen zukneifen musste, um die Fassung zu bewahren. Ihre Nippel hatten sich längst steil aufgerichtet.

Dann küsste er ihren Venushügel, ihr Slip wurde von beiden Seiten gleichzeitig feucht – von außen durch seine Zunge, von innen wegen ihrer eigene Begierde. Alles kam ihr heiß, feucht und erregt vor. Als er auch noch ihren Slip nach unten zog, fasste sie nach seinem Kopf, weil sie sich an irgendetwas festhalten musste. Kaum hatte er angefangen, sie von dem störenden Stück Stoff zu befreien, hörte er schon wieder auf. Damit wurde ihr nicht die Bewegungsfreiheit gewährt, nach der sie sich eigentlich sehnte, um ihre Beine spreizen zu können und dort seinen Mund oder seine Finger zu spüren. Sie setzte an, um sich mit Nachdruck darüber zu beschweren, doch in dem Moment strich er mit den Fingerspitzen über ihren Schoß, während er seine Lippen auf ihren Bauch drückte und zu saugen begann. Es war ein völlig fremdartiges Gefühl, so, als würde er sie aus sich selbst herausholen wollen. Instinktiv stemmte sie die Hüften hoch.

„Ich mag es, wie du schmeckst“, flüsterte er ihr zu, „wie du dich anfühlst, wie du duftest. Nach Sonne und Sex.“

Oh Mann. Sie war sich ziemlich sicher, dass so etwas noch niemand zu ihr gesagt hatte. Es war das seltsamste Kompliment, das ihr je gemacht worden war, und zugleich war es unglaublich sexy.

Hunter kam weiter nach oben und gab ihr einen kurzen, aber intensiven Kuss, ehe er die Hände unter ihren Rücken schob, um den BH zu öffnen. Mit den Zähnen zog er die Träger von ihren Schultern und an den Armen entlang nach unten, wobei er aus dem Ganzen ein sinnliches Erlebnis machte, indem er immer wieder innehielt, um sie an Stellen zu küssen, von denen sie nicht gedacht hätte, dass sie lustvolle Reaktionen zeigen würden. Offenbar gehörten die Armbeugen und die durchscheinende Haut an der Unterseite ihrer Handgelenke zu ihren erogenen Zonen. Sogar ihre Handfläche reagierte so, als er mit der Zungenspitze flüchtig darüberstrich. Als er sich dann endlich ihren mittlerweile nackten Brüsten widmete, warf Melanie vor Lust den Kopf hin und her und presste die Fersen in die Matratze.

Auch jetzt ließ er sich Zeit. Er legte die Hände an ihre Brüste, neckte mit der Zunge ihre Nippel, saugte daran und ließ einen Finger unter den Stoff ihres Slips gleiten, um über ihren feuchten Schoß zu streichen. Es war eine rhythmische, aber oberflächliche Berührung, die ihre Lust genauso steigerte wie den Frust darüber, dass er sich alle Zeit der Welt nahm. Er hob den Kopf und sah ihr tief in die Augen, schließlich richtete er sich auf und zog sein Shirt aus. Sie wusste, sie würde niemals genug davon bekommen, seine nackte Brust zu bewundern. Mit einer Hand berührte sie seine warme Haut und strich mit dem Daumen über seine Nippel.

Dann kam ihr eine Idee, wie sie diese süßen Qualen gegen ihn richten konnte.

Melanie setzte sich hin und griff nach dem Knopf, der den Bund seiner Shorts zusammenhielt.

„Hey“, rief er, als sie ihn öffnete. „Wer hat gesagt, dass du das machen darfst?“

„Ich muss niemanden um Erlaubnis fragen.“ Sie lächelte ihn süffisant an, schob seine Shorts weiter hinunter und kniete sich hin. „Jetzt will ich auch mal probieren.“

Als sie den Reißverschluss aufzog, seinen Schwanz hervorholte und ihn mit ihren Fingern umschloss, nahm sie zufrieden zur Kenntnis, dass Hunter angestrengt nach Luft schnappte und die Hände auf ihre Schultern legte, um sich abzustützen.

„Was tust du da, Melly?"

Der Spitzname gefiel ihr immer besser. „Wonach sieht es denn aus?" Oder genauer gesagt: Wonach fühlte es sich an?

Sie schloss die Lippen um seine Erektion.

Hunter stöhnte auf, seine Finger drückten härter in ihre Schultern. „Das musst du nicht machen."

Es gab keinen Grund, Zeit damit zu vergeuden, ihm zu erklären, dass sie das hier wollte. Das würde sie ihm schon zeigen. Mit einer Hand hielt sie ihn fest, während sie ihre Zunge auf seinem Schaft auf und ab bewegte und nur kurz innehielt, um sie um die Spitze kreisen zu lassen. Als sie den Rhythmus gefunden hatte, auf den er am heftigsten reagierte, ließ sie seine Erektion los und setzte nur noch ihren Mund ein – und vollführte ihren Bananentrick.

„Heilige Scheiße!", platzte Hunter heraus und zuckte zusammen.

Zwar wollte er sich zurückziehen, doch sie hielt ihn davon ab und nahm ihn erneut tief in sich auf. Der wahre Triumph über seinen Willen folgte nur Augenblicke später, als er ein lautes Stöhnen ausstieß und sich aus eigenem Antrieb in ihrem Mund vor und zurück bewegte. Das ging gut eine Minute lang so, dann schien er zu merken, was er tat, und entzog sich ihr ruckartig. Diesmal ließ sie ihn gewähren. Als sie ihn ansah und sich dabei ihre nassen, geschwollenen Lippen leckte, schüttelte er den Kopf.

„Du bist wirklich gefährlich", keuchte er.

Das hielt sie für das beste Kompliment, das man ihr je gemacht hatte. Sie lächelte ihn an. „Es tut mir nicht leid."

„Mir auch nicht." Er stieß sanft gegen ihre Schultern.

„Ah!" Sie geriet ins Wanken, verlor das Gleichgewicht und landete rücklings auf der Matratze.

Es war nicht die Position, in der sie sich gern befand, aber er war so schnell über ihr, dass ihr gar keine Zeit blieb, in Verlegenheit zu geraten oder sich schicklicher auf dem Bett zu positionieren. Hunter zerrte ihren Slip herunter, der ihr auf die Knöchel gerutscht war, und warf ihn auf den Boden. Sie rechnete damit, dass er zu ihr nach oben kam, doch das war ein Irrtum. Er verharrte, wo er war, und drang stattdessen mit seiner Zunge tief in sie ein.

Da sie schon lange bereit war, kam seine Aktion so unerwartet, dass Melanie fast aufgesprungen wäre.

„Oh Gott!", schrie sie und konnte gerade noch verhindern, dass ihr ein übles Schimpfwort herausrutschte.

„Mach die Beine breiter", drängte er sie.

Kein Problem, das bekam sie hin.

Nachdem sie seine Aufforderung befolgt hatte, hielt er abermals inne und sagte: „Schrei für mich, Melly. Schrei meinen Namen raus. So laut, dass die anderen Gäste es hören."

Was? Das schaffte sie nicht. Das war völlig unmöglich. Oder nicht?

Als er seine Finger tief in sie presste und gleichzeitig mit der Zunge über ihre Klit strich, wurde ihr klar, dass sie auf jeden Fall laut genug schreien konnte, um von den anderen Gästen gehört zu werden. Ihr Orgasmus erfasste sie mit so ungeheurer Wucht, dass sie Hunter fast von sich gestoßen hatte. Doch der hielt sie an ihren Oberschenkeln fest und ließ nicht zu, dass sie ihn aus dem Rhythmus brachte. In diesem Augenblick kümmerte sie einzig und allein, welche Empfindungen er bei ihr auslöste.

Nachdem sich der Sturm der Ekstase allmählich legte und ihr Körper von langsam abebbenden Schauern durchgeschüttelt wurde, schluckte sie mühsam und fuhr sich mit der Zunge über die Lippen. „Oh, Hunter."

„Oh, Melly", sagte er und grinste siegessicher. „Das war scharf." Er schob sich hoch und gab ihr einen flüchtigen Kuss, ehe er sich zwischen ihre Oberschenkel drängte.

Sie wusste nicht, ob sie überhaupt noch etwas ertragen konnte, aber dann begann er, sie mit seiner Erektion zu necken, und auf einmal war sie sich sicher, dass da wesentlich mehr möglich war. „Hunter", flüsterte sie ungeduldig, als ihr klar wurde, dass er wieder nichts anderes tat, als sie auf wunderbare Weise zu quälen.

„Melanie", ahmte er im Scherz ihren kläglichen Tonfall nach.

Zugegeben, seine Selbstbeherrschung war unter anderen Umständen bewundernswert, doch jetzt und hier war sie einfach nur frustrierend. Wenn er sie quälen wollte, konnte sie das mit ihm auch machen. Grinsend presste sie die Beine zusammen und drängte ihn so zurück.

Als ihm klar wurde, was sie tat, legte er den Kopf schief. „Oh, da ist wohl jemand auf der Suche nach Ärger."

Melanie streckte eine Hand aus und strich über seinen Penis. „Bin ich fündig geworden?", fragte sie herausfordernd.

„Auf jeden Fall." Er fasste ihr Knie und hielt inne, als würde er überlegen, wie sie auf einen forscheren Zug von ihm reagieren mochte. „Willst du wissen, wie fantastisch Trouble sein kann."

„Ja bitte. Zeig's mir." Es war das erste Mal, dass sie den Spieß bei einem Mann umgedreht hatte, ohne dass er es mitbekam. Sie bekam exakt, was sie wollte.

Er begriff, dass sie ihm die Erlaubnis gab, ihre Beine zur Seite zu schieben, und genau das tat er, streifte sich ein Kondom über und drang in sie ein. Hunters Gesicht nahm einen entschlossenen und konzentrierten Ausdruck an, was sie als absolut charmant und sexy empfand. Nun war er wieder Bond, jede Bewegung war sorgfältig berechnet. Zu gern hätte sie erlebt, wie ihm die Kontrolle entglitt, doch sie konnte ihm ansehen, dass es jetzt nicht dazu kommen würde. Er hatte sein Vergnügen, das war klar, aber er hatte sich auch fest im Griff.

Sie war bereit, das zu akzeptieren, weil es sich so verdammt gut anfühlte. Er war wirklich sehr geschickt, und die Art und Weise, wie er sich ganz und gar auf sie konzentrierte, war unglaublich erregend. Als er schließlich die Lippen zusammenpresste und kam, drückte sie die Finger in seinen Rücken und sah ihn fasziniert und zutiefst befriedigt an. Er stöhnte laut auf und ließ sich zur Seite aufs Bett sinken, wobei er sie mit sich zog.

„Du bist so verdammt sexy", flüsterte er.

„Du bist aber auch nicht gerade übel." Sehr wahrscheinlich hatte sie noch keinen Mann gehabt, der besser war als er, doch das würde sie ihm nicht sagen, weil sonst sein Ego womöglich über ihn hinauswachsen würde. Na ja, vielleicht würde sie es ihm etwas später sagen, so in zehn Minuten.

Von draußen war aus der Delfingrotte lautes Platschen zu hören.

„Sieg an allen Fronten“, meinte Hunter. „Der Delfin und ich haben beide einen Punkt gemacht. Ich bin stolz auf ihn und auf mich.“

Melanie lachte. „Frauen tun die erstaunlichsten Dinge, wenn sie dem Mann nicht entkommen können.“

„Wow. Das verleiht meinem Ego ja regelrecht Flügel“, gab er sarkastisch zurück.

Daraufhin musste sie noch lauter lachen. „Ich meinte, dass wir uns dann schon mal öffnen. Es geht nicht darum, dass wir uns deswegen zu irgendetwas überreden lassen würden, was wir nicht tun wollen.“

„Hör auf zu reden, sonst fange ich an zu weinen.“

Das musste das Albernste sein, was sie je gehört hatte. Sie kicherte so heftig, dass die Schwingungen seinen Körper erfassten.

Hunter drehte sie so schnell und so unerwartet auf den Rücken, dass ihr die Luft aus der Lunge gepresst wurde. Beim Anblick seiner entschlossenen Miene spürte sie, wie sofort wieder das Verlangen erwachte.

„Nicht reden, nur fühlen“, sagte er, bevor er sich ihr abermals mit seiner Zunge widmete.

Melanie hätte gar nicht reden können, da ihr lustvolles Stöhnen kein Ende nehmen wollte.

11. Kapitel

Bei ihrer Seilrutschen-Exkursion war Hunter viel besserer Laune als am Tag zuvor beim Ausritt am Strand. Nicht nur, dass die vergangene Nacht ihm reichlich und ausgiebigen Sex beschert hatte, nein, als er am Morgen mit einer Erektion aufgewacht war, hatte Melanie ihm geholfen, etwas dagegen zu unternehmen. Es schien für sie keine Anstrengung zu sein, was wieder mal bewies, dass sie tatsächlich lockerer und gelassener wurde. Es war schon verdammt heiß, sie dabei zu beobachten, wie sie sich gehen ließ. Für ihn bedeutete das Vergnügen in einem Maß, wie er es lange nicht mehr erlebt hatte.

Sie waren zusammen mit einer Gruppe Touristen im Abenteuerpark unterwegs und lauschten den Anweisungen der Exkursionsleiter – zwei junge Kerle namens Celso und Gil, die den Teilnehmern die Sicherheitsvorschriften mit einer gehörigen Portion Humor vermittelten.

Hunter hörte nur mit halbem Ohr zu, da sein Blick ständig zu Melanie ging, die neben ihm stand. Die Sicherheitsgurte, in die man sie verpackt hatte, saßen so, dass einige ihrer Körperpartien betont wurden, die er besonders interessant fand. Über ihre Oberschenkel verliefen die Gurte kreuz und quer, was seine Aufmerksamkeit immer wieder auf den Punkt lenkte, an dem ihre Schenkel zusammenliefen. Als sie einen Schritt nach vorn trat, konnte er sehen, dass die Gurte ihren Po auf eine Weise hochdrückten, die ihn um den Verstand zu bringen drohte. Und er hatte gedacht, nach dieser Nacht wäre sein Verlangen nach ihr wenigstens für ein paar Stunden gestillt. Doch es schien, dass er umso mehr von ihr haben wollte, je mehr er von ihr bekam.

Als sie ihn ansah, war seine Lust schlagartig vergessen, denn sie kaute auf ihrer Unterlippe herum. Hunter wusste, das war ein Zeichen für Nervosität und Sorge. „Stimmt was nicht?"

„Ich weiß nicht, ob ich das kann. Es sieht so aus, als … als wäre man im freien Fall."

„Babe, du hängst an einem Stahlseil, du bist mit einem Haken daran festgemacht. Das ist alles sicher. Jeden Tag machen Hunderte von Leuten so was." Er zog einen der Handschuhe aus, die sie beim Seilrutschen tragen mussten, und drückte ihre Schulter. „Das wird lustig."

„Vielleicht sollte ich besser hier unten bleiben." Sie ging einen Schritt weg von der Leiter, die hinauf zum ersten Seil führte. Dabei stieß sie mit dem Po gegen seinen Oberschenkel. „Oh!"

Hunter hielt sie fest. „Vorsicht", flüsterte er ihr ins Ohr, an das er nicht allzu dicht herankam, da sie einen Sturzhelm trug. Er wünschte, sie wären in diesem Moment allein, verdrängte jedoch entschlossen jeden Gedanken daran, wie zart und warm sie sich anfühlte und wie nah sie vor ihm stand. „Du hast viel Geld dafür bezahlt, wir sind extra mit dem Bus hergekommen, du hast eine Verzichtserklärung unterschrieben, und deine Tasche hast du in einem Spind eingeschlossen. Du wirst es immer bereuen, wenn du jetzt einen Rückzieher machst."

Sie atmete angestrengt durch und sah über die Schulter zu ihm. „Du hast recht. Du hast völlig recht."

Er versuchte, ernst zu bleiben, als sie die Leiter zur ersten Plattform hochstieg, als wäre sie auf dem Weg zu ihrer eigenen Hinrichtung. „Hast du Höhenangst?", fragte er, nachdem er ihr auf die Plattform gefolgt war, und sah, wie sie sich am Geländer festklammerte.

„Nein, ich glaube nicht." Sie spähte über den Rand nach unten. „Vielleicht doch."

Während einer der Exkursionsleiter Melanie mit der Sicherheitsausrüstung verband und sie auf ein kleines Podest steigen ließ, drückte Hunter ihre Hand. „Denk immer daran, es geht darum, loszulassen. Und Celso hat dich genau nach Vorschrift festgezurrt, stimmt's, Celso? Das ist sicher."

„Wir haben noch nie einen Touristen verloren", versicherte der junge Mann ihr.

„Es gibt für alles ein erstes Mal", murmelte sie vor sich hin.

Ihre Wangen waren gerötet.

„Setzen Sie sich", sagte Celso.

Melanie sah ihn verblüfft an. „Was?"

„Setzen Sie sich hin. Nehmen Sie einfach die Füße nach vorn, dann werden Sie vom Seil gehalten."

Sie stieß einen leisen Entsetzensschrei aus, während sie gehorchte und nun vor und zurück wippend in den Gurten am Seil hing.

„Siehst du?", sagte Hunter. „Und das Überqueren läuft kein bisschen anders ab. Du lässt jetzt schon das Seil die ganze Arbeit machen, und das geht da genauso."

Sie zog die Augenbrauen hoch. „Soll ich besser die Augen zumachen?"

„Nein, Augen auflassen", sagte er, dann beugte er sich spontan über sie und küsste sie. „Viel Spaß."

Der Exkursionsleiter versetzte Melanie einen Stoß, und sie rutschte davon. Laut schreiend jagte sie am Seil entlang zur nächsten Plattform. Hunter zuckte zusammen und sah Celso kopfschüttelnd an. „Ich weiß nicht, Mann. Kann sein, dass für sie da drüben Endstation ist."

„Sie macht das schon", meinte der jüngere Mann. „Sie sind dran."

Es war eine ziemlich harmlose Überquerung, bei der er den Blick auf die Baumkronen genoss und die leichte Brise in seinem Gesicht. Auf der anderen Plattform angekommen, wartete er, bis Gil alle Haken gelöst hatte, dann wandte er sich Melanie zu, um ihre Reaktion zu sehen. Zu seiner großen Erleichterung grinste sie ihn breit an. „Du hast es geschafft", lobte er sie. „Ich wusste, du kriegst das hin."

„Es war unheimlich, aber auch fantastisch", sagte sie. „Es ist nicht so leicht, diesem Seil zu vertrauen, doch es fühlt sich an, als würde man richtig fliegen. Das war irre."

„Gut so." Widersinnigerweise verspürte er immensen Stolz, weil sie sich vergnügte. Es hatte mit ihm selbst gar nichts zu tun, er wollte nur, dass sie glücklich war. Angesichts der Tatsache, dass er eben noch auf sie eingeredet hatte, keinen Rückzieher zu machen, fühlte er sich für ihre momentane Freude ein Stück weit mitverantwortlich.

Apropos Freude … er hatte eine wunderbare Sicht auf ihren Hintern, als sie auf das nächste Podest kletterte. Am liebsten hätte er ihre Pobacken mit beiden Händen umfasst und ihr einen Kuss auf den Nacken gegeben. In diesem Moment merkte er, wie eine Erektion sich in seiner dünnen Cargohose bildete. Das war gar nicht gut, weil sein Gehänge von den Gurten praktisch eingerahmt wurde. Als er den Kopf hob, bemerkte er Gils wissenden Blick. Ertappt. Hunter konnte nichts anderes tun, als mit den Schultern zu zucken und ein wenig verlegen zu grinsen. Gil reagierte mit einem amüsierten Lächeln.

Melanie baumelte bereits am Seil und wartete darauf, zur nächsten Plattform zu gelangen. Sie wirkte auch jetzt nervös, aber zumindest war ihr Gesicht diesmal nicht kreidebleich. Als Gil sie anstieß, begnügte sie sich mit einem kurzen Aufschrei. Hunter sorgte auf diesem zweiten Abschnitt dafür, dass er sich beim Hinübergleiten um seine eigene Achse drehte, um das Ganze noch etwas aufregender zu gestalten und um sich von seinem Ständer abzulenken.

„Mach so was nicht!", schimpfte Melanie mit ihm, als er angekommen war. „Dadurch kannst du abstürzen!" Hunter wurde von Celso von den Haken befreit, was ihn sehr beeindruckte, denn der Mann musste wie ein Weltmeister gerannt und die Leiter hochgestürmt sein, um jetzt schon bereitzustehen. Melanies Vorhaltungen amüsierten ihn insgeheim, weil sie finster dreinschaute und mit dem erhobenen Zeigefinger fuchtelte, der in einem etwas zu großen Handschuh steckte.

Aber es rührte ihn auch, dass sie Sorge hatte, er könnte in den Tod stürzen, obwohl er sich zu hundert Prozent sicher war, dass das niemals passieren würde. „Babe, ich schwebe hier nicht in Gefahr. Glaub mir." Er sah Celso an. „Stimmt's?"

„Beim Seilrutschen garantiert nicht. Bei allem anderen … tja, wer weiß das schon?", antwortete der Mann, während er Melanie für die nächste Strecke festhakte.

„Sehr vertrauenerweckend", meinte sie nur.

Hunter drehte sie zu sich herum und gab ihr einen flüchtigen Kuss, wobei ihre Helme zusammenstießen. „Ich habe Kampfeinsätze überlebt. Das hier ist gar nichts dagegen." An Celso gewandt fragte er: „Ist sie bereit?"

„Ja, Sie können sie losschicken."

„Nicht …!"

Melanie sah ihn entsetzt an, Hunter gab ihr nur einen leichten Stoß, und sie segelte davon. Die Augen hatte sie weit aufgerissen, aber dann schüttelte sie den Kopf und lächelte ihn an. Einen Moment später fing sie sogar an zu lachen.

Von Stolz ergriffen stand Hunter da und grinste breit.

Mission erfüllt.

Das Seilrutschen hatte ihr mehr Spaß gemacht als erwartet. Melanie war sich ziemlich sicher, dass sie ohne Hunter im letzten Moment gekniffen hätte. Aber er hatte ihr Mut gemacht. Letztlich war es ein aufregendes und befreiendes Erlebnis gewesen, nur an einem Seil hängend durch die Luft zu gleiten. Sie war sich schwerelos vorgekommen – körperlich und emotional.

Ihr war klar gewesen, dass sie ein wenig verkrampft war, doch das wahre Ausmaß war ihr erst jetzt bewusst geworden. Da war das Bemühen, die Kontrolle über ihr Leben und über ihre Beziehung mit Ian zu bewahren. Dazu kam der Druck, das Ganze unbedingt geheim zu halten. Zusammen mit ihrer ständigen Sorge, was Ian wohl für sie empfand, hatte das alles für lähmende Angst gesorgt. Sie war sich sicher, dass es etwas mit der fehlgeschlagenen Beziehung zu tun haben musste, als sie sich als College-Schülerin im ersten Jahr holterdiepolter mit einem Jurastudenten eingelassen hatte. Die Geschichte hatte ein hässliches Ende genommen, und bei jedem nachfolgenden Mann war sie fest entschlossen gewesen, die Kontrolle über alles zu haben.

Was dabei herausgekommen war, hatte ihr der Beginn dieses Urlaubs ja gezeigt.

Doch ein bisschen mexikanischer Sonnenschein, ein sexy Leibwächter und ein Stahlseil trugen dazu bei, dass sie sich Stück für Stück von ihren Ängsten befreite. Sie fühlte sich so gut wie schon lange nicht mehr, womöglich so gut wie seit ihrer College-Affäre nicht mehr.

Nachdem der Bus sie zurück in die Stadt gebracht hatte, schlenderten sie und Hunter an den Souvenirshops entlang und sahen sich das Angebot an Decken, Kleidern und seltsamen Schmuckstücken an. Hunter zog eine mexikanische Wrestler-Maske über seinen Kopf, und Melanie bekam einen Lachanfall.

„Was ist denn?“, fragte er im Schutz der gelb und schwarz gestreiften Maske, die für seinen Kopf ein paar Nummern zu klein war. Dadurch befand sich die Öffnung für den Mund auf Höhe seiner Oberlippe, während das Kinn komplett frei lag. Er sah mehr als nur ein bisschen lächerlich aus. „Ich komme mir vor wie ein Superheld.“

„Das solltest du besser nicht.“ Spontan rollte sie seine Maske ein Stück auf und gab ihm einen Kuss auf den Mund. „Als mein Leibwächter bist du mir lieber.“

Hunter zog die Maske vom Kopf und legte sie zurück auf den Tisch. „Ich erledige meine Arbeit ganz miserabel, weil ich eigentlich einige Meter Abstand zu dir halten müsste“, erklärte er, zog sie in seine Arme und an seine Brust. „Ich arbeite bei dir aber lieber mit direktem Kontakt, was nicht dem üblichen Protokoll entspricht. Im Grunde solltest du mich feuern.“

Mittlerweile vertraute Erregung überkam sie, als Hunter seine Lippen auf ihre Schläfe drückte. „Ich habe dich nicht engagiert, also kann ich dich auch nicht feuern.“

„Dann kündige ich eben.“

Sie erschauerte, als er sie auf die Lider küsste. „Ist das wirklich nötig?“

„Willst du nicht, dass ich kündige? Gefällt es dir, mit dem Personal sexuelle Kontakte zu haben?“ Er hob ihr Kinn leicht an und küsste sie auf den Mund. „Ist das aufregend?“

Ihr wurde mit einem Mal sehr warm, was jedoch nichts mit der Sonne zu tun hatte, die auf sie herunterbrannte. „Mit dir ist alles aufregend“, gestand sie ihm, machte sich aber gleich darauf Gedanken, ob das nicht eine jämmerliche Erklärung war, so, als wäre sie ein todlangweiliger Mensch, der ihn brauchte, um interessanter zu werden.

Hunter deutete ihre Gefühle richtig und strich mit den Fingern über ihre Stirn, die sie in Falten gelegt hatte. „Du bist aufregend. Du bist die faszinierendste Frau, der ich je begegnet bin, weil du so süß und so sexy bist, so nett und doch so keck. Du hast alles, was sich ein Mann nur wünschen kann."

Das war zweifellos das Schönste, was je ein Mann zu ihr gesagt hatte. Das war besser als jeder Liebesschwur und jedes Lob für ihr tolles Aussehen oder für ihr Geschick im Bett, das sie von manchen Freunden zu hören bekommen hatte. Was Hunter sagte, war ehrlich gemeint, es war eine Tatsachenfeststellung, und es waren die Worte eines Mannes, der keinen Nutzen davon hatte, wenn er ihr schmeichelte. Sie schlief ja bereits mit ihm, und außerdem waren sie sich einig, dass sie nichts weiter als eine Urlaubsaffäre hatten.

Sie wusste, sie musste in seine Äußerungen nichts hineindeuten, ihr genügte das Wissen, von ihm geschätzt und respektiert zu werden.

„Danke, Hunter. Das bedeutet mir wirklich viel." Sie drückte die Fingernägel in seine Schultern, sie wollte fest zupacken, um seine Muskeln unter ihren Händen zu spüren. „Du hast diese Woche gerettet, wie du weißt. Wärst du nicht hier, würde ich mich betrinken und die ganze Zeit nur heulen. Und vielleicht im Rausch eine SMS nach der anderen schreiben."

„Na, dann bin ich froh, dass ich dich davor bewahren konnte. Es gibt nichts Schlimmeres, als im Rausch SMS zu verschicken, die du am nächsten Tag bereust."

„Allerdings." Die Vorstellung, Ian in einer SMS zu fragen, wie er ihr so was nur antun konnte, hatte etwas Erschreckendes. Sie wollte keine Witze darüber machen. „Dafür danke ich dir wirklich."

Hunter spielte mit dem Delfinanhänger an ihrer Halskette. „Gern geschehen."

Eine Sekunde lang glaubte sie, er wolle noch etwas sagen, aber dann wirkte sein Blick mit einem Mal verschlossen.

„Jederzeit wieder."

Lag irgendeine besondere Bedeutung in der Art, wie er es sagte? Melanie war sich nicht sicher. Mit Sicherheit wusste sie nur, dass sie einen entspannenden Urlaub verlebte, und das verdankte sie Hunter. Sie wollte sich keine Gedanken darüber machen, was passieren würde, wenn sie zurück in Chicago waren, oder was sie im Büro erwartete. Im Augenblick wollte sie sich auch gar nicht ausmalen, dass dort beißender Wind und vereiste Gehwege auf sie warteten – und vor allem die Aussicht darauf, weiter für ihren feigen Exfreund zu arbeiten.

Hier gab es nur warme Brisen und heiße Küsse, hier konnte sie für den Moment leben.

Wenn Hunter sich genauso entspannte wie sie, würde es der perfekte Urlaub werden.

Auf dem Platz spielte eine Mariachi-Band, der flotte Rhythmus verleitete dazu, die Hüften kreisen zu lassen. „Tanz mit mir, Hunter", sagte sie und griff nach seiner Hand.

Er verzog das Gesicht. „Lieber nicht."

„Komm schon", forderte sie ihn lachend auf. „Ich bin Seilrutschen gegangen, obwohl ich Angst hatte."

„Ich habe keine Angst, ich will nur nicht." Dann ergänzte er: „Es gibt nicht viel, wovor ich Angst habe, Melly."

„Okay, Macho-Mann, ich habe verstanden." Es war ein Vollzeitjob, seinem Testosteron auszuweichen. Das Ganze war schon fast lächerlich. „Und wovor hast du Angst? Nur damit ich vorgewarnt bin."

Sie erwartete, dass er sagen würde: vor Schlangen oder vor dem Tod oder davor, ein Bein zu verlieren. Aber seine Augen verfinsterten sich, und er sagte: „Nicht so wichtig."

„Komm mir nicht damit", konterte sie. „Entweder ich bekomme eine Antwort, oder wir tanzen Salsa."

„Dann tanzen wir Salsa", sagte er nach kurzem Überlegen.

Es überraschte sie nicht, dennoch war sie ein wenig enttäuscht. Genau genommen tanzten sie schon die ganze Zeit über. Sie tanzten um ihre Gefühle herum, die frühere Beziehungen betrafen. Sie tanzten um die Frage herum, was die Zukunft ihnen bringen mochte. Sie versuchten, im Hier und Jetzt zu leben, doch das war für den größten Teil der Menschheit alles andere als ein leichtes Unterfangen.

Melanie wusste nicht, ob sie die Schrittfolge für Salsa kannte, aber sie würde einfach die Augen schließen, dem Rhythmus folgen und es so sehr genießen, wie es nur möglich war.

Auf dem Platz angekommen, verschränkte sie die Hände hinter Hunters Nacken und flüsterte ihm zu: „Beweg deine Hüften."

„Tu ich doch."

Er erwies sich als nicht ganz so starr wie ein Holzklotz. „Du bewegst dich so gut wie gar nicht, Hunter."

„Stell dir einfach vor, ich bin eine Stange und du kannst dich an mir und um mich herumbewegen und -drehen, wie du willst."

„Oh nein“, widersprach sie lachend. „So funktioniert das nicht. Und ich werde ganz bestimmt nicht in aller Öffentlichkeit an einer Stange tanzen.“

Ihre Worte machten ihn hellhörig. „Und wenn wir allein sind? Würdest du es dann machen?“

Reflexartig wollte sie Nein sagen, hielt jedoch inne. „Ich weiß nicht. Vielleicht. Das käme auf die Umstände an.“

„Sag mir, was für Umstände das sein müssen, und ich werde was arrangieren“, erwiderte er so überzeugt, dass sie abermals lachen musste.

Im nächsten Moment wurde ihr bewusst, dass sie ihn in Chicago nicht wiedersehen würde und dass er sie bloß neckte. Sie nahm es als Schmeichelei zur Kenntnis, aber nicht als mehr. „Sei nicht albern“, tadelte sie ihn lächelnd. „Du wirst mich nicht davon abbringen, mit dir zu tanzen. Hier, nimm meine Hände.“

Sie machte ihm vor, wie sie die Hüften bewegte. „Mein Fuß kommt nach vorn, deiner weicht zurück. Genau so.“

Sie rechnete damit, dass er sich jeden Moment mit einem Scherz aus der Affäre ziehen würde, er konzentrierte sich jedoch so auf die Tanzschritte, dass es ihm gelang, sich mit ihr im Takt der Musik zu bewegen. „Siehst du, du kannst es doch.“

„Durch dich wird es auch einfach“, entgegnete er mit heiserer Stimme.

Die Musik pulsierte um sie herum, und weiße Lichterketten beleuchteten den Nachthimmel. Andere Paare schlossen sich ihnen an. Melanie staunte, wie mühelos sie und Hunter einen Rhythmus fanden … einen gemeinsamen Rhythmus.

12. Kapitel

Hunter war verdammt sicher, dass er sich für keinen anderen Menschen als Melanie mit einem Tanz in aller Öffentlichkeit zum Affen machen würde. Sie hatte so eine Art, ihn anzusehen, dass er bereit war, sich mit praktisch allem einverstanden zu erklären, was sie von ihm wollte. Allerdings war er froh, dass sie ihm die Wahl gelassen hatte zwischen Wahrheit und Wagemut, denn er hätte sich eher die Eier abgehackt, als zuzugeben, dass er Angst davor hatte, sich in sie zu verlieben.

Er hatte Zweifel, dass er sie völlig aus seinem Leben entschwinden lassen konnte, wenn sie wieder zu Hause waren. Nur wäre es ihm zu peinlich gewesen, das einzugestehen. Erstens war es lachhaft, vor so etwas Angst zu haben, schließlich kannte er sie so gut wie gar nicht. Zweitens war das Letzte, was Melanie im Moment brauchte, ein Mann, der Ansprüche an sie stellte, nachdem sie gerade erst eine miese Beziehung hinter sich hatte. Es wäre egoistisch von ihm, ihr zu sagen, dass er sie wiedersehen wollte, wenn die Zeit in Cancún vorüber war.

Außerdem wusste er ja nicht mal, was er sich überhaupt vorstellte. Wollte er mit ihr ausgehen? Mit ihr rumhängen? Einfach nur Sex mit ihr haben? Er konnte es nicht sagen. Er wusste nur, dass sich sein Magen verkrampfte, sobald er daran dachte, dass er sie nicht mehr sehen würde.

Es war sein Ernst gewesen, dass er zumindest in absehbarer Zeit keine neue Beziehung eingehen wollte, falls er das überhaupt noch einmal beabsichtigte. Er konnte das nicht schon wieder mitmachen, für eine Frau da sein und all ihre guten und schlechten Launen mit ihr durchstehen, während er seine Gefühle für sich behielt – und sobald sie emotional befriedigt war, verabschiedete sie sich. Ständig hatte er mit den Frauen in seinem Leben das Gleiche durchmachen müssen wie mit seiner Mutter. Er las sie auf, wenn sie am Boden waren, half ihnen, damit die Wunden heilten, hörte ihnen zu, machte ihnen Mut. Und kaum standen sie auf eigenen Beinen, verließen sie ihn.

In gewisser Weise hatte seine Mom das genauso gemacht. Jeder neue Freund hatte ihre gesamte Aufmerksamkeit beansprucht, und erst wenn die Beziehung in die Brüche ging, kümmerte sie sich wieder um ihren „kleinen Mann". Hunter hatte gelernt, diese Phasen zwischen zwei Freunden zu nutzen, um so viel Zuwendung zu bekommen, wie er nur kriegen und horten konnte – obwohl das bedeutet hatte, dass er die meiste Zeit damit zubrachte, ihr beizupflichten, dass der jeweilige Exfreund ein unwürdiger Trottel und sie eine wunderschöne Frau war.

Das wollte er mit Melanie nicht erleben, doch es war die gleiche verdammte Situation. Sie war von Ian verletzt worden und wütend auf den Mann und brauchte niemanden, der ihr Leben noch komplizierter machen würde. Und er verspürte kein Verlangen danach, am Ende wieder allein zurückzubleiben.

Er würde den Mund halten, und das war's dann.

Stattdessen versuchte er zu tanzen, und auch wenn ihm das gründlich misslang, hatte es etwas für sich, Melanies Taille umfasst zu halten und zuzusehen, wie sie ihn anlächelte und sich dabei auf eine Weise bewegte, die man einfach nur als verführerisch bezeichnen konnte.

„Lass los", forderte sie ihn auf.

Verwirrt nahm er die Hände weg. „Habe ich dir auf den Fuß getreten?"

„Nein, ich meinte, du sollst die Musik spüren."

Er hatte keine Ahnung, wie er das anstellen sollte. „Das klingt mir alles zu sehr nach New Age, Melly. Tut mir leid."

„Das ist wie beim Sex."

Das klang interessant. Er wartete ungeduldig, dass sie weiterredete. „Und?"

„Du musst loslassen, genauso, wie du zu mir im Bett gesagt hast, dass ich loslassen soll. Lass dich von der Musik tragen. Denk nicht nach, sondern fühl einfach den Rhythmus."

Er hatte Melanie von Anfang an für sexy gehalten. Doch dieser Blick, den sie ihm jetzt zuwarf, war vermutlich der heißeste Gesichtsausdruck, den er bislang bei ihr hatte beobachten können. Dies war bei ihr kein Moment des Zögerns, und sie war auch nicht diejenige, die an etwas herangeführt werden musste, das ihr Freude bereiten würde. Es war ein kompletter Rollentausch. Sie hatte das Sagen und die Kontrolle, sie war die Selbstbewusste, was die Tanzschritte und andere Dinge betraf.

„Ich empfinde eine ganze Menge", murmelte er.

„So? Dann erzähl mal."

„Also, erst mal verspüre ich den Wunsch, dich nach diesem Tanz ebenfalls vor die Wahl zu stellen, ob du mir die Wahrheit sagen oder lieber ein Wagnis eingehen willst."

Sie zog die Augenbrauen hoch, zuckte jedoch lediglich mit den Schultern. „Gerne."

Hunter wirbelte sie herum, womit sie nicht gerechnet hatte. Sie lachte verdutzt auf, verstummte aber gleich wieder, als er sie an sich zog und fest an sich presste. Jeder Mann auf dem Platz hatte inzwischen einen interessierten Blick auf Melanie geworfen. Hunter wusste, er konnte sich glücklich schätzen, dass sie mit ihm zusammen hier war. Zwar war er nur durch Zufall an ihre Seite geraten, dank Ian Bainbridge, dem Idioten, deswegen würde er es jedoch nicht weniger intensiv genießen.

„Der Tanz ist noch nicht vorbei." Sie fasste nach seinem Shirt.

„Nein? Wieso denn nicht?"

„Weil du bisher nicht losgelassen hast."

„Hast du das im Bett getan?" Er glaubte schon, allerdings vielleicht nicht so umfassend, wie es ihr möglich gewesen wäre. Er wollte herausfinden, wie weit sie sich von ihm führen ließ.

„Zu neunzig Prozent", antwortete sie.

Ihre Ehrlichkeit musste er ihr hoch anrechnen. „Bei diesem Tanz gebe ich wohl um die zwanzig Prozent. Aber wenn wir zurück auf unser Zimmer gehen, können wir auf der Veranda weitertanzen, dann erhältst du hundert Prozent von mir."

„Das ist nicht das Gleiche", wandte sie ein.

„Das wird sogar noch besser sein.“ Denn dieser Tanz könnte nach einer Weile in die Horizontale übergehen, und davon wollte er so viel wie möglich bekommen, solange er die Gelegenheit dazu hatte.

In dem Moment rempelte ein anderes Paar sie an, und das in einem so ungünstigen Winkel, dass der Schmerz in seinem Arm förmlich explodierte. Das teuflische Brennen und Ziehen ebbte zwar schnell zu einem dumpfen Pochen ab, dennoch musste er Melanie loslassen.

Er erwartete eine sorgenvolle Miene, rechnete damit, dass sie ihn bemuttern würde wie bei der Seilrutsche, doch nichts geschah. Sie stand noch immer da und bewegte sich mit ihm leicht hin und her, als hätte sie volles Vertrauen in ihn, dass er schon von sich aus etwas sagen würde, wenn der Schmerz über das hinausging, was er aushalten konnte.

Es war eine simple Geste, die deutlich machte, dass sie verstanden hatte, was er brauchte und was nicht. Es war eine Geste, mit der Melanie sich einen Weg durch seinen schützenden Wall bahnte und vielleicht einen ersten Schritt hin zu seinem Herzen machte. Ob das der Fall war, wusste er nicht so recht, aber zumindest verdiente sie, dass er ihr alles gab, was sie wollte. Und das bedeutete, dass eine Beziehung gar nicht zur Diskussion stand. Es hieß nur, dass sie einen schönen Urlaub erleben sollte, und wenn er dafür tanzen und sich zum Affen machen musste, würde er das eben tun.

Diese Frau wollte, dass er mit den Hüften wackelte, dann sollte sie das auch bekommen. Aber anschließend würde er sich mit ihr in den Armen so tief vornüberbeugen, dass ihre Welt buchstäblich auf den Kopf gestellt wäre.

Sie hatte völlig recht. Wen kümmerte es, wer ihnen zusah und was man über sie dachte? Mit einer Hand drehte er Melanie zu sich um, sie lächelte ihn an, während ihr Rock bei der Drehung hochgewirbelt wurde. Als sie ihn wieder ansah, schnappte er sie und beugte sich so abrupt mit ihr herunter, dass sie vor Schreck einen leisen Schrei ausstieß.

Beim Blick in ihre aufgerissenen Augen bekam er das Gefühl, dass sie diese Bewegung gar nicht so romantisch fand – erst recht nicht, als sie trotz seines festen Griffs auf dem Asphalt landete.

Oh Gott, jetzt hatte er es verbockt. „Vielleicht sollten wir an der Figur noch etwas arbeiten."

Wenigstens konnte sie darüber lachen.

„Das war mein Fehler, ich bin mit einem Fuß weggerutscht", sagte sie und versuchte, sich aufzurichten.

Er fasste sie an beiden Händen, um sie hochzuziehen. „Du hast aber wunderschön dabei ausgesehen."

Das kaufte sie ihm eindeutig nicht ab.

„Ich gebe auf. Lass uns ins Hotel gehen."

„Wahrheit oder Wagnis?", fragte er und gab ihr einen Klaps auf den Po, vorgeblich um Schmutz von ihrer Kleidung zu klopfen.

„Hey." Sie schlug nach seiner Hand. „Wahrheit."

Es hätte ihm klar sein müssen, dass sie sich so entscheiden würde. Ihm sollte es recht sein, denn es gab ein paar Dinge, die er gern wissen wollte. „Hast du Ian geliebt?", fragte er.

Das war kurios, denn das hatte er überhaupt nicht sagen wollen. Es war ihm einfach rausgerutscht. Im Geiste ohrfeigte er sich für sein lausiges Timing.

Von einer Sekunde zur nächsten wurde sie todernst.

„Was? Wieso?"

„Beantworte nur die Frage." Er konnte sie nicht ungeschehen machen, also blieb ihm nichts anderes übrig, als weiterzumachen. Allerdings hatte er das unbestimmte Gefühl, dass diese Frage mehr über ihn enthüllte, als ihm lieb war. Es klang ja fast so, als wäre es wichtig für ihn.

Was es ja auch war. Es missfiel ihm, dass Melanie verletzt und gedemütigt worden war. Das Ganze würde umso schlimmer sein, wenn sie Ian wirklich geliebt hatte. Tatsächlich wäre es in dem Fall für ihn schwieriger, weiter unverbindlich Sex mit ihr zu haben. Das fühlte sich so völlig verkehrt an. Er wollte, dass es von ihrer Seite eine freie und bewusste Entscheidung war und keine Methode, um es ihrem Ex heimzuzahlen.

Sie sah ihn lange an, ihre Zunge glitt über ihre Unterlippe und benetzte sie. Langsam bewegte sie den Kopf hin und her.

„Nein, geliebt habe ich Ian nicht. Ich schätze, das macht mich zu einem schlechten Menschen, nicht wahr?"

Seine Erleichterung wich schnell einem Gefühl von Verwirrung. „Was? Warum sagst du denn so was? Natürlich nicht."

Melanie ging in Richtung Resort los. Er nahm ihre Hand, weil er sie berühren und die Wärme ihres Körpers spüren wollte. Sie weckte seinen Beschützerinstinkt, aber der hatte nichts damit zu tun, dass er ihr Leibwächter war. Was er genau genommen ja auch nicht war.

„Weil ich mit ihm zusammen war, ohne ihn zu lieben."

Das war ein Beispiel für weibliche Logik, der er nicht folgen konnte. „Melly, niemand beginnt bereits verliebt eine Beziehung. Die Liebe wächst nach und nach heran, wenn man die erste Anziehung hinter sich lässt. Wenn wir alle nach vier Wochen das Handtuch werfen würden, hätte kein Mensch eine längerfristige Beziehung."

„Mag ja sein, aber mir kommt es so vor, als hätte ich ihn inzwischen längst lieben müssen."

Jetzt konnte er ihr gar nicht mehr folgen. „Er ist ein Feigling. Wieso solltest du einen Feigling lieben?"

„Darum geht es nicht."

Zum Glück hatte er frühzeitig gelernt, niemals zuzugeben, dass er keine Ahnung hatte, worum es einer Frau ging, wenn es nicht *darum* ging. Man gab einen unverbindlichen Laut von sich und wechselte das Thema, um unnötige Diskussionen zu vermeiden. „Hm. Sollen wir ein Taxi nehmen?"

„Nein, wir können ruhig laufen. Solange du meinst, dass es nicht zu gefährlich ist."

„Wir sind hier gut aufgehoben. Das ist die Hauptstraße, und wir sind in einem Touristenviertel."

„Okay. Also dann … Wahrheit oder Wagnis?"

Wie bitte? „Bin ich schon wieder dran?"

„Aber sicher. Das geht immer hin und her. Sonst würde es doch keinen Spaß machen."

„Na gut." Er fühlte sich mutig genug. „Wahrheit."

Sie sah ihn überrascht an. „Hast du deine Freundin geliebt?"

Himmel. Von der eigenen Frage heimgesucht! „Ich glaube,

das verstößt gegen die Regeln. Die Frage habe ich dir schon gestellt."

„Nein, hast du nicht. Du wolltest wissen, ob ich Ian geliebt habe. Das frage ich dich jetzt aber nicht."

„Hey, langsam. Du wirst wohl ein bisschen forsch, wie?" Allerdings gefiel es ihm, dass sie sich in seiner Gegenwart wohlfühlte.

„Beantworte einfach nur die Frage, sonst bekommst du von mir ein Wagnis, und dann darfst du um Mitternacht nackt mit den Delfinen schwimmen."

Oh ja, eindeutig forsch. „Du willst mit harten Bandagen kämpfen? Okay, kannst du haben. Ich werde deine Frage beantworten. Nein, ich habe Danielle nicht geliebt. Sie war mir wichtig, ich mochte ihre Gesellschaft, ich habe sie als Mensch respektiert."

Das klang nach einer Geschäftsbeziehung, aber es entsprach der Wahrheit. Er fand nicht, dass es sehr ungewöhnlich war, mit jemandem unter diesen Umständen zusammen zu sein. Sie hatten sich nie etwas vorgemacht und auch keine Versprechungen gemacht, die dann doch nicht gehalten wurden. Es hatte gegenseitige Bewunderung gegeben, und sie hatten sich gern Gesellschaft geleistet. Nicht gerade die schlechteste Grundlage für eine Romanze.

Romanze. Was für ein seltsames Wort. Er war sich nicht mal sicher, ob er überhaupt wusste, was es bedeutete.

„Aber du wolltest mit ihr zusammen sein."

„Ja, weil ich bereit war, die Warnzeichen zu übersehen. Als ich sie kennengelernt habe, hatte sie gerade eine miese Beziehung hinter sich. Sie musste sich viel von der Seele reden. Es fing damit an, dass sie mir von ihren Gefühlen erzählte, mich jedoch praktisch nach gar nichts fragte. Und dann auf einmal war sie völlig frustriert, weil ich nicht so viel von meinen Empfindungen preisgab, wie sie wissen wollte."

„Ich verstehe aber nicht, warum sie mit dir Schluss gemacht hat, nachdem du wieder zu Hause warst. Wieso hat sie so lange gewartet?"

„Vielleicht gefiel es ihr, einen Freund zu haben und erzählen zu können, dass der beim Militär ist. Die Wirklichkeit entsprach wohl nicht dem, was sie sich vorgestellt hatte, als ich im Einsatz war." War das überhaupt wichtig? Er war sich nicht sicher. „Was immer da abgelaufen ist, ich habe es nie ganz verstanden. Was ich allerdings verstehe, ist die Tatsache, dass ich mich momentan nicht in einer Situation befinde, in der ich eine Beziehung haben sollte."

„Genau wie ich", murmelte sie. „Ich bin so wie Danielle, hm? Gerade aus einer Beziehung gekommen, und ich lasse mich von dir trösten."

Es war für sie beide klar, dass es buchstäblich das war, was hier ablief. Es war nichts Schlechtes oder Verkehrtes, aber es war eben nichts, um darauf eine gemeinsame Zukunft aufzubauen – selbst dann nicht, wenn einer von ihnen glaubte, dass sie beide so etwas wollten.

„Das ist nicht schlimm, Melly. Du musst kein schlechtes Gewissen haben, denn wir haben Spaß, und es ist keine einseitige Sache." Dass er Spaß mit ihr hatte, daran gab es keinen Zweifel. „Und damit du es weißt: Als du mir einen geblasen hast, da hatte ich nicht das Gefühl, dass ich dich tröste."

„Gut so, das war nämlich für dich gewesen." Sie warf ihm einen verführerischen Blick zu. „Das Bedauerliche ist, ich könnte mich nicht von dir fernhalten, selbst wenn ich es versuchen würde."

„Dann tu es auch nicht."

Sie näherten sich dem Resort, diesem prachtvollen weißen Komplex, der von zahlreichen Scheinwerfern angestrahlt wurde. Von irgendwoher war leise Musik zu hören, die vom Rauschen der Wellen am Strand gleich dahinter ab und zu übertönt wurde. Hunter fand es bemerkenswert, dass das Meeresrauschen lauter sein konnte als alle von Menschen erzeugten Geräusche im Inneren des Gebäudes. Die Natur verstand es immer wieder, ihre Überlegenheit zu demonstrieren, auch wenn der Mensch sich noch so sehr anstrengte.

Er stand da und betrachtete die Fassade des Hotels, da kam ihm die Idee, mit Melanie einen Spaziergang am Strand zu unternehmen.

Romantik war wie der Ozean, sie ließ allen vom Leben verursachten Lärm verstummen.

Er wollte Melanie Romantik bieten, weil sie es verdiente.

Aber vielleicht war es für ihn ja genauso wichtig, Romantik zu geben, wie es für Melanie wichtig war, sie zu empfangen. Beide hatten sie eine Beziehung hinter sich, die auf Logik, dem Bedürfnis nach Nähe und grundlegender Kompatibilität beruht hatte und nicht auf Leidenschaft und Liebe. Er wollte ihr keine Ratschläge erteilen, und er wollte auch nicht die Schulter sein, an der sie sich ausweinte. Er wollte, dass sie gemeinsam den Schnee, die Vergangenheit und die Einsamkeit vergaßen, solange sie in Cancún waren.

Hunter beugte sich hinunter und gab Melanie einen rauen, fordernden Kuss, weil er sie schmecken und ihre Lippen unter seinen spüren musste. „War das tröstend?“

„Nicht allzu sehr“, gab sie im Flüsterton zurück. „Eigentlich mehr erregend.“

„Gut.“ Mit dem Daumen strich er über ihre Wange. „Du sollst nicht das Gefühl haben, dass ich deine Trennung zu meinen Gunsten ausnutzen will.“

„Habe ich nicht“, protestierte sie. „Das beruht auf Gegenseitigkeit.“

„Okay, dann sag aber auch nicht, dass es darum geht, dass du von mir getröstet wirst. Es geht darum, den ganzen Mist hinter uns zu lassen, der uns daheim runterzieht. Es geht um das hier, um jetzt, um dich, um mich, um warmes Wasser und Sandstrand. Darum, dass meine Haut deine berührt. Das ist alles.“

„Ich habe mich geirrt“, erwiderte sie. „Du bist gar nicht wie James Bond. Du bist viel wortgewandter als er.“

Das war so schmeichelhaft, dass er sich prompt unbehaglich fühlte. Anstatt ihr zuzustimmen, sagte er: „Lass uns erst mal nach unten gehen.“ Er zog sie mit sich auf den Weg, der zum Strand führte.

„Willst du dich etwa vor dem Tanz auf der Veranda drücken, den du mir versprochen hast?“, fragte sie argwöhnisch, folgte ihm aber.

Natürlich wollte er das, nur hatte das nichts mit diesem Entschluss zu tun. „Nein, ganz sicher nicht. Ich dachte mir nur, es wäre schön, wenn wir unsere Zehen mal in den Ozean tauchen.“

Sie seufzte lustvoll. „Ja, das wäre schön. Ich kann es gar nicht fassen, dass wir uns bis jetzt noch nicht am Strand gesonnt haben.“

„Hast du weitere Ausflüge geplant?“ Er hoffte nicht. Das Seilrutschen hatte Spaß gemacht, aber der Ausritt war schrecklich gewesen. Nun wollte er am liebsten für den Rest der Woche einfach nur mit ihr zusammen ausspannen und bergeweise Meeresfrüchte und frische Mangos essen.

„Die Maya-Ruinen am Freitag.“

Unter anderen Umständen hätte er nichts gegen etwas Geschichte und Kultur einzuwenden gehabt. Sein Gefühl sagte ihm jedoch, dass zu diesem Ausflug eine holprige Fahrt in einem stickigen Bus gehörte, ebenso wie ein Haufen wildfremder Menschen, die sich unbedingt mit ihm unterhalten wollten und dauernd davon redeten, dass sie dringend eine *cerveza* brauchten. Er dagegen wollte lieber seine Ruhe haben. „Klingt interessant.“

„Wahrscheinlich können wir das absagen.“

Offenbar hatte er sich nicht sehr begeistert angehört. Auf keinen Fall wollte er, dass sie sich von seiner Meinung beeinflussen ließ. Er drückte ein riesiges Blatt eines Bananenbaums zur Seite, das ihnen den Weg versperrte, der an einer endlosen Reihe von Patios entlangführte, die jeweils einem Hotelzimmer vorgelagert waren. „Nein, mach das nicht. Ich meine, wenn du da hinwillst, ist das doch okay. Außerdem musst du es ja gewollt haben, sonst hättest du den Ausflug nicht gebucht.“

„Das Meer soll da richtig blau sein.“

Das war eine verwirrende Aussage. „Melly, das Meer ist hier auch richtig blau."

Sie lachte. „Ja, aber ich dachte, mit den Ruinen vor dem blauen Meer als Hintergrund kann man bestimmt wunderschöne Fotos schießen."

Ah, das war es also. Vielleicht waren ihr die Ruinen gar nicht so wichtig. Ihr war es in erster Linie darum gegangen, Ian glücklich zu machen. Ian, den undankbaren Mistkerl.

„Vermutlich ja. Doch das müssen wir heute Abend auch nicht entscheiden. Wir können morgen nachfragen, ob das Geld erstattet wird, wenn man nicht teilnimmt. Falls nicht, sollten wir hinfahren. Es wird uns bestimmt gefallen." Um sie zum Lachen zu bringen, fügte er hinzu: „Oder wir sterben vor Anstrengung."

Sie gab einen amüsierten Laut von sich. „Ist das nicht genau das, worum es im Urlaub geht?"

Sie hatten das Ende des Hotelgrundstücks erreicht, gleich dahinter begann der Strand. Hunter blieb stehen, drehte sich um und nahm Melanie in die Arme. „Nein, um das hier geht es im Urlaub." Er strich die blonden Haare aus ihrem Gesicht und beugte sich hinunter, um mit seinen Lippen zärtlich über ihre zu streichen. „Es geht ums Vergnügen."

Insgeheim musste er zugeben, dass es auch um Gesellschaft ging. Um angenehme, umgängliche Gesellschaft.

Es war schon erstaunlich, was so wenige Tage bewirken konnten. Anstatt bei Melanies Anblick bloß pure Lust zu empfinden, waren da auf einmal noch andere Gefühle im Spiel, tiefer gehende Gefühle. Er verspürte echte Zuneigung zu ihr, und er wusste beim besten Willen nicht, was er damit anfangen sollte, wenn er zurück in Chicago war. Aber erst mal hatten sie diese Nacht.

Mit dem Daumen strich er sanft über ihre Wange, wieder küsste er sie und erfreute sich an ihrem leisen Seufzer, als sie sich dem Kuss hingab. Sie kosteten und berührten sich gegenseitig, seine Zunge tauchte in ihren Mund ein. Alles an Melanie erregte ihn, angefangen bei ihrem Duft bis hin zu diesen schwachen Seufzern zwischen zwei Küssen. Sie war sinnlich und wunderschön und großzügig. Er drückte sie fester an sich, weil er diesen Moment in sein Gedächtnis einbrennen wollte, um ihn nie wieder zu vergessen. Um Melanie niemals zu vergessen.

Als sie die Arme um ihn schlang, überkam ihn das dringende Verlangen, sie hier und jetzt zu nehmen. Das Ende des Weges war abgeschieden, auf einer Seite lag der Strand, auf der anderen eine Begrenzungsmauer mit Büschen davor. Wenn er sich mit ihr hinter die Hecke zurückzog, würde kein Mensch etwas davon mitbekommen.

Der Gedanke machte ihn an. Es war die perfekte Lösung, um Melanie dazu zu bringen, völlig loszulassen. „Tritt zurück“, sagte er und ging einen Schritt auf sie zu, sodass sie rückwärtsgehen musste.

„Was? Wieso?“

„Ich will dich ungestört küssen“, sagte er, was natürlich auch auf dem Weg oder am Strand möglich wäre. Er wollte eben noch ungestörter sein.

Der Blick, den sie ihm zuwarf, verriet, dass sie ihm nicht glaubte.

„Ich dachte, wir gehen spazieren.“

„Wir sind doch bis hierhin spaziert“, gab er zurück und strich über ihre Nippel, die sich unter dem Stoff ihres Sommerkleids abzeichneten.

Melanie schnappte nach Luft.

„Ich möchte dich küssen. Bitte.“ Dass es ihm um mehr als nur einen Kuss ging, war ihnen beiden klar.

Kies knirschte unter den Sohlen ihrer Sandalen, als sie zwei Schritte nach hinten traten. Sie musterte ihn aufmerksam, wobei sich ihre Brüste mit jedem Atemzug hoben und senkten.

„Dann küss mich, Hunter. Überall.“

Es würde ihm ein Vergnügen sein.

Am Rand des Weges war es dunkel, Melanie sah dennoch, wie sich Hunters Nasenflügel aufblähten. Sie wusste, was er wollte, und er wusste, dass sie sich soeben damit einverstanden erklärt hatte. Vielleicht würde er nur ein bisschen rummachen, aber schon das fiel ihr in einer solchen Umgebung schwer, weil es bedeutete, sich ganz dem Augenblick und dem Verlangen hinzugeben. Darin war sie gar nicht gut, weil das ihrer kontrollsüchtigen Persönlichkeit zuwiderlief. Hunter verstand das, doch er hatte etwas an sich, das ihr das Gefühl gab, sich öffnen zu können, ohne dabei verwundbar zu sein. Sexy zu sein, ohne sich wie ein Sexobjekt vorzukommen. Er brachte sie dazu, sich weiblich, selbstbewusst, begehrenswert und gewürdigt zu fühlen.

Genau das war es. Sie fühlte sich von Hunter gewürdigt, und das war etwas, das ihr seit einer Ewigkeit nicht mehr widerfahren war.

Also überließ sie ihm die Führung, ließ ihn mit entschlossener Miene auf sie zukommen, während sie zurückwich, bis sie die Mauer erreicht hatte. Der Verputz, der sich ihr in den Rücken drückte, löste eine Welle des Verlangens aus, die in ihrem tiefsten Inneren ihren Anfang nahm und sich bis in die Finger- und die Zehenspitzen ausbreitete. Es gab kein Zurück mehr. Hunter würde sie berühren, und sie würde sich ihm hingeben. Das war fesselnd und erregend. Eine Hand legte er unten an ihre Taille, sodass er mit dem Daumen über den Ansatz ihres Oberschenkels streichen konnte. Die andere Hand hob er an ihre Brust und neckte einen ihrer Nippel.

Sie erwartete einen Kuss, stattdessen schnippte er mit der Zungenspitze über ihre Lippen. Melanie drückte sich ihm entgegen, da sie mehr davon wollte. Er wusste genau, was er tun musste, um ihre Lust zu steigern. Als er wiederholt ihre Unterlippe sanft in seinen Mund zog, ließ sie den Kopf in den Nacken sinken und schloss genüsslich die Augen. „Hunter", murmelte sie, da sie mehr wollte.

Unbewusst hatte sie ein Bein um seine Oberschenkel geschlungen. Sie rieb ihre Hüften an ihm und spürte, wie seine Erektion gegen sie drückte. Dummerweise standen sie beide so, dass die Berührung ihrer quälenden Lust weiter Auftrieb gab, ohne Erlösung in Aussicht zu stellen. Seine Reaktion auf ihre flehenden Laute bestand darin, sanft einen ihrer Nippel zu kneifen und gleichzeitig mit seiner Zunge in ihren Mund vorzudringen. Es war so eine süße Tortur, dass sie stöhnte und ihre Finger in seine Schultern krallte.

Sie war sich zwar schon vor Hunter ihres Körpers bewusst gewesen, aber nicht so wie jetzt. Nicht so, dass sie jeden Quadratzentimeter ihres Fleischs intensiv wahrnahm und dabei spürte, dass alles mit Leben erfüllt war. Eine flüchtige Berührung der Innenseite ihrer Oberschenkel, und ihr lief ein Schauer über den Rücken. Und während Hunter sie auf den Mund küsste, strich er beiläufig wieder und wieder über ihre Klit. Mit jedem Mal sehnte sie sich mehr nach einem richtigen, spürbaren Kontakt. Als er dann endlich die Hand unter ihr Kleid gleiten ließ, wobei er so vor ihr stand, dass er sie mit seinem Körper vor neugierigen Blicken abschirmte, war sie dankbar dafür, dass seine viel zu flüchtigen Liebkosungen nicht länger vom Stoff ihres Kleids abgeschwächt wurden. Dennoch bekam sie noch immer nicht das, was sie wollte, da er ihren Slip nicht herunterzog und den Stoff im Schritt auch nicht zur Seite schob.

Er küsste sie weiter, bis sie auf wackligen Beinen dastand, feucht vor Verlangen, außer Atem und ohne ein Gefühl dafür, wo sie sich befanden.

Das Einzige, was sie abgesehen von Hunter wahrnahm, war ihr eigener Körper.

Das Rauschen des Ozeans war zu einem leisen Summen irgendwo am Rande ihres Bewusstseins geworden, die Luft war warm, ihr Körper glühte im Vergleich dazu jedoch.

Als er dann endlich einen Finger in ihren Slip schob und damit in sie eindrang, stöhnte sie lauter als gewollt auf. Einen Augenblick überkam sie peinliche Verlegenheit, und sie sah über seine Schulter, um festzustellen, ob sich jemand in der Nähe aufhielt. Aber Hunter beugte sich hinunter und küsste ihre Brust, während er mit dem Daumen gleichzeitig über ihre Klit rieb. Diesmal stöhnte sie, ohne sich darum zu kümmern, ob man sie hörte. Es fühlte sich einfach nur *gut* an.

„Ja?", fragte er.

Sie nickte und brachte irgendwie ein „Ja" heraus. Es war so wunderbar, dass sie sich nicht davon abhalten konnte, sich wieder und wieder über seinen Finger zu bewegen. Sie wechselte in einen schnelleren Rhythmus und verlor sich im Augenblick.

Schließlich drückte Hunter ihre Hüften gegen die Mauer und machte jede weitere Bewegung für sie unmöglich. Sie stieß enttäuscht einen Aufschrei aus.

Er zog ihr Kleid hoch und schob ihren Slip hinunter, der bis auf ihre Knöchel rutschte. Ihr wurde klar, wohin das hier führen würde. Die organisierte, zugeknöpfte Melanie wollte dagegen protestieren, doch die andere Melanie, die sich in Hunters Nähe lebendig fühlte, behielt die Oberhand. Also ließ sie sich gegen die Mauer sinken, um sich dort abzustützen, und gab sich ganz dem Augenblick und Hunter hin.

Als er in sie eindrang, war sie mehr als bereit für ihn. Zwei Stöße waren alles, was sie brauchte, um zum Höhepunkt zu kommen. Sie biss sich auf die Lippen, weil sie nicht wusste, wie laut sie diesmal schreien würde. Dabei klammerte sie sich so stark an Hunter, dass ihre Knöchel weiß hervortraten.

Hunter kam nur Minuten später, dann standen sie da, weiterhin miteinander vereint, sahen sich an und rangen nach Luft. Schließlich zog er sich aus ihr zurück, hockte sich hin und zog ihren Slip hoch, wobei er ihre Oberschenkel küsste und ihr Kleid zurechtzog.

„Unter einem Wasserfall wäre das die heißeste Sache aller Zeiten geworden."

„Das hätte mich wahrscheinlich umgebracht", antwortete sie voller Überzeugung.

Lachend küsste er sie auf die Stirn. „Mich wohl auch." Er zog sie von der Wand weg. „Und? Was ist jetzt mit einem Spaziergang am Strand?"

„Nur wenn ich meine Beine nicht mitnehmen muss." Sie war sich nicht sicher, ob ein Spaziergang unter diesen Umständen möglich sein würde. Ihre Oberschenkel zitterten tatsächlich.

„Wahrheit oder Wagnis?", fragte er und ging über ihren Unwillen hinweg. Mit einer Hand strich er ihr ein paar Strähnen hinters Ohr.

„Zählt das nicht rückwirkend als Wagnis?"

„Was?"

„Was wir gerade gemacht haben." Sie hatte das Gefühl, einen roten Kopf zu bekommen, aber womöglich war es nur die Hitze, die ihr Orgasmus ausgelöst hatte.

„Nein, das zählt nicht. Ich habe ja vorher nichts davon gesagt."

„Also gut, dann eben Wahrheit." Da er ihre Hand fest im Griff hatte, blieb ihr keine Wahl, als ihm zu folgen. Als sie nach ein paar Schritten Sand unter ihren Füßen hatte, war sie froh, dass Hunter so beharrlich geblieben war. „Oh, das fühlt sich gut an."

„Das ist wahr. Aber vor der Antwort kannst du dich trotzdem nicht drücken. Was war der beste Sex deines Lebens?"

Melanie blieb wie erstarrt stehen. Das konnte sie nicht beantworten, denn die Wahrheit war, dass der beste Sex der war, den sie mit ihm erlebte. Nicht ein bestimmter Moment oder ein einzelner Orgasmus, sondern die gesamte Urlaubsaffäre.

Es würde sich jedoch ziemlich jämmerlich anhören, dass sie den besten Sex ihres Lebens mit einem Mann hatte, den sie erst seit ein paar Tagen kannte und der dafür bezahlt wurde, dass er sie vor einer Stalkerin beschützte. Damit würde sie mehr über sich enthüllen, als ihr recht war. Also konnte sie so nicht antworten, jedenfalls noch nicht.

„Ich weiß nicht", sagte sie. „Lass mich drüber nachdenken."

Was sie allerdings wusste, war die Tatsache, dass das, was sie mit Hunter erlebte, der Maßstab war, an dem sich ihr zukünftiges Sexleben orientieren musste.

Hunter zog die Sandalen aus und setzte sich in den Sand, dann zog er sie zu sich hinunter. Unten am Wasser hielten sich ein paar Leute auf. Die Nachtluft war zwar immer noch recht warm, ohne die Sonne mischte sich jedoch ein kühler Hauch darunter. Es hätte entspannend sein können, doch sie war zu sehr damit beschäftigt, sich eine Antwort zu überlegen, die keine glatte Lüge war. Sie hatte sich für die Wahrheit entschieden, und sie hielt sich an die Spielregeln. Daran war nichts verkehrt, aber manchmal konnte so etwas unangenehm werden.

„Ist deine Vorgeschichte in Sachen Sex etwa so ausschweifend?", scherzte er.

Melanie kannte Hunter längst gut genug, um zu wissen, dass er zu witzigen Bemerkungen griff, wenn er nicht so recht wusste, was er sagen sollte. Das hieß also, dass ihm seine eigene Frage nicht hundertprozentig behagte. Sie verstand nur nicht, warum er sie dann überhaupt gestellt hatte.

Vielleicht weil er genau die Antwort hören wollte, die sie ihm nicht geben konnte.

„Na ja, du weißt, ich habe mit Sex meine Filmkarriere ins Leben gerufen", konterte sie grinsend.

Er musste unwillkürlich lachen. „Das hatte ich schon fast vergessen, Miss Ambrosia."

Sie könnte darüber hinweggehen, oder sie entblößte ihre Seele ganz und gar vor ihm.

Er hatte sie verletzt erlebt, er war dabei gewesen, als Ian sich per Karte von ihr getrennt hatte – einer der peinlichsten Augenblicke ihres Lebens. Und das war nur der Anfang gewesen. Jetzt hatte sie sich bei einem Quickie hinter der Hecke auch noch hemmungslos gehen lassen. Also hatte sie sich doch längst in jeder Hinsicht vor ihm entblößt.

Plötzlich wurde ihr bewusst, dass sie die Situation völlig falsch sah. Hunter war kein gehässiger Mensch. Er würde nichts gegen sie verwenden, was er über sie erfuhr. Was machte es da schon, wenn sie ihm die Wahrheit sagte? Wenn sie wirklich loslassen und den Augenblick oder auch diese ganze Woche genießen wollte, musste sie aufhören, sich hinter Schutzwällen zu verstecken, und die Wahrheit aussprechen.

Die Zehen im Sand verbuddelt und Hunters Hand in ihrer, strich sie mit dem Daumen über die schwielige Haut auf seinem Handrücken. „Ich würde sagen, für eine Frau von achtundzwanzig bewegt sich meine Erfahrung wohl auf durchschnittlichem Niveau. Ein paar ernstere Beziehungen, ein paar nicht so ernste, ein Debakel."

„Ja, klingt für mich nach Durchschnitt."

„Auf dieser Grundlage muss ich zugeben, dass ich den besten Sex aller Zeiten mit dir hatte." Um nicht den Eindruck zu erwecken, dass sie mehr von ihm wollte, schränkte sie ein: „Natürlich im Sinne von unverbindlichem Sex, also Sex außerhalb einer Beziehung."

Einen Moment lang sagte er nichts, sondern presste die Lippen zusammen, wie sie im Profil deutlich erkennen konnte.

„Ich wollte dir kein Kompliment entlocken. Ich wollte nur wissen, was du am liebsten magst, damit ich es dir geben kann. Verrat mir deine Lieblingsstellung."

„Oh." Melanie weigerte sich, mit Verlegenheit zu reagieren oder so zu tun, als hätte sie mehr gesagt, als sie hatte sagen wollen. Sie wollte ihre Erklärung sogar noch ergänzen und ihn wissen lassen, dass alles, was er mit ihr machte, auf sie eine wundervolle Wirkung hatte, doch Hunter redete weiter, bevor sie dazu kam.

„Aber bevor du mir jetzt erzählst, dass du am liebsten oben bist, muss ich dir etwas sagen."

„Was denn?" Seine Worte machten sie nervös. Er drehte sich zu ihr um, und sein eindringlicher Blick raubte ihr den Atem.

„Sex mit dir ist fantastisch. Ich liebe es, wie du duftest und wie du schmeckst und wie du dich anhörst. Ich liebe es, wenn du in meinen Armen kommst, Melly."

Für ihn würde sie jederzeit kommen.

Melanie ließ den Kopf gegen Hunters Schulter sinken. „Ich glaube, deine Freundin hat sich geirrt. Du bist sehr gut darin, über deine Gefühle zu reden."

Hunter legte einen Arm um sie. „Über meine Gefühle zu reden ist kein Problem, wenn da jemand ist, der mir zuhören will."

Ihr wurde schwer ums Herz. „Ich höre zu. Das kann ich gut. Rede, worüber du willst."

Seine Lippen berührten sanft ihre Schläfe.

„Im Moment will ich eigentlich nur sagen, dass du wunderschön bist und dass ich froh bin, von meiner Firma diesen Auftrag bekommen zu haben. Es gibt keinen anderen Ort auf der Welt, wo ich jetzt lieber wäre."

Sand, Wellen, neben ihr der heißeste Mann überhaupt, der ihr erzählte, wie schön sie war.

Eindeutig der beste Urlaub aller Zeiten.

13. Kapitel

Hunter starrte hinaus aufs Wasser und fragte sich, ob das nicht ein großer Fehler gewesen war, auch wenn er nicht leugnete, dass er jede Sekunde an der Seite von Melanie genoss. Er war sich jedoch nicht mehr sicher, ob er innerlich wirklich so auf Abstand zu ihr bleiben konnte, wie es seine Absicht gewesen war. Als sie ihm in die Augen gesehen und ihm erklärt hatte, sie werde zuhören, falls er über seine Gefühle reden wolle, hatte er ihr das sofort geglaubt. Zum ersten Mal seit sehr langer Zeit war er sich sicher, einer Frau begegnet zu sein, die ihm mindestens so viel zu geben bereit war, wie sie nahm.

Es war äußerst verlockend, aber es war völlig verkehrt.

Melanie legte ihren Kopf an seine Schulter, und sein Beschützerinstinkt erwachte. Total und lächerlich verliebt.

Andererseits … war das wirklich ein so verkehrter Gedanke?

Ja, das war es. Einer von ihnen würde unweigerlich verletzt werden, und er wollte unter keinen Umständen, dass Melanie am Ende die Leidtragende sein würde.

Sie verschränkte ihre Finger mit seinen, und er konnte nicht anders, als ihr einen Kuss auf den Scheitel zu drücken. Etwas in seiner Brust verkrampfte sich. Hierbei handelte es sich nicht nur um Sex. Er verspürte Regungen, die weit darüber hinausgingen, sich die Zeit mit ein bisschen Sex vertreiben zu wollen. Er liebte es, Melanie lächeln zu sehen, in ihrer Gesellschaft fühlte er sich gelassen und entspannt. Er wollte herausfinden, wie es sein würde, sich mit ihr zu treffen, wenn sie beide wieder zu Hause waren. Er wollte mit ihr essen gehen, mit ihr ins Kino gehen, die Saisoneröffnung beim Baseball mit ihr besuchen.

Anders ausgedrückt: Er wollte mit ihr ausgehen. Und das, nachdem er sich eben erst noch geschworen hatte, keine neue Beziehung einzugehen. Wie verdreht war denn das?

Er musste seine verdammte Klappe halten. Schließlich hatte er sie gedrängt, sich für den Aufenthalt in Cancún mit unverbindlichem Sex einverstanden zu erklären. Sie hatte zugestimmt, da durfte er sie jetzt nicht mit der Erkenntnis überfallen, dass er herausfinden wollte, ob sie nicht auch danach Zeit miteinander verbringen konnten. Was genau sollte das überhaupt bedeuten?

Er hatte ihr versprochen, dass dieser Urlaub für sie beide ohne Folgen bleiben würde. Und nun wünschte er sich plötzlich das Gegenteil davon? Das wäre einfach nicht fair.

„Können wir reingehen?“, fragte Melanie. „Ich weiß, es hörte sich albern an, aber mir ist ein bisschen kühl.“

Froh darüber, aus seinen Überlegungen gerissen zu werden, erwiderte er: „Das ist tatsächlich albern. Na, dann komm mit, meine kleine Miss Sunshine.“ Er stand auf und hielt ihr die Hand hin, um ihr hochzuhelfen.

„Wenn du hinziehen könntest, wo du wolltest, wo würdest du leben?“, fragte sie, nachdem sie aufgestanden war.

Diese Frage hatte er sich noch nie gestellt. „Keine Ahnung.

Vielleicht Key West? Jedenfalls irgendwo, wo es warm ist und alle locker drauf sind. Und wo ich keinen Anzug tragen muss."

„Du siehst doch so sexy aus im Anzug."

Das hörte er gern. „Tatsächlich? Danke." Als sie weitergingen, um zu ihrem Zimmer zurückzukehren, wollte er wissen: „Und was ist mit dir? Wo würdest du am liebsten wohnen?"

„Irgendwo, wo es warm ist", antwortete sie amüsiert. „Ich liebe Chicago. Ganz ehrlich. Aber mein Körper macht das nicht mit."

„Und was macht dein Körper mit?"

Ihr entging sein abrupt veränderter Tonfall nicht. „Auf Anhieb fallen mir so ein oder zwei Dinge ein."

„Mir fallen fünf oder sechs Dinge ein."

Melanie gähnte jedoch fast ohne Unterbrechung, und als sie in ihrem Zimmer waren, streckte sie sich und seufzte zufrieden. Dann zog sie sich kurz ins Badezimmer zurück. Als sie wieder herauskam, hatte sie die Haare hochgesteckt, ihr Gesicht glänzte feucht. Ehe er reagieren konnte, hatte sie schon das Kleid abgelegt und ihren Pyjama angezogen.

Pyjamas waren doof. Sie stellten eine Barriere zwischen ihnen dar, und das machte ihn mürrisch.

„Lass uns einfach kuscheln", schlug sie vor.

Kuscheln war eine feine Sache, wenn man ein Pandabär war, aber ihm war klar, dass er sie irgendwann am Tag auch mal in Ruhe lassen musste.

Sie legte sich hin. „Ah, kühle Laken. Es gibt nichts Besseres."

Von wegen.

Hunter zog sich bis auf die Unterhose aus und schlüpfte zu ihr ins Bett, woraufhin sie mit Armen und Beinen ruderte, um zu ihm zu robben. Dann schmiegte sie sich auf eine Weise an ihn, die absolut nichts Sexuelles an sich hatte. So was musste Begabung sein. Er selbst hätte es nicht für möglich gehalten, dass man sich gegenseitig einfach *überall* berühren konnte und trotzdem keinen Sex hatte. Ihr Kopf lag an seine Schulter gelehnt, ihre Finger kraulten so leicht seine Brust, dass es fast kitzelte.

Es war angenehm, das musste er zugeben. Er hatte vergessen, wie entspannend es sein konnte, eine Frau in den Armen zu halten, ohne irgendwelche sexuellen Absichten zu hegen. Er legte einen Arm um Melanies Rücken und küsste sie auf den nachlässig gebundenen Haarknoten, der wie eine Krone auf ihrem Kopf saß.

Sie drückte ihre Lippen zärtlich auf seine Brust, als wäre das zwischen ihnen eine ganz normale Geste, und Hunter entspannte sich Muskel für Muskel, obwohl in seinem Kopf eine Sirene gellte, um ihn zu warnen. Das hier war eine Nähe, die nichts mehr mit unverbindlichem Sex zu tun hatte. Sie waren im Begriff, auf ein Terrain vorzudringen, das eigentlich tabu für sie war. Aber es gefiel ihm, und er wollte es nicht abrupt beenden.

Allmählich fielen ihm die Augen zu. „Hmm, das fühlt sich gut an", sagte er, damit sie mit ihren Liebkosungen weitermachte.

„Du fühlst dich ja auch gut an. Gute Nacht, Hunter."

„Gute Nacht, Melanie." Er beugte sich zur Seite und machte das Licht aus.

Als sie beide in der Dunkelheit dalagen, wurde ihm bewusst, dass ihr etwas ziemlich Außergewöhnliches gelungen war: Sie hatte ihn seine schlechte Laune vergessen lassen und es geschafft, dass er völlig entspannt war. Und das alles nur, indem sie ganz sie selbst gewesen war und ihn angelächelt und berührt hatte.

Dadurch hatte er ebenfalls losgelassen.

Eigentlich sollte ihn die Bedeutung hinter dieser Leistung in Angst und Schrecken versetzen, doch stattdessen war er einfach nur … zufrieden.

Es störte ihn nicht mal, dass die Delfine ihn mit ihren nächtlichen Späßen immer wieder aus dem Schlaf holten. Das da unten waren echte Partytiere, ging es ihm durch den Kopf. Aber vielleicht brauchten Delfine ja auch gar keinen Schlaf. Er war kein Meeresbiologe, er hatte von diesen Dingen keine Ahnung. Ihn wunderte nur, wie Melanie bei dem Lärm durchschlafen konnte. Sie atmete tief und gleichmäßig, und es schien so, als wäre mit ihr alles in Ordnung.

Bis sie plötzlich erklärte: „Wenn die nicht in den nächsten sechzig Sekunden Ruhe geben, gehe ich runter und erwürge sie mit meiner Halskette."

Hunter musste lachen. „Ich dachte nicht, dass du noch wach bist."

Seufzend schlug sie die Augen auf. „Kein Mensch kann bei solchem Lärm schlafen. Was machen die da?"

„Ich habe keine Ahnung. Ich weiß nur, dass man denjenigen feuern sollte, der die glorreiche Idee hatte, die Tiere auf der Zimmerseite unterzubringen."

„Sehe ich auch so. Vielleicht können wir sie ja übertönen, wenn wir den Fernseher anmachen."

„Einen Versuch ist es jedenfalls wert." Hunter tastete auf dem Nachttisch nach der Fernbedienung, dann schaltete er das Gerät ein und musste blinzeln, weil das Bild grell aufleuchtete.

Er stutzte. „Ähm ..."

Das da war ein Pornofilm. Ein sehr nackter Mann und eine sehr nackte Frau waren sehr beschäftigt, und die Untertitel ließen keinen Zweifel daran, dass die beiden ihren Spaß hatten.

„Dafür braucht man Untertitel?", rief Melanie und fing an zu lachen. „Oh mein Gott!"

„Genau das hat die Frau auch gerade gesagt", merkte er an und schaltete um, musste aber feststellen, dass ausschließlich spanischsprachige Sender zur Auswahl standen. „Sprichst du Spanisch?"

„Nein."

„Ich auch nicht." Er machte den Fernseher aus und legte die Fernbedienung weg. „Sollen wir rausgehen auf die Veranda? Wenn wir schon die Delfine ertragen müssen, können wir dabei wenigstens die warme Brise genießen."

„Von mir aus."

Sie verließen das Bett, Melanie sah ihn an. „Ziehst du dich nicht an?"

„Ich wüsste nicht, warum. Die Delfine haben auch nichts an." Nur weil er am Schlafen gehindert wurde, hieß das nicht, dass er seine Shorts anziehen musste. „Außerdem trage ich eine Unterhose."

Melanie warf ihm einen zweifelnden Blick zu. „Allzu viel bedeckt die aber nicht."

Sie verblüffte ihn völlig, als sie plötzlich mit einer Hand über seinen Hintern strich.

„Finger weg", sagte er und schob die Tür zur Veranda auf. „Dieser Film gerade eben hat dich wohl auf den Geschmack gebracht."

Sie verdrehte die Augen, im Mondschein sah er jedoch, wie ihre Wangen rot anliefen. Es war wirklich sehr leicht, Melanie zu necken.

Hunter stieg in die Hängematte und zog Melanie zu sich, sodass sie wieder so perfekt aneinandergeschmiegt wie im Bett lagen. „Ja, das ist schon besser. Hier kann man wenigstens das Meeresrauschen hören."

Als sie so an ihn gedrückt dalag, betrachtete er ihr Profil – die süße Nase, die vollen, zarten Lippen, die rosigen Wangen. Sie schien vor Leben zu sprühen. Vielleicht lag es an der Sonne, die sie den Tag über getankt hatte, vielleicht auch nur daran, dass sie Urlaub machte. Auf jeden Fall kam es ihm so vor, als würde sie von innen heraus leuchten.

„Bleib so liegen", sagte er, stieg aus der Hängematte und kehrte kurz darauf mit seinem Handy zurück auf die Veranda. Er tippte auf das Display, bis er die Kamera aktiviert hatte. Er wollte diesen Moment festhalten.

„Was machst du da?"

„Ein Foto von dir." Er dachte, sie würde protestieren, doch sie sagte nichts. Er hielt das Handy hoch und achtete darauf, dass hauptsächlich ihr Gesicht aufs Bild kam. „Du siehst wunderschön aus." Und glücklich. Sie sah glücklich aus, was ihn widersinnigerweise vor Stolz fast platzen ließ. Dass sie so aussah, war nicht sein Werk, aber zumindest machte er sie nicht unglücklich, so, wie Ian das geschafft hatte. Das war seiner Ansicht nach durchaus als Sieg zu deuten. Dass es ihm so wichtig war, beunruhigte ihn allerdings ein wenig.

„Danke, ich fühle mich auch gerade sehr wohl.“ Sie seufzte leise und rieb sich an ihm. „Mach eins von uns beiden, dann habe ich was, woran ich zurückdenken kann, wenn ich daheim gestresst davon bin, immer wieder irgendwelchen Schneepflügen aus dem Weg zu gehen.“

„Wird erledigt.“ Er hielt das Handy so, dass sie beide auf dem Display zu sehen waren. Der Anblick ließ sein Herz beinahe einen Schlag lang aussetzen. Sie wirkten wie ... wie ein Paar, das sich rundum wohlfühlte.

Er drückte gleich mehrmals auf den Auslöser, um die Nähe und Intimität ihrer Umarmung so natürlich wie möglich festzuhalten. Melanie grinste nicht in die Kamera, sondern lächelte sanft. Er drehte den Kopf zur Seite und sah sie an, während er weiter Fotos schoss. Wenn er sich irgendwann später diese Bilder anschaute, dann wollte er sie sehen. Sie mit ihm zusammen. Er gab ihr einen Kuss.

Sie redeten kein Wort, hielten sich nur in den Armen. Das Gefühl von Schwerelosigkeit, das die Hängematte vermittelte, hatte etwas Besänftigendes, Einlullendes. Untermalt vom Meeresrauschen fielen Hunter allmählich die Augen zu.

Hunter begleitete sie zu den Ruinen. Melanie wusste, dass er eigentlich nicht wollte, aber er sagte nicht ein Wort dagegen. Nachdem sie zwei Tage lang nur am Strand gelegen hatten und im Ozean geschwommen waren, fühlte sie sich so entspannt, wie sie es sich niemals hätte träumen lassen. Ihr machte es Spaß, sich in den alten Ruinen umzusehen. Hunter saß am Rand einer Klippe und ließ die Beine baumeln, den Kopf hatte er in den Nacken gelegt, die Augen hielt er geschlossen, während er die Sonne genoss.

Sie war ganz eindeutig nicht die Einzige, die diesen Urlaub brauchte. Hunter wirkte im Umgang mit ihr immer gelassener, und er öffnete sich ihr mehr und mehr. Er hatte ihr von seiner Mutter erzählt, hatte davon geredet, dass er sich gern einen Hund anschaffen würde. Er unterhielt sich mit ihr über Musik, Filme, Sport … Im Grunde hatten sie inzwischen alles abgedeckt, was es an Themen gab, die zur Sprache kamen, wenn man jemanden näher kennenlernte. Als sie ihn so betrachtete, wie er vor dem majestätischen türkisfarbenen Ozean im Hintergrund dasaß, wurde ihr klar, dass sie für immer eine Leere in ihrem Herzen verspüren würde, sobald sie heimkehrte und er aus ihrem Leben verschwand.

Vielleicht konnten sie ja Freunde sein … oder einfach nur ein Liebespaar … oder vielleicht auch etwas mehr als das. Auf jeden Fall hatte sie in dieser einen Woche gelernt, dass sie nie wieder auf Nummer sicher gehen würde. Indem sie ihr Herz vor allem abgeschirmt hatte, war es erst recht verletzt worden. Wenn sie wirklich ihr Glück mit einem Mann versuchen wollte, durfte sie nicht auf Abstand bleiben. Nein, sie musste so nah ran wie möglich, so, wie es Hunter auf dieser Klippe tat, der auf der äußersten Kante saß, damit er die Beine über dem Abgrund baumeln lassen konnte.

Sie ging hinüber und setzte sich zu ihm. „Hey, Fremder."

Er machte ein Auge auf. „Hey, Sexypants."

Das entlockte ihr ein Lachen. „Melly Sexypants ist fast noch ein besserer Künstlername als Melly Ambrosia."

„Mit dem Namen würde dich kein Mensch ernst nehmen", erwiderte er todernst.

Beiläufig legte er eine Hand auf ihr Knie und massierte es durch den Stoff ihres Kleids hindurch.

„Müssen wir nach Hause zurück?", fragte sie.

„Ich laufe mit dir weg, wenn du mit mir wegläufst."

Melanie wusste, das war ihre Gelegenheit. Sie musste jetzt mit der Sprache rausrücken. Was würde sonst passieren? Wenn sie weiter wartete, säßen sie auf einmal im Flugzeug und wären auf dem Heimweg, und das Ganze würde unter Umständen peinlich werden. Dann wäre alles zu spät, ihre Wege würden sich trennen, er würde zu seiner Sicherheitsfirma zurückkehren, und sie würde mit den Folgen ihrer beendeten Beziehung mit Ian zu kämpfen haben.

„Zu dumm nur, dass ich gerne regelmäßig esse und ein Dach über dem Kopf habe."

„Ja, das ist allerdings wichtig", stimmte er ihr zu.

Himmel, ihr Mut wollte sie verlassen! „Aber ich habe überlegt … wenn wir wieder zu Hause sind, könnten wir uns doch eigentlich wiedersehen. Du weißt schon … richtig loslassen … für den Augenblick leben …"

Hunters Miene verriet keine Gefühlsregung.

„Wir haben das besprochen. Ich dachte, wir hätten entschieden, dass das keine gute Idee ist."

Obwohl ihr Mut immer mehr schrumpfte, wollte sie weiterreden. Sie wollte nicht klein beigeben, solange sie ihm nicht all ihre Gefühle offenbart hatte. „Wirklich? Wir waren uns einig, dass das hier eine Urlaubsaffäre sein sollte. Wir haben nicht darüber geredet, aus welchem Grund wir uns in Chicago nicht wiedersehen könnten."

„Ich will dir nicht wehtun."

„Warum solltest du mir denn wehtun?", fragte sie neugierig. „Du hast Danielle auch nicht wehgetan, sie hat dir wehgetan."

„Ich weiß nicht, ob ich dir genügen würde."

„Das sollte eigentlich ich entscheiden, oder nicht? Lass uns Zeit zusammen verbringen, dann werden wir ja sehen, was passiert."

„Sex wird passieren." Er drehte sich zu ihr um und musterten sie eindringlich, seine Miene hatte etwas Verbissenes. „Dann verbringen wir unsere Zeit zusammen, und am Ende vergucke ich mich in dich."

„Das würde mir gefallen", gab sie zu. „Ich habe mich nämlich schon in dich verguckt."

Es folgte eine längere Pause. „Was ist mit Ian?"

„Was soll mit ihm sein?" Das hier hatte mit Ian gar nichts zu tun, außer vielleicht, dass er das beste Beispiel dafür war, wie wenig risikobereit sie war, wenn es um Männer ging. Sie musste wirklich damit aufhören, immer auf Nummer sicher gehen zu wollen.

„Du arbeitest für ihn."

Es war keine Frage, dennoch nickte Melanie bestätigend. „Ja. Befürchtest du, ich könnte mich mit ihm versöhnen?"

„Ich weiß nicht." Er klang mürrisch. „Du siehst, was du

mit mir am Hals hättest: einen Mann, der seine Gefühle nicht in Worte fassen kann."

Sie küsste ihn auf die Schulter. „In den letzten Tagen bist du ein guter Freund für mich gewesen. Ich möchte nicht, dass du so plötzlich aus meinem Leben verschwindest, wie du aufgetaucht bist. Du kannst deine Gefühle mit mir teilen, wenn du das willst. Wenn du es nicht willst, behältst du sie für dich."

Melanie sah ihn forschend an, da er lange Zeit nichts darauf erwiderte.

„Du willst wissen, was ich fühle?", fragte er schließlich. „Ich möchte, dass du deinen Job kündigst. Ich möchte, dass du ins Büro gehst und Bainbridge erklärst, dass er dich mal kann. Er soll nicht glauben, dass er dich so behandeln kann und damit auch noch durchkommt."

Sie wusste seine Empörung über Ians Verhalten zu schätzen, aber er vergaß eine Kleinigkeit. „Wenn ich kündige, bin ich die einzig Leidtragende. Ian stellt einfach jemand Neues ein."

„So leicht dürfte das wohl nicht sein."

„Glaub mir, es ist so leicht." Bei dem Gedanken daran schnürte sich ihr die Kehle zu. „Was ich da tue, das können sofort hundert andere erledigen. Es bringt nichts zu kündigen, solange ich keine andere Stelle in Aussicht habe."

„Dann such dir eine andere Stelle."

Melanie stutzte. „Warum ist dir das so wichtig?"

„Ich möchte, dass man dich schätzt und respektiert." Er beugte sich vor und küsste sie. „Ich verstehe nicht, wieso Bainbridge nicht begreift, wie fantastisch du bist."

„Das ist witzig. Genau das Gleiche denke ich über deine Exfreundin."

„Schon klar", sagte Hunter. „Tut mir leid. Ich kann nicht von dir erwarten, dass du aus purer Selbstgerechtigkeit deine Stelle kündigst. Trotzdem glaube ich, du wärst mit einem anderen Job glücklicher."

„Ich werde drüber nachdenken. Danke, dass du dir solche Sorgen um mich machst." Sie wusste das zu schätzen, allerdings war sie sich nicht sicher, ob sie tatsächlich etwas anderes finden würde.

Hunter strich mit dem Daumen über ihre Unterlippe, und Melanie beugte sich ihm entgegen.

„Ich glaube, wir gehen schon längst zusammen aus, oder meinst du nicht?", fragte er. „Mir kommt es so vor, als hätten wir uns jeden Tag ein bisschen mehr in diese Richtung bewegt."

„Ja, das kommt mir auch so vor."

„Dann sind wir beide verrückt."

Fest entschlossen, das nicht als Hinderungsgrund zwischen sie kommen zu lassen, stieß sie mit einem Fuß an seine Beine. „Nein. Verrückt wäre, wenn ich dich jetzt von der Klippe stoßen würde."

Er lachte auf. „Das wäre eine Wendung, mit der niemand rechnen würde."

Melanie schlang die Arme um seinen Nacken. „Ich glaube, ich habe in einer Woche genug Wendungen mitgemacht. Wenn du damit einverstanden bist, würde ich mich gern noch eine Weile so an dich klammern."

„Damit bin ich sogar mehr als nur einverstanden."

14. Kapitel

„Ich kann es noch immer nicht fassen, dass wir jetzt in die Wirklichkeit zurückkehren“, sagte Melanie und spielte gedankenverloren mit ihrem Delfinanhänger. Sie und Hunter warteten im Flughafen von Cancún darauf, an Bord ihrer Maschine gehen zu können. Ein wahrer Sturm unterschiedlichster Gefühle tobte in ihr – Dankbarkeit, weil Hunter ihren Urlaub vor einer Katastrophe bewahrt hatte, tiefe Befriedigung darüber, dass sie sich rundum entspannt und dass sie losgelassen hatte, um einfach ihre Freude zu genießen. Aber es regte sich die Furcht, dass das alles sehr schnell hinter dem Grau des Alltags verschwinden und in Vergessenheit geraten könnte. Und auch Furcht davor, in die Bainbridge Studios zu gehen und dem stets lässigen Ian gegenüberzutreten.

Hunter spielte mit seinem Handy und sah sie nicht mal an. Für den Rückflug trug er wieder seinen Anzug, ein deutlicher Kontrast zu seiner Kleidung der letzten Tage. Der Anzug war wie Symbol dafür, dass sich der Kreis schloss. Wo standen sie beide jetzt?

„Man kann nicht jeden Tag Urlaub haben.“

Oh danke, großer, weiser Meister. Im Geiste verdrehte Melanie die Augen. Was er sagte, wusste sie selbst. Was sie von ihm brauchte, waren ein paar aufbauende Worte. Männer schienen einfach nicht zu begreifen, dass im Kopf einer Frau ein ständiger innerer Dialog stattfand.

„Wo wohnst du?" Ihr war klar, welche Antwort sie von ihm hören wollte, noch bevor er den Mund aufmachte. Natürlich war das irrational und unfair, dennoch hoffte sie, dass Hunter begriff, was sie mit ihrer Frage bezweckte.

Mit einem Mal war ihr in den Sinn gekommen, dass er womöglich eine Autostunde oder mehr von ihr entfernt lebte. Allerdings würde das wohl nicht viel ausmachen, denn wahrscheinlich würden sie sich sowieso nur von Zeit zu Zeit wiedersehen.

„Lincoln Park. Und du?"

„Wrigleyville."

Er schaute immer noch auf sein Handy. Melanie ermahnte sich, den Mund zu halten und sich schweigend Gedanken über alles zu machen. Schließlich war dies ihr Problem, er hatte nichts damit zu tun. Hunter war von Anfang an offen und ehrlich zu ihr gewesen, außerdem beflissen, sexy und nett. Sie wollte den Abschluss einer wunderbaren Woche nicht mit ihren Neurosen torpedieren, da sie diejenige war, die vorgeschlagen hatte, dass sie sich weiterhin treffen sollten.

Ihr Problem war ihre Kontrollsucht, die sie dazu drängte, die Positionen auf ihrer Checkliste abzuhaken: Date mit Hunter vereinbart – Häkchen.

Aber so funktionierten Beziehungen nun mal nicht. Sie musste Ruhe bewahren und den Dingen ihren Lauf lassen. Sie musste abwarten, was sich in welche Richtung entwickelte.

Hunter ließ die Schultern kreisen und bewegte die Arme ein paar Mal auf und ab, um die Muskeln zu lockern. „Ich hole mir ein Bier. Willst du auch was?"

„Nein, ich brauche nichts." Sie würde weiter dasitzen und sich die Fingernägel abkauen.

Nachdem er aufgestanden war, beugte er sich zu ihr herunter und gab ihr einen zarten Kuss. „Keine Sorge. Zu Hause erwartet dich nichts, was du nicht in den Griff bekommen kannst."

Hunter schaffte es immer wieder, sie zu beruhigen. Tatsächlich spürte sie, wie die Anspannung aus ihren Schultern wich. „Danke. Du hast ja recht."

Als er losging, um sein Bier zu besorgen, sah sie ihm hinterher. Er durchquerte die Wartehalle mit ausholenden, selbstbewussten Schritten. Er war sexy, wundervoll und aufmerksam. In der vergangenen Woche hatte sie seinen Körper von Kopf bis Fuß erkundet, ganz so, wie er es mit ihr gemacht hatte. Sie war nicht bereit, ihn jetzt schon loszulassen. Sie konnten noch so viel Spaß zusammen haben. Sie hoffte nur von ganzem Herzen, dass er das Gleiche für sie empfand.

Die letzten Tage hatten sie am Strand verbracht, waren surfen gegangen, hatten in der Sonne gelegen, Bücher gelesen. Nachts hatten sie sich viele Stunden lang geliebt, bis sie beide erschöpft und in jeder Hinsicht befriedigt waren. Melanie fragte sich, ob sie sich vielleicht zu sehr an Hunter gewöhnt hatte und von ihm etwas erwartete, das er ihr nicht geben konnte – wie er es ja auch angedeutet hatte.

Was genau war es, das sie von ihm wollte?

Ihr Handy ließ ein leises „Ping" ertönte, sie holte es aus der Handtasche und sah, dass Hunter ihr die Fotos geschickt hatte, die sie beide in der Hängematte zeigten. Sie war erstaunt, wie gerötet ihr Gesicht und wie strahlend ihr Blick war – so, als wäre sie rundum glücklich.

Noch erstaunlicher war das Foto, auf dem Hunter sie ansah.

Bei dessen Anblick stockte ihr der Atem.

Er hatte den Mund zu einem sanften Lächeln verzogen und beugte sich zu ihr, als könnte er ihr gar nicht nahe genug sein.

Sah das nach unverbindlichem Sex aus?

Irgendwie glaubte sie das nicht.

Sie fühlte sich mit Hunter nicht nur eng verbunden, sie war im Begriff, sich in ihn zu verlieben.

Diese Erkenntnis nahm ihr für einen Moment die Luft zum Atmen. Sie war in den Leibwächter verliebt, der ihr Lover auf Zeit war?

Sie konnte nicht anders.

Sie hatten sechs Tage am Stück gemeinsam verbracht, sie waren kaum eine Minute lang getrennt gewesen. Sie hatten geredet und gelacht, er hatte ihr Mut gemacht und sie getröstet. Mit ihm hatte sie Dinge getan, zu denen sie zuvor nicht fähig gewesen wäre – vom Seilrutschen bis hin zum Erkunden ihrer sexuellen Freiheit.

Sie hatte sich ihm geöffnet, und daraus waren Gefühle entstanden, die sie nicht erwartet hatte. Es war verrückt, sich in einen Mann zu verlieben, den sie gerade mal seit einer Woche kannte. Aber vielleicht hörte man ja auf, taktische Spielchen zu spielen, wenn man die reale Welt verließ und seine Zeit ständig in der unmittelbaren Nähe eines anderen Menschen verbrachte. Man hörte auf, sich vor Enttäuschungen zu schützen. Man verzichtete auf alle Schutzmauern und lernte den anderen so kennen, wie er wirklich war.

Es war dieser authentische Hunter, der ihr Herz erobert hatte.

Er war es, der jetzt zu ihr zurückkam und ihr eine Banane mitbrachte, obwohl sie gar nichts hatte haben wollen.

„Auf dem Flug wird kein Essen serviert", erklärte er und gab ihr die Frucht. Dann zwinkerte er ihr zu. „Außerdem weiß ich, was du mit einer Banane anstellen kannst. Falls es nicht dein Lieblingsobst ist, meins ist es neuerdings auf jeden Fall."

Sie musste lachen, ihre Bedenken rückten für eine Weile in den Hintergrund. Hunter tat ihr gut, daran gab es gar keinen Zweifel.

„Danke." Sie legte die Banane auf ihren Schoß, was er mit einem eindeutigen Wackeln seiner Augenbrauen kommentierte.

Falls sie ihm sagte, dass sie ihn liebte, würde er sie für verrückt erklären oder schreiend davonlaufen oder sich weigern, mit ihr zusammen zurückzufliegen.

Oder aber er würde ihr sagen, dass er für sie genauso empfand.

Ihr Flug wurde aufgerufen, Hunter hielt ihr lächelnd die Hand hin. „Komm, es geht los."

Sie konnte es nicht tun. Sie konnte es ihm nicht sagen.

Offenbar hatte sie in diesem Urlaub doch nicht gelernt,

wie man völlig losließ, denn sie schaffte es nicht, sich dazu durchzuringen, sich so verwundbar zu machen und das Risiko einzugehen, Hunter zu verprellen. Jedenfalls nicht vor einem Heimflug, der drei Stunden dauerte.

Also nahm sie seine Hand, erwiderte das Lächeln und hielt den Mund. Es war alles eine Frage des Timings. Sie würde es schon merken, wenn der richtige Moment gekommen war, um ihm zu sagen, was sie für ihn empfand. Das war keine Ausflucht, das war nur eine strategische Vorgehensweise.

Nach dem Start bot er ihr an, wieder ihren Kopf auf seinen Schoß zu legen, damit sie sich ausstrecken konnte. Sie sah ihn an und lächelte zufrieden. „Was hast du für den Rest des Wochenendes geplant?“, fragte sie, ein nicht sonderlich dezenter Versuch, ihm vorzuschlagen, etwas gemeinsam mit ihr zu unternehmen.

Er zog einen Mundwinkel hoch und schien genau zu wissen, was sie von ihm wollte.

„Das, was du vorhast.“

Damit konnte sie was anfangen. Es war zwar zu spät, jetzt noch die Schüchterne zu spielen, trotzdem neckte sie ihn: „Ach, ich muss mich um die Wäsche kümmern.“

„Wofür brauchst du was zum Anziehen?“

Seine Augen weiteten sich ein wenig, seine Nasenflügel blähten sich, was ihr verriet, dass ihm sexy Gedanken durch den Kopf gingen.

„Wenn du mir die Tür aufmachst, reicht es, dass du einen Mantel und Stiefel mit hohen Absätzen trägst und sonst gar nichts.“

Oh ja, er war auf dem richtigen Weg. Dass es ihn erregte,

spürte sie, da sich gleich neben ihrem linken Ohr seine Hose auszubeulen begann. Sie setzte sich auf und entgegnete: „Das lässt sich bestimmt arrangieren. Was hältst du davon, morgen zum Abendessen zu mir zu kommen?"

Sie würde ihn mit Risotto und Merlot und Melly-Gesten verwöhnen, und wenn sie in ein paar Monaten immer noch miteinander ausgingen, würde sie sich erneut gründlich mit der Frage beschäftigen, ob sie ihn tatsächlich liebte.

Nachdem ihr Plan feststand, fühlte sie sich gleich besser.

Alles war viel einfacher, sobald man einen Plan hatte.

Das lief zwar völlig dem Prinzip des Loslassens zuwider, das sie in ihrem Urlaub gelernt hatte, und ihre Gefühle waren damit wieder in dem Tresor, in dem sie die vergangenen zehn Jahre sicher verwahrt worden waren, doch es war durchaus ein Fortschritt. Jedenfalls so gut wie.

Nach der Landung schaltete sie ihr Telefon ein. In der letzten Woche hatten sich Dutzende E-Mails angesammelt, außerdem mehrere SMS, darunter auch eine von Ian, die er ihr vor einigen Tagen geschickt hatte.

Es tut mir leid.

Das war alles. Eine völlig unpersönliche Entschuldigung.

Als sich am Taxistand ihre Wege nach einem kurzen Kuss von Hunter trennten, fragte sie sich missgelaunt, ob sie sich nicht doch wieder in die gleiche Lage wie immer bringen würde, wenn sie jetzt weiter auf Nummer sicher ginge. Nichts hatte sich in ihrem Leben geändert, und das war einfach nur deprimierend.

Während der Fahrt begann es zu graupeln, und als sie vor ihrem Apartmentkomplex angekommen war und aus dem Taxi stieg, wehte ihr der winterliche Wind eiskalte Tropfen ins Gesicht.

Mit einem Mal war sich Melanie in keiner Hinsicht mehr sicher. Wieder und wieder fragte sie sich, was sie eigentlich wollte, aber sie wusste keine Antwort darauf. Sie hatte nicht mal eine Ahnung, wo sie eine Antwort finden konnte.

Hätte Hunter gewusst, dass er Melanie fast fünf ganze Tage nicht zu sehen bekommen würde, wäre der Abschiedskuss am Flughafen wesentlich leidenschaftlicher ausgefallen. Er hatte sich vorgestellt, das Wochenende mit ihr zu verbringen, aber noch auf dem Weg nach Hause wurde er von seinem Boss angerufen, der ihm erklärte, er habe ihn für Samstag und Sonntag für einen Job eingeteilt.

Er konnte das nicht ablehnen, und dann begann für Melanie die Arbeitswoche, und sie war mit anderen Plänen beschäftigt. Am Montag musste sie zu einem Freundinnen-Treffen, am Dienstag war sie wegen eines dienstlichen Termins verhindert, und so war es schließlich Mittwoch, als er um kurz vor acht am Abend die Treppe zu ihrer Wohnung hochging.

Er machte sich nichts vor. Er freute sich auf das Wiedersehen, aber er fühlte sich auch unbehaglich. Es war alles anders, jetzt, da sie beide wieder zu Hause waren. Hier gab es keine Mariachi-Bands, keine Bikinis, keine Cocktails. Hier gab es nur die Arbeit, unerbittlichen Winter und wenig Wissen über den jeweils anderen, abgesehen von den Dingen, über die sie in Cancún geredet hatten. Sie hatten nicht mal telefoniert, sondern sich nur Nachrichten geschickt.

Er hatte das Gefühl, dass sie sich mit jedem Tag, der verstrich, ein Stück weiter voneinander entfernten. Ihm war viel Muße zum Nachdenken geblieben, und er hatte sich unweigerlich die Frage gestellt, ob es vielleicht ein Fehler war, sich mit Melanie zu einem Date zu treffen. Sollte sie sich nicht etwas Zeit nehmen und prüfen, ob sie das wirklich wollte, anstatt so kurz nach einer Trennung eine neue Beziehung einzugehen?

Als sie die Tür öffnete, strahlte sie das gleiche Unbehagen aus, das er empfand.

„Hi", sagte sie leise und lächelte verhalten. „Komm rein. Möchtest du ein Glas Wein?"

„Ähm … ja, okay." Er wollte zwar keinen Wein, aber warum nicht? Er zog seine vom Schneematsch durchnässten Schuhe aus und folgte ihr durch den schmalen Flur. Ihr Apartment war klein und gemütlich, doch es wirkte auf eine Weise unpersönlich, die er nicht erwartet hätte. Vieles war in Beige gehalten und ohne persönlichen Touch. „Ich kann die Flasche für uns aufmachen."

„Nicht nötig." Sie lachte kurz auf, als sie vor ihm die winzige Küche betrat. „Das habe ich schon erledigt. Ehrlich gesagt, ist das mein zweites Glas."

Alles kam ihm so seltsam vor. Er hatte das Gefühl, Melanie gut zu kennen, und doch sah er jetzt zum ersten Mal, wie sie lebte. Sie hatte Geschirrspültücher, die mit Äpfeln bestickt waren, was irgendwie sonderbar wirkte. Er hätte so etwas Kitschiges nicht mit ihr in Verbindung gebracht.

Zum Teufel mit diesem Hin und Her. Er kannte jeden Zentimeter ihres Körpers, es ergab keinen Sinn, dazustehen, als hätten sie sich gerade erst kennengelernt. Sie stand mit dem Rücken zu ihm, er trat hinter sie und schob ihr Haar aus dem Weg, um sie auf den Nacken zu küssen. Bei der Berührung zuckte sie so heftig zusammen, dass ihr Glas ein Stück über den Tresen rutschte und der Wein überschwappte.

„Verdammt!“, fluchte sie und sah ihn nicht an, als sie an ihm vorbeieilte, um ein Blatt Küchenpapier von der Rolle abzureißen, damit sie den Wein aufwischen konnte.

„Tut mir leid.“ Hunter schob die Hände in die Hosentaschen. Im nächsten Moment zog er seine Jacke aus und legte sie über die Stuhllehne, sodass er mit irgendetwas beschäftigt war. Er fühlte sich rastlos. „Wie war die Arbeit?“

„Gut.“ Sie hatte endlich alles aufgewischt und das Tuch weggeworfen, jetzt drehte sie sich mit einem Glas Wein in der Hand zu ihm um. „Und bei dir?“

Das war Small Talk. Verdammter Small Talk wie unter Fremden. „Es ist halt ein Job“, antwortete er achselzuckend. „Komm her, Melly.“

„Was?“, flüsterte sie erschrocken und hielt das Weinglas wie einen Schutzschild vor sich.

„Was heißt *was*?“ Ihre Reaktion irritierte ihn. „Ich will einen Kuss von dir.“

„Oh.“ Ihre Wangen nahmen einen rosa Ton an.

Sie trug einen engen beigefarbenen Sweater mit einem so hohen Kragen, dass er auf dem Weg niemals ein Stück Haut zu sehen bekommen würde. Also musste er die umgekehrte Route einschlagen. Er nahm ihr das Glas aus der Hand, trank es in einem Zug zur Hälfte aus und stellte es weg. Dann machte er einen Schritt auf Melanie zu, die zurückwich und gegen den Tresen stieß. Er dachte, sie würde spätestens jetzt die Arme um ihn legen, aber das tat sie nicht. Stattdessen sah sie ihn an wie ein Reh, das seinem Jäger gegenüberstand. Seine Erregung löste sich augenblicklich in Nichts auf.

„Was stimmt nicht?“, fragte er in einem schrofferen Tonfall als beabsichtigt. Er hatte keine Ahnung, was er als Nächstes tun sollte. Bisher war er nie in der Situation gewesen, dass aus einer Affäre etwas Ernstes geworden war. Genau genommen hatte er noch nie eine Affäre gehabt, nur ein paar One-Night-Stands und drei festere Beziehungen. Das hier war Neuland für ihn, und es gefiel ihm überhaupt nicht.

„Gar nichts“, flüsterte sie, dann sah sie ihm zum ersten Mal in die Augen. „Ich fühle mich bloß beschämt.“

Das klang auch nicht vielversprechender. „Wieso?“

„Ich weiß nicht.“

Verdammt, das war genau das, wovor er sich gefürchtet hatte. „Gibt es etwas, das du mir sagen musst? Oder worüber du reden musst? Du weißt, du kannst mir alles anvertrauen.“

Und wieder war es passiert. Er war prompt in die Rolle des Therapeuten geschlüpft, mit dem man über alles sprechen konnte.

„Na ja, ich finde, ich sollte mit dir besser nicht über Ian reden.“

Nein, das sollte sie tatsächlich nicht. Weil er nichts davon hören wollte. Aber wenn sie es loswerden musste, wie konnte er sich da weigern, ihr zuzuhören? „Sag, was du auf dem Herzen hast."

Sie schenkte Wein nach, um das zu ersetzen, was sie verschüttet hatte, trank einen Schluck und schien zu überlegen, wie sie anfangen sollte.

„Ich habe ihm gesagt, dass ich mit dir geschlafen habe. Ich weiß, das war verkehrt, und ich hätte es nicht machen sollen, ohne erst mit dir darüber zu reden, aber …"

Hunters Magen verkrampfte sich. „Aber du wolltest ihm wehtun. Oder ihn zumindest wissen lassen, dass du ihm keine Träne nachgeweint hast." Es war eine ganz normale Reaktion, die er gut verstehen konnte. Sie bestätigte jedoch seine Befürchtung, dass sie noch längst nicht für eine neue Beziehung bereit war. Melanie brauchte Zeit, um das Erlebte zu verarbeiten und um die Wunde verheilen zu lassen, die Ian ihr zugefügt hatte. Auch wenn sie den Mann nicht geliebt hatte, waren Gefühle im Spiel gewesen.

„Das habe ich gemacht, was ziemlich schäbig ist."

Dass sie damit seinen Job in Gefahr gebracht hatte, würde er ihr jetzt nicht sagen, da sie auch so schon ein Häufchen Elend war. Er wollte ihr Gewissen nicht zusätzlich belasten. Es bedeutete auf jeden Fall, dass er von Dates mit ihr Abstand nehmen würde. Sie war noch nicht bereit, und genau genommen war er ja selbst nicht bereit. Dafür war seine Sorge viel zu groß, dass er sie ebenfalls verletzen würde. Außerdem würde er nicht wie ein Idiot dastehen, der nicht mal einen Kuss von ihr bekommen hatte, und ihr zuhören, wie sie über ihren Ex redete.

Seit dem Abschied am Taxistand hatte er ständig an

Melanie gedacht und sich gewünscht, sich mit ihr treffen zu können. Jetzt war er endlich bei ihr, und für sie gab es kein anderes Thema als die Tatsache, dass sie ihre Affäre ausgeplaudert hatte. Aus genau diesem Grund hatte er eigentlich gleich nach Cancún einen Schlussstrich ziehen wollen.

„Ich halte das für ganz normal", sagte er, nahm ihr das Glas ab und stellte es auf den Tresen. „Du warst ein Jahr lang mit ihm zusammen. Er hat dir wehgetan."

Hunter wusste, was er zu tun hatte. Er beugte sich vor und legte die Hände an ihre Wangen, dann musterte er ihr Gesicht, um sich jedes Detail genau einzuprägen, damit er sich immer an die gemeinsame Zeit erinnern konnte.

„Warum siehst du mich so an?", fragte sie leise.

Anstatt zu antworten, drückte er seine Lippen auf ihre und gab ihr den leidenschaftlichsten, sinnlichsten Kuss, zu dem er fähig war. Er wollte, dass dieser Kuss ihr alles sagte, was sie erfahren sollte. Dass er sie für eine erstaunliche, wunderschöne Frau hielt. Eine ganz außergewöhnliche, freigiebige, sexy Frau. Er wollte sie wissen lassen, dass sie sein Leben um positive Energie und Glück in einer Form bereichert hatte, von der er nicht geahnt hatte, dass er sie überhaupt besaß.

„Ich sehe dich nicht an, ich koste dich", entgegnete er und zog sanft an ihrem Ohrläppchen.

„Und warum fühlt sich das an wie ein Lebwohl-Kuss?" Sie löste sich von ihm und schaute ihn argwöhnisch an.

Er hatte einen Kloß im Hals, nickte aber bedächtig. „Ich schätze, so könnte man es ausdrücken. Oder wie wäre es mit einem Auf-später-verschoben-Kuss?"

„Was zum Teufel soll das denn heißen?“

Hunter trat einen Schritt zurück. „Es heißt, dass du noch nicht bereit bist. Dass *wir beide* noch nicht bereit sind. Ich kann nicht dein Geliebter sein, der dir über die Trennung hinweghilft. Ich kann das einfach nicht. Ich würde nur den verdammten Fehler wiederholen, den ich schon bei Danielle begangen habe.“

„Das hat mit Ian oder mit Danielle überhaupt nichts zu tun“, widersprach sie und klammerte sich an den Tresen hinter ihr. „Wovor hast du Angst?“

„Davor, dir wehzutun. Das habe ich dir von Anfang an gesagt.“

„Du tust mir im Augenblick weh.“

Das versetzte ihm einen Stich, aber er wusste, er hatte recht. „Lieber jetzt als später. Ruf mich an, wenn du das Gefühl hast, dass du über Ian hinweg bist. Ruf an, wenn du wirklich losgelassen hast.“

Einen Moment lang sah sie ihn ungläubig an, ihre Brust hob und senkte sich mit jedem ihrer schnellen Atemzüge. Dann kniff sie auf einmal die Augen zusammen. „Ich habe losgelassen, aber du offenbar nicht.“

Er verstand nicht, was sie damit sagen wollte. „Ich habe nichts, was ich loslassen muss.“

„Blödsinn. Geh einfach, Hunter. Geh weg. Verlass mich so, wie es Ian gemacht hat. Das scheint ganz leicht zu sein.“

Jetzt machte sie ihn wütend. „Das ist nicht fair.“

„Fair?“ Sie wurde lauter und energischer. „Willst du mich verarschen? Weißt du was? Du hast recht. Ich habe gegen die Regeln verstoßen. Ich habe dich um mehr gebeten, obwohl du mir vom ersten Tag an gesagt hast, dass ich nie mehr als eine Urlaubsaffäre für dich sein würde."

Er wusste, dass sie in diesem Moment einen Sündenbock brauchte, allerdings reizte sie ihn mit ihren Vorwürfen bis aufs Blut. Trotzdem ließ er ihre Beschimpfungen von sich abprallen und erwiderte nichts darauf.

„Ruf mich irgendwann an, Melly." Er nahm seine Jacke vom Stuhl und ging durch den Flur.

„Eins muss ich dir lassen", rief sie ihm hinterher. „Wenigstens hast du genug Mumm, dich persönlich von mir zu trennen, anstatt mir nur eine Karte zu schreiben."

Für eine Sekunde blieb er stehen, da er ihr alles erklären wollte, doch er wusste nur zu gut, dass er es damit noch schlimmer machen würde.

Also öffnete er die Tür und verließ die Wohnung, wobei sich sein Magen schmerzhaft verkrampfte.

15. Kapitel

„Ich kann noch immer nicht fassen, dass du es mit deinem Leibwächter getrieben hast“, fing Ian zum x-ten Mal an. „Und auch nicht, dass du mir das brühwarm erzählen musstest.“

Melanie rieb sich die Stirn, Kopfschmerzen meldeten sich mit Stichen hinter den Augenhöhlen. „Müssen wir das jetzt schon wieder durchkauen? Ich bin nur hergekommen, um die Reisepläne für den nächsten Monat mit dir zu besprechen.“

Seit einer Woche ging das nun so, und sie war erschöpft. Sie konnte nicht schlafen, sie hatte keinen Appetit, und sie zwang sich jeden Morgen, sich ins Büro zu schleppen, wo Ian sich ständig beklagte, sie habe sich nach der Trennung stillos verhalten.

Sie hatte ihn für sein gedankenloses Vorgehen bestrafen wollen, das war mit ein Auslöser dafür gewesen, dass sie die Wahrheit ausgeplaudert hatte. Er schien nicht zu begreifen, dass man einen anderen Menschen nicht einfach verletzen und demütigen und danach so tun konnte, als sei gar nichts vorgefallen. Als sie nach dem Urlaub ins Büro gekommen war, hatte er jedoch genau das gemacht, und sie hatte es ihm heimzahlen wollen. Also hatte sie ihre Affäre enthüllt. Es war ein Fehler, den sie inzwischen zutiefst bedauerte, weil dieser Mann keine Ruhe gab.

Sie stand vor seinem Schreibtisch, während er sich in seinen Bürosessel geflegelt mal nach links, mal nach rechts drehte. In der Hand hielt sie die Aktenmappe mit dem Ausdruck seines Terminplans, den sie ihm eigentlich zeigen wollte.

„Wir hatten gerade erst Schluss gemacht", lamentierte Ian. „Ich habe nicht erwartet, dass du nur fünf Minuten später deinen Leibwächter bespringst."

Sie wollte ihn korrigieren und ihm sagen, dass es nicht fünf Minuten, sondern zwölf Stunden gewesen waren, doch im Grunde ging es ihn nichts an. Es ärgerte sie, dass er so abfällig über sie redete, obwohl er selbst nicht mal in der Lage gewesen war, eine wenigstens ansatzweise persönliche Entschuldigung hinzukriegen. Und wieso ging er überhaupt davon aus, dass sie es war, die sich auf Hunter gestürzt hatte?

„Ian, du hast mich belogen. Du hast mich vorgeführt und gedemütigt, indem du mich in dem Glauben in den Flieger gesetzt hast, dass unser romantischer Urlaub stattfinden würde, wenn auch mit ein wenig Verspätung. Ein Urlaub, den *ich* bezahlt habe. Und dann überreicht mir dieser wildfremde Mann eine Nachricht von dir, aber es sind keine Liebesschwüre und keine Entschuldigungen, sondern ein knappes ‚Es ist vorbei'. Unter diesen Umständen ist es meiner Meinung nach unglaublich arrogant von dir, mir mein Verhalten vorzuwerfen." Melanie begann, sich in ihre Wut hineinzusteigern, weil sie sich allzu lebhaft an diesen grässlichen Moment im Flugzeug erinnerte.

„Na, offenbar war er doch gut im Bett."

Das durfte nicht wahr sein. Sie betete um Geduld und um ein Mindestmaß an Zurückhaltung, da sie momentan weder über das eine noch über das andere verfügte. Sie litt unter der Tatsache, dass Hunter sich von ihr getrennt hatte, als wäre das alles nicht weiter wichtig, als wäre sie nicht weiter wichtig. Aber vor ihr stand nicht Hunter, sondern Ian, und Männer insgesamt konnten ihr allmählich gestohlen bleiben.

„Das ist unwichtig! Es geht darum, dass du mir schrecklich wehgetan hast. Ich war am Boden zerstört. Ohne Hunter hätte ich die ganze Woche in einem Liegestuhl gelegen und mir die Augen aus dem Kopf geheult. Ich hätte die Ausflüge abgesagt und mein Selbstmitleid in Margaritas ertränkt, und das alles von meinem mühsam verdienten Geld! Zum Glück war Hunter da und hat mir Gesellschaft geleistet."

„Du musst damit nicht prahlen, ich hab's verstanden. Du hattest Sex mit einem heißen Kerl."

Wow, was war dieser Mann begriffsstutzig. War er schon immer so gewesen?

Vermutlich ja.

„Ich habe dir eine SMS geschickt", redete Ian weiter. „Hättest du geantwortet, wäre ich dir hinterhergeflogen. Mir war mein Fehler fast sofort bewusst geworden."

„Ich habe keinen Auslandstarif gebucht." Sie fand, dass er das eigentlich hätte wissen sollen. Wie es schien, gab es einige Dinge, die jeder von ihnen über den anderen hätte wissen sollen.

„Das ist dann nicht mein Problem, oder?"

Vielleicht nicht. Melanie seufzte und ließ die Schultern sinken. Sie war wütend auf Ian, weil er sie so behandelt hatte, aber sie war auch wütend auf sich selbst, weil sie sich überhaupt so von ihm hatte behandeln lassen. Verhielt er sich jetzt anders als während ihrer Beziehung? Nein, das tat er nicht. Das hieß, sie konnte ihm zwar Vorwürfe machen, doch ein Teil der Verantwortung lag bei ihr.

„Ian, ich finde es irgendwie witzig, dass du, ein Fotograf, die Menschen gar nicht richtig siehst."

„Was soll das denn heißen?" Ian zog die Nase kraus, daraufhin begann seine Brille zu rutschen.

Melanie dachte an das Foto, das Hunter von ihnen in der Hängematte geschossen hatte. „Du nimmst mich nicht wahr, ich bin nicht in deinem Sucher." Hunter hatte sie wahrgenommen und hatte sie die ganze Zeit über in seinem Sucher gehabt.

Die Erkenntnis traf sie wie ein Schlag ins Gesicht. Sie hatte Hunter jedoch nicht im Sucher gehabt. Sie hatte vielmehr das Gleiche getan wie Danielle, sie hatte ihm angeboten, ihm zuzuhören, ohne das auch in die Tat umzusetzen.

Es war idiotisch von ihr gewesen, am Flughafen den Mund zu halten, anstatt ihm zu sagen, was sie für ihn empfand. Und genauso dumm war es gewesen, sich von ihm sagen zu lassen, dass sie Zeit brauchte, um alles zu verarbeiten. Sie hätte widersprechen und darauf beharren sollen, dass sie in einem Punkt ganz genau wusste, was sie wollte, nämlich ihn, Hunter.

Als sie jetzt Ian ansah, verspürte sie nur Mitleid mit ihm und seiner Selbstgefälligkeit. Es war sinnlos, etwas zu bereuen. Sie hatte ein Jahr mit ihm verbracht, aber es war keine vertane Zeit, weil sie in diesem einen Jahr etliche wertvolle Lektionen gelernt hatte.

„Ich habe keine Ahnung, was du da redest. Ich sehe dich an. Ich habe dich schon fotografiert. Ich sehe den Schwung deines Halses und dieses leicht schiefe Lächeln. Im Licht der untergehenden Sonne leuchten deine Haare in einer fantastischen Farbe."

Ja, Ian begriff tatsächlich nichts. Und er würde es vermutlich auch nie verstehen. Vielleicht waren seine Augen, die eines Berufsfotografen, längst viel zu sehr darin geschult, ihren Körper und dessen Reaktion auf die Kamera wahrzunehmen, aber nicht ihre Seele.

„Ian." Melanie verspürte einen Kloß im Hals, sie beugte sich vor und ließ die Akte auf den Tisch fallen. „Danke für alles. Ich reiche meine Kündigung ein."

„Du kündigst? Das ist doch lächerlich! Warum zum Teufel willst du kündigen? Ich brauche dich, Melanie."

Genau das war der Grund für diese Kündigung. Sie wollte nicht bloß als Arbeitskraft gebraucht werden, sondern auch als Mensch geschätzt. „Es wird Zeit. Meine Arbeit füllt mich nicht mehr aus."

Das entsprach ganz und gar der Wahrheit. Gott, es fühlte sich unglaublich befreiend an, das zu sagen. Endorphine wurden freigesetzt, ihre Wangen begannen zu glühen. Vielleicht war es dumm von ihr, diesen Job hinzuschmeißen, solange nichts Neues in Aussicht war, aber sie ertrug die Vorstellung nicht, Tag für Tag ins Büro zu kommen, sich von Ian die immer gleichen Vorwürfe anhören zu müssen und ihr Leben in einer Endlosschleife zu leben. Es gab keinen Grund, sich so etwas freiwillig anzutun. Hunter hatte recht, sie brauchte einen anderen Job.

Das war Loslassen, wie man es praktizieren sollte. Das war die wahre Befreiung von allen Zwängen, Erwartungen und Ängsten.

Sie winkte Ian kurz zu, machte auf dem Absatz kehrt und verließ sein Büro.

Ihr war bewusst, dass sie den Mund zu einem dämlichen Grinsen verzog, was einige ihrer Kollegen zu misstrauischen Blicken veranlasste. Ian war damit abgehakt, ihr Job war abgehakt. Jetzt musste sie mit Hunter reden. Die ordentliche, tüchtige Melanie war Vergangenheit, Melly hatte sich durchgesetzt, und die würde sich holen, was sie haben wollte. Diese halbherzige Unterhaltung mit Hunter hatte nichts getaugt, sie war voll von Entschuldigungen und Ausflüchten gewesen. Dabei hätte sie sich eigentlich vorher überlegen sollen, wie sie ihm sagen konnte, dass sie sich in ihn verliebt hatte. Es war bei Weitem nicht das ausgesprochen worden, was zur Sprache hätte kommen sollen.

Ihr Handy summte. Eine SMS von Ian. Oh Gott, der Mann wollte einfach keine Ruhe geben.

Es könnte sein, dass der Leibwächter meinetwegen gefeuert wurde.

Himmel, nein! Nein, nein, nein und nochmals nein!

Das war alles ihre Schuld, weil sie am falschen Ort den Mund aufgemacht hatte. Anstatt Hunter zu sagen, was sie für ihn empfand, hatte sie Ian gegenüber zu viel über ihn verraten.

Melanie kam sich vor wie eine Schauspielerin in einer

Weihnachtswerbung oder wie der Star einer romantischen Komödie, als sie im Eiltempo zu ihrem Schreibtisch stapfte, während sie eine SMS an Hunter schrieb. Gerade eben hatte sie die Nachricht gesendet, da wurde ihr klar, wie dumm das war. Sie hätte ihn stattdessen anrufen sollen. Eine Textnachricht konnte niemals die Wirkung ihrer Stimme erzielen, wenn sie ihm genau das erzählte, was sie ihm sagen sollte: dass es ihr leidtat, dass er ihretwegen seine Stelle verloren hatte, und dass sie ihn liebte.

Am Schreibtisch angekommen, wählte sie seine Nummer und wartete ungeduldig darauf, dass er sich meldete, aber das tat er nicht. Es half nichts, auf das Handydisplay zu starren. Schneller würde er deshalb auch nicht antworten.

Melanies Leben hatte eine Richtung eingeschlagen, die auf keiner Karte zu finden war, sodass sie keine Ahnung hatte, ob sie sich auf dem richtigen Weg befand. Loszulassen war erschreckend und neu. Fest entschlossen, auf dem Kurs zu bleiben, dem sie jetzt folgte, packte sie ihre Habseligkeiten ein, wobei sie mindestens alle fünf Sekunden auf ihr Handy schaute.

Hunter warf seiner Mutter, die ihm am Tisch gegenübersaß, ungläubig einen Blick zu. Nachdem sich seine Pläne für die nächste Woche … nein, für den Rest seines Lebens in Wohlgefallen aufgelöst hatten, hatte er gedacht, dass er sich vielleicht nicht ganz so sehr wie ein Volltrottel vorkommen würde, wenn er seine Mutter am Freitagabend zum Essen einlud. Aber die hatte nichts Besseres zu tun, als ihn auszuhorchen und ihn ungefragt mit Ratschlägen zu überhäufen.

„Ich meine nur, also mal ehrlich, ich habe Danielle nie richtig leiden können. Ich weiß nicht, warum du ihr immer noch nachweinst“, sagte Sharon Ryan und trank einen Schluck Bier.

Sie saß in einem Sweater mit tiefem V-Ausschnitt da, der sie bei diesen winterlichen Temperaturen ganz bestimmt zu viel Körperwärme kostete, der aber bereits die Aufmerksamkeit etlicher älterer Herren an der Theke auf sich gelenkt hatte. Seine Mutter hatte Männer seit jeher angezogen. Normal fand er das zwar nicht, aber er war daran gewöhnt. Als Teenager hatte er sich von seinen Freunden oft genug eindeutige Kommentare über seine Mom anhören müssen.

„Mom, Danielle hat mein Ego verletzt, da hast du recht. Vor allem war ich enttäuscht, weil niemand hier war, der mir nach neun Monaten im Sandkasten Gesellschaft leisten wollte. Doch ich bin darüber hinweg. Das ist alles vergessen.“ Er war tatsächlich darüber hinweg. Und es entsprach der Wahrheit, dass sein Ego einen Schlag abbekommen hatte, aber nicht sein Herz – so, wie er es Melanie erzählt hatte. „Es geht hier nicht um Danielle.“

Nein, es ging um Melanie.

Es ging um seine idiotische Unfähigkeit, auf Distanz zu bleiben. Er hatte sich Hals über Kopf in sie verliebt, nur hatte er ihr davon nichts gesagt. Rückblickend war es vermutlich auch gut so, denn das hätte alles nur noch schlimmer gemacht.

„Und um was in Gottes Namen geht es? Du schaust drein, als hätte jemand deinen Hund getreten.“ Bevor er etwas erwidern konnte, sprach sie schon weiter: „Ist es deine

Arbeit? Dein Arm? Du weißt, es ist keine Schande, es zuzugeben, wenn du Schmerzen hast."

„Woher willst du wissen, dass es überhaupt um irgendetwas geht? Vielleicht bin ich auch einfach nur müde."

„Pah." Sie verdrehte die Augen. „Wie alt bist du? Achtzig? Du bist nicht müde. Ich kenne dich, du brütest vor dich hin. Das hast du schon als kleiner Junge getan. Entweder hattest du dich dann über irgendwas geärgert oder du musstest zum Klo. Es war immer nur das eine oder das andere."

Himmel! Hunter rief sich ins Gedächtnis, dass er seine Mutter liebte. Das tat er wirklich. Sie war eine knallharte Lady, und sie war der Grund, dass aus ihm ein völlig eigenständiger, intelligenter Mann geworden war. Meistens jedenfalls. Doch in diesem Moment bedauerte er die grausame Ironie, dass er geglaubt hatte, sie würde ihn von seinen Gefühlen für Melanie ablenken. Stattdessen brachte sie ihn bloß in Verlegenheit und in Rage. Sie würde erst Ruhe geben, wenn er ihr die ganze Wahrheit gesagt hatte.

„Okay, ich hatte Sex mit einer Klientin, die ich in Cancún beschützen sollte. Und das mehr als einmal."

Sie zog die Augenbrauen hoch. „Oh. Hat man dich deswegen rausgeschmissen?"

„Ja, hat man." Das war der Tiefpunkt einer sowieso schon durch und durch beschissenen Woche gewesen. Er war nicht sauer auf Melanie, auch wenn er etwas mehr Diskretion zu schätzen gewusst hätte. Vor allem war er sauer auf sich selbst. Er brauchte den Job, und trotzdem hatte er sich in diese Affäre gestürzt, ohne einen Gedanken an die möglichen Konsequenzen zu verschwenden. Obwohl … er hatte über diese Konsequenzen sehr wohl nachgedacht, aber das hatte ihn auch nicht davon abhalten können.

„Oh verdammt, das ist Mist. Ich nehme an, dein Chef hat dir vorher noch ordentlich den Marsch geblasen“, sagte sie. „Ich hoffe, das hat deine Klientin auch gemacht … also … dir einen geblasen, meine ich.“

Lieber Himmel! „Mom!“ Er griff nach seinem Bier.

„Was denn? Wer würde so was denn nicht wollen? Ich meine, welcher Mann würde das nicht wollen?“

Er konnte sich ein Lachen nicht verkneifen. „Du weißt ja, dass du unmöglich bist. Über solche Themen sollte eine Mutter nicht mit ihrem Sohn reden.“

„Mit wem denn sonst?“ Sie zuckte mit den Schultern und lächelte ihn an. „Tut mir leid, Honey, aber ich kann mich nicht mehr ändern. Dafür ist es zu spät.“

„Ich will gar nicht, dass du dich änderst.“ Er wollte es tatsächlich nicht. Sharon war Sharon, und er liebte sie so, wie sie war. „Okay, es lief so ab: Als wir auf dem Weg nach Cancún waren, hat Melanies Freund mit ihr Schluss gemacht. Er sollte da unten eigentlich einen romantischen Urlaub mit ihr verbringen, stattdessen gab er mir einen Brief mit, den ich ihr überreichen sollte, sobald die Maschine startklar war. Darin stand, dass er mit ihr Schluss machte.“

„Was? So ein Arsch!“, polterte seine Mutter los.

„Ganz meine Meinung. Sie war völlig außer sich, wir kamen uns näher, und eins führte zum anderen. Ich habe nicht erwartet, dass ich sie richtig mögen würde, doch das ist der Fall. Wir wollten das folgende Wochenende gemeinsam verbringen, aber dann verhielt sie sich eigenartig, und auf einmal war die Situation eigenartig, weshalb wir das gemeinsame Wochenende haben bleiben lassen. Sie hat ihrem Ex, der zugleich ihr Boss ist, von Cancún erzählt, und daraufhin wurde ich rausgeschmissen, weil ich mit ihr geschlafen habe."

„Meine Güte, sie hat erst ihren Boss gevögelt und gleich danach ihren Leibwächter? Die Kleine hat Stil."

„Mom, du redest wieder unangemessen", warf er mit ernster Miene ein.

Sie fuchtelte mit den Händen. „Du hast mir doch erzählt, dass du deine Klientin gepoppt hast. Warum ist das unangemessen, wenn ich das Gleiche sage."

Wenn man es so betrachtete ... „Ja, du hast recht. Ich fand das so gemein, dass ihr Freund ihr eine Karte schickte, um ihr zu schreiben, dass er mit ihr Schluss macht." Es kostete ihn Mühe, das laut auszusprechen.

„Also war es Mitleidssex?"

„Was? Oh nein, das natürlich nicht." Das wurde ja immer schlimmer. „Nein, es war so, dass wir uns anfangs gegenseitig getröstet haben. Aber ich fühlte mich schon zu ihr hingezogen. Dann habe ich sie besser kennengelernt und fing an, sie zu mögen. Und ich mag sie nach wie vor. Sie hat mir großartig Gesellschaft geleistet, obwohl sie von ihrem Freund so hintergangen worden ist."

„Ich glaube, wenn mein Freund mich so behandelt hätte, ich wäre mit der nächsten Maschine zurückgeflogen und hätte bei seinem Wagen aus allen Reifen die Luft rausgelassen."

„Oh, ich habe nicht den geringsten Zweifel daran, dass du so was getan hättest.“ Seine Mom teilte bei solchen Dingen alles gern in Schwarz und Weiß ein.

„Ja. Ich bin impulsiv und ein Hitzkopf, und das ist nicht immer eine gute Kombination. Also gut, man hat dich rausgeschmissen, und du hast sie deswegen zur Schnecke gemacht? Oder ist sie zurück zu ihrem Ex?“

„Nein, ich habe ihr gesagt, dass wir uns besser nicht verabreden sollten. Schon bevor ich gekündigt wurde.“

„Was zum Teufel hast du nur für ein Problem?“

„Ich wollte nicht, dass sie so kurz nach einer Trennung einen Fehler macht.“ Kaum hatte er es ausgesprochen, wusste er genau, was nun kommen würde.

„Ach, du denkst also, es wäre ein Fehler, wenn sie etwas mit *meinem* Sohn anfängt?“

Ja, das und nichts anderes hatte er erwartet. „Dein Sohn sitzt dir gegenüber, und ich finde, es ist *grundsätzlich* keine gute Idee, direkt nach einer Trennung schon wieder mit jemandem auszugehen, erst recht nicht, wenn ich dieser Jemand bin. Ich hielt es nicht für angebracht, mich in ihre Angelegenheiten einzumischen.“

„Bis dahin hattest du dich aber ausgiebig mit ihren Angelegenheiten beschäftigt, wenn du verstehst, was ich meine.“

Er verstand sehr genau, was sie meinte. Hunter nahm eine Fritte, biss ab und begann zu kauen, damit er nicht wie ein ungezogener kleiner Junge widersprechen konnte.

„Ich hatte keine erfolgreiche Beziehung, falls dir das nicht aufgefallen ist. Wir hatten eine schöne Zeit, und das war auch schon alles.“

„Und deshalb sitzt du jetzt da und guckst mich an, als hättest du lebenslangen Stubenarrest bekommen. Willst du sie wiedersehen?"

Es war praktisch unmöglich, seiner Mutter etwas vorzumachen. Sie durchschaute ihn auf Anhieb. „Ja, das schon, aber …"

„Nichts *aber*. Ich habe keinen Sohn großgezogen, der den Schwanz einzieht."

Hunter warf die restliche halbe Fritte zurück auf den Teller. Als er schluckte, hatte er einen bitteren Geschmack im Mund. „Was zum Teufel soll ich denn machen?"

„Na sag ihr, du willst sie vergessen lassen, dass dieser Arsch mal ihr Freund gewesen ist."

Sie bereitete ihm Kopfschmerzen und gab ihm das Gefühl, entmannt worden zu sein. „Mom, das ist völlig antiquiert. Melanie muss selbst entscheiden, was sie will. Ich kann nicht hingehen und sagen: ‚Komm her, Weib!' So führen sich Männer heutzutage nicht auf."

„Blödsinn. Du hättest sie packen und mitnehmen sollen."

„Du hast zu oft *Ein Offizier und Gentleman* gesehen."

„Was bei Richard Gere geklappt hat, kann auch bei dir klappen."

Oh mein Gott. „Ich sage dir, so was geht heute nicht mehr."

„Das weißt du nicht, solange du es nicht versucht hast. Bei mir würdest du damit durchkommen."

Daran zweifelte er nicht eine Sekunde lang. Seine Mutter mochte es manchmal ein bisschen übertreiben, doch sie könnte recht haben. Ob es nun in Melanies Interesse war oder nicht, auf jeden Fall hatte er das Feld geräumt. Sie hatte sich Zeit nehmen sollen, um in Ruhe zu entscheiden, ob sie wirklich mit ihm ausgehen wollte. Aber vielleicht stimmte, was seine Mutter sagte, und er hätte tatsächlich als Alpha-Männchen auftreten und seinen Anspruch auf sie geltend machen sollen.

„Sie hat angerufen und die Nachricht hinterlassen, dass sie mit mir reden will."

„Jetzt ist keine Zeit zum Reden, es ist Zeit zum Handeln", verkündete seine Mutter nachdrücklich. „Hast du wirklich Gefühle für sie? Oder hat sie nur zufällig einen knackigen Arsch?"

Es störte ihn, seine Mutter so reden zu hören. „Nein, natürlich nicht. Ich bin mir ziemlich sicher, dass ich sie liebe." Oh ja, das war er. Melly war sie süßeste, großzügigste und unvergesslichste Frau, der er je begegnet war.

Auf einmal sah seine Mutter ihn seltsam triumphierend an. „Das wird auch allmählich Zeit. Ich hatte langsam angefangen zu glauben, dass du da, wo bei anderen Leuten das Herz sitzt, einen Eisblock haben könntest. Keine Frau ist jemals richtig an dich herangekommen, aber jetzt benimmst du dich wie ein Schneemann in der Sauna. Das gefällt mir."

„Schön, dass mein Elend dich so amüsiert."

„Sei nicht so melodramatisch." Sie beugte sich vor und drückte seine Hand. „Ich freue mich für dich, du unglaublicher Dummkopf. Ich möchte, dass du verliebt bist, heiratest und Kinder kriegst. Mehr will ich gar nicht."

Das stimmte ihn reumütig. Er wusste, seine Mutter wollte

immer nur sein Bestes. Er musste sie nicht anfauchen, auch wenn sie sich mal wieder unmöglich aufführte. „Danke. Das weiß ich."

„Dann sei ein ganzer Mann, geh zu ihr und sag ihr, was du für sie empfindest." Seine Mutter schüttelte den Kopf. „Wenn ich für jeden Kerl zehn Cent bekommen hätte, der in dem Moment die Klappe hielt, in dem er sie eigentlich hätte aufmachen sollen, wäre ich jetzt stolze Besitzerin einer Wohnung in Naples, Florida."

Dagegen war nichts einzuwenden. Er selbst gehörte zu den von ihr beschriebenen Männern. „Naples würde dich langweilen", sagte er. „Zu viele alte Leute."

„Reiche alleinstehende Männer", korrigierte sie ihn.

„Stopp!"

„Okay, ich höre auf, dich zu ärgern." Sie lachte. „Du machst es einem aber auch leicht."

„Du bist abgedreht."

„Ist Melanie mir ähnlich?"

„Nein, sie ist das völlige Gegenteil von dir." Er grinste seine Mutter breit an. „Mit dir kann es sowieso niemand aufnehmen, also habe ich am anderen Ende des Spektrums Ausschau gehalten. Melanie ist ein klein wenig naiv, sehr süß und sehr organisiert."

„Du hast recht. Nichts davon trifft auf mich zu." Sie nahm sich eine von seinen Fritten. „Weißt du, ich glaube, deswegen konnte ich Danielle nicht leiden. Sie war so was wie meine jüngere Zwillingsschwester, weshalb wir auch so heftig aneinandergeraten sind."

Das war ihm noch nie in den Sinn gekommen, doch sobald seine Mutter es ausgesprochen hatte, wurde es ihm bewusst. „Das ist ja beängstigend.“

Sie lachte auf. „Na, aber jetzt kann ich es nicht mehr erwarten, deine neue Freundin kennenzulernen.“

„Du bist ja sehr von meinem Charme überzeugt.“ Er war sich da gar nicht so sicher.

„Natürlich bin ich das. Erstens habe ich dich großgezogen, zweitens kommst du ganz nach deinem Vater, der so scharf und charmant war, dass ich ihm nicht widerstehen konnte. Deshalb wird die Kleine Wachs in deinen Händen sein. Davon bin ich fest überzeugt.“

Es war zwar schmeichelhaft ihm und seinem Vater gegenüber, aber so etwas aus dem Mund seiner Mutter zu hören war irgendwie befremdlich.

Er winkte der Kellnerin zu, die eben an ihrem Tisch vorbeikam. „Können wir bitte zahlen?“

Zeit, nach Hause zu gehen, um sich eine neue Strategie zu überlegen.

„Denk immer an eins: WWRGT“, sagte seine Mutter.

„Wofür steht das?“ Wollte er das wirklich wissen?

„Was würde Richard Gere tun?“

Okay, jetzt musste er lachen. „Du bist tatsächlich verrückt.“ Er nahm das Bierglas und trank einen Schluck.

„Und du bist ein Offizier *und* ein Gentleman.“

Fast hätte er sich an seinem Bier verschluckt. Kein Wunder, dass er einen so schrägen Sinn für Humor hatte. Er wusste ja, von wem er den geerbt hatte. „Danke für dein Vertrauen in mich. Ich werde mir Mühe geben, dich nicht zu enttäuschen.“

Und sich selbst auch nicht. Er wollte Melanie.

WWRGT?

Verdammt.

Den Sonntagabend verbrachte Melanie damit, im Internet nach Stellenangeboten zu suchen und nebenbei in kurzen Abständen immer wieder einen Blick auf ihr Handy zu werfen. Seltsamerweise empfand sie nicht die blinde Panik, die sie eigentlich erwartet hatte, nachdem sie spontan ihre Arbeit hingeschmissen hatte. Sie war Single, mit Blick auf Ian, weil sie es sein wollte, mit Blick auf Hunter, weil er sie nicht haben wollte. Aber wenn sie in diesem letzten Jahr eine Erkenntnis gewonnen hatte, dann die, dass sie niemanden dazu zwingen konnte, mehr für sie zu empfinden, als derjenige wollte.

Seit sie aus Ians Büro gestürmt war, hatte er nicht wieder Kontakt zu ihr aufgenommen. Am Montag würde sie in die Firma gehen, ihre Kollegen informieren und ihre restlichen Sachen zusammenpacken. Es wäre albern, die zweiwöchige Kündigungsfrist einzuhalten, weil die Arbeitsatmosphäre für alle Beteiligten unerträglich sein würde. Allerdings musste sie ihre diversen Aufgaben auf ihre Kollegen umverteilen, damit alles reibungslos weiterlaufen konnte.

Im Pyjama, den sie jetzt schon seit Freitagabend trug, trottete sie in die Küche und nahm das Essen aus dem Kühlschrank, das sie am Abend zuvor beim Chinesen geholt hatte. Einen Teil der Portion löffelte sie auf einen Teller, der Rest kam wieder in den Kühlschrank.

Nein, die Arbeit und Ian machten ihr nichts aus. Jedenfalls so gut wie nichts.

Es war Hunter, der ihr etwas ausmachte.

Was fiel ihm ein, einfach wegzugehen und ihre Anrufe und ihre SMS zu ignorieren? Warum wollte er sie nicht mehr sehen? Dass er sie davor bewahren wollte, verletzt zu werden, konnte sie nicht überzeugen. Das war eine männertypische Ausrede.

Sie stellte den Teller in die Mikrowelle und schlug die Tür zu, da sie sich in diesem Moment einen geistigen Tritt in den Hintern gab. Der wahre Grund war wahrscheinlich der, dass er ihretwegen seine Anstellung verloren hatte.

Sie kaute an ihren Fingernägeln, sie musste ihn noch mal sprechen. Keine SMS, sondern ein persönlicher Anruf. Sie musste ihren Mut zusammennehmen und seine Nummer wählen. So wie an der Seilrutsche. Augen zu und durch.

Sie griff nach dem Handy, das genau in dem Moment zu summen zu begann. Nervös zuckte sie zusammen und rief laut: „Oh mein Gott!“ Es war eine SMS von Hunter.

Kann ich dich morgen von der Arbeit abholen? Wir müssen reden.

Das halte ich für keine gute Idee.

Ihr Herz hämmerte laut in ihrer Brust. Er wollte mit ihr reden. Das war gut. Das musste gut sein. Aber dann wurde ihr klar, wie missverständlich ihre Antwort klang – als wollte sie sagen, dass sie es für eine schlechte Idee hielt, mit ihm zu reden. „Was stimmt eigentlich nicht mit mir?“, stöhnte sie gequält. „Ich kann ja nicht mal eine SMS schreiben.“

Ich wollte sagen: Können wir uns woanders treffen? Ich möchte gern mit dir reden. Von der Arbeit abholen wäre nicht so gut.

Sie klang nicht gerade von sich überzeugt. Aber sie war so froh, von Hunter zu hören, dass sie schneller tippte, als sie denken konnte. Warum griff eigentlich kein Mensch mehr zum Telefonhörer und rief an? Dann hätte sie alles viel besser und vor allem viel verständlicher erklären können.

Ich habe mit Ian geredet.

Genau das machte eine SMS so umständlich.

Über was?

Melanie atmete tief durch. Er musste es erfahren. Alles musste er erfahren. Und wenn er das unbedingt per SMS erledigen wollte, dann sollte es eben so sein.

Ich habe gekündigt. Ich will nicht für Ian arbeiten. Ich will einen Neuanfang, irgendwo, wo man mich zu schätzen weiß.

Nachdem sie den Teller aus der Mikrowelle geholt hatte, nahm sie die Gabel und stopfte sich eine Portion Nudeln in den Mund.

Du verdienst es, geschätzt zu werden.

Okay, was sollte das bedeuten? Das war doch verrückt.

Er hat mir gesagt, dass du gefeuert worden bist. Das tut mir so leid, Hunter.

Melanie nahm den Telefonhörer und wählte seine Nummer, dann schluckte sie hastig die Nudeln runter, die ihr fast im Hals stecken blieben.

„Hallo?"

„Ich kann keine SMS schreiben", begann sie ohne einen Gruß. Ihre Stimme hörte sich an, als wäre sie gerade fünfzehn Meilen bergauf gejoggt. „Ich schreibe zu schnell, und alles kommt völlig falsch rüber. Es tut mir wirklich leid, dass du rausgeschmissen wurdest. Ich hätte meine Klappe halten sollen, und ich verstehe, wenn du mich jetzt hasst."

„Das ist schon okay. Ich weiß ja, dass du es nicht absichtlich gemacht hast. Ich hätte auch nicht einfach so weggehen sollen."

Er klang so schroff wie der Hunter, der auf dem Weg nach Mexiko neben ihr gesessen hatte.

„Das war ein beschissener Zug von mir."

„Es war nicht das, was ich wollte", gab sie zu. „Es kam so … so plötzlich."

Ein Telefonat war viel besser als eine SMS, aber es ging nichts über ein Gespräch von Angesicht zu Angesicht, bei dem man das Mienenspiel und die Reaktion seines Gegenübers beobachten konnte. Und bei dem man sein Gegenüber berühren konnte. Das hier war so schwierig. Sie wollte Hunter sagen, dass sie sich in ihn verliebt hatte, jedoch nicht am Telefon. Das wäre nicht richtig. Sie musste ihm in die Augen sehen können, wenn sie es ihm eingestand.

„Ich wollte dir nicht wehtun."

Und? Er musste doch bestimmt noch mehr zu sagen haben.

Es folgte eine lange Pause, die umso peinlicher wurde, je länger sie anhielt. Ihr Gesicht begann zu glühen, und sie hatte keine Ahnung, was sie erwidern sollte. „Okay, danke."

Sie waren wieder in den höflichen Tonfall wie bei seinem Besuch in ihrer Wohnung verfallen. Wo war die Vertrautheit von Cancún geblieben, die Lockerheit?

„Ist alles in Ordnung?", fragte er zögerlich.

Ein Telefonat würde gar nichts klären. Melanie spürte einen Kloß im Hals. „Willst du dich immer noch morgen mit mir treffen? Vielleicht irgendwo, wo wir beide gut hinkommen können?"

„Gehst du in die Bainbridge Studios?"

„Ja, ich muss meine Kündigung offiziell abgeben und ein paar Dinge von meinem Schreibtisch mitnehmen."

„Wird Ian da sein?"

„Ich habe keine Ahnung, aber ich glaube eher nicht. Er muss verschiedene Termine wahrnehmen." Sie wusste beim besten Willen nicht, was Hunter mit seinen Fragen bezweckte. In Cancún war er meistens ziemlich schnell zur Sache gekommen.

Die ganze Woche über hatte sie gehofft, er würde sich melden. Jetzt redeten sie, doch nichts, was er sagte, half ihr, ihre Ängste oder ihre Verwirrung aus der Welt zu schaffen.

Sie fühlte sich einfach nur … traurig.

So, als hätte sie Hunter bereits verloren, bevor sie ihn überhaupt bekommen konnte.

„Hmm. Okay. Dann ruf mich an, wenn du da fertig bist, und wir überlegen, was wir machen."

Das klang nach einer Abfuhr.

Es bedeutete, wenn sie telefoniert und sich etwas überlegt hatten, würden sie sich frühestens um acht auf einen Kaffee oder einen Drink treffen können. Und das, nachdem sie sich nun bereits eine Woche lang gewünscht hatte, ihn wiederzusehen. Da garantiert auch ihre Nerven bloßliegen würden, konnten nur zwei Dinge folgen: Entweder sie platzte mit ihren Gefühlen für ihn heraus und blamierte sich völlig, oder sie brachte überhaupt keinen Ton über die Lippen.

Wahrscheinlich würde es Letzteres sein, da sie ja schon jetzt kaum wusste, was sie sagen sollte.

„Okay, gut. Dann gute Nacht", sagte sie in einem Tonfall, als würde sie ein Telefonat mit ihrem Steuerberater beenden.

Sie hatte Hunters Körper überall berührt, sie hatte ihn tief in sich gespürt. Im Moment schien er jedoch so weit entfernt zu sein wie der Strand von Cancún.

Der heulende Winterwind ließ die Fenster in ihrer Wohnung rappeln.

Melanie betrachtete missmutig den Teller und legte die Gabel weg.

Ihr Handy summte, sie griff danach, und ihr Herz schlug voller Erwartung schneller. Es war aber bloß der Alarm im Kalender, der sie wissen ließ, dass dies die längste Nacht des Jahres war.

Musste sie wirklich daran erinnert werden? Wohl kaum.

16. Kapitel

Es war Hunters voller Ernst gewesen, als er Melanie gesagt hatte, er sei nicht gut darin, seine Gefühle in Worte zu fassen. Das stimmte genauso wie sein Eingeständnis, dass er nicht als besonders romantisch verschrien war. Er fand, dass das ziemlich offensichtlich war, wenn man sich ansah, wie ungeschickt er seit der Rückkehr aus Cancún alles gehandhabt hatte. Aber seine Spezialität war schließlich das Zuhören, nicht das Reden.

Melanies Anruf hatte ihn daran erinnert, dass SMS-Nachrichten nicht viel taugten. Er war wütend auf sich, weil er nicht als Erster angerufen, sondern stattdessen sie gezwungen hatte, die Initiative zu ergreifen. Es ärgerte ihn auch, dass diese Unterhaltung so schrecklich holprig verlaufen war. Einen Moment lang hatte er überlegt, ob sich seine Mutter vielleicht doch irrte und es völlig bedeutungslos war, wie wichtig ihm Melanie war, weil sie einen besseren Mann als ihn verdiente. Aber dann wurde ihm bewusst, dass die schlimmste Kränkung darin bestand, ihr nicht zu erlauben, selbst darüber zu entscheiden, was sie wollte. Wenn er sie wirklich respektierte und schätzte, musste er es ihr überlassen, ihn zu akzeptieren oder ihn abzuweisen.

Woher nahm er das Recht, ihr diese Entscheidung abzusprechen, wenn sie der Meinung war, dass sie Ian überwunden hatte? Er sollte sie unterstützen, ihr jedoch keine Vorschriften machen. Anderen Rückhalt zu geben war seine besondere Stärke, und auf die hätte er aufbauen sollen, anstatt davor wegzulaufen.

Er hauchte auf seine Hände, um sie ein wenig zu wärmen, während er vor dem Bürogebäude mit der Glasfassade wartete. Niemand hatte sich die Mühe gemacht, die Jalousien zu schließen, und da es früh dunkel wurde, konnte man die Leute in ihren Büros ungehindert beobachten. Er sah Melanie, die ihren Schreibtisch leer räumte und sich dabei immer wieder mit Kollegen unterhielt, die zu ihr kamen. Sie trug einen Sweater, eine enge schwarze Hose und dazu Stiefel, die ihr bis zu den Knien reichten. Diese Stiefel würden ihr noch besser stehen, wenn sie dazu nur Slip und BH anhätte, sonst nichts.

Dieses Bild vor seinem geistigen Auge sorgte dafür, dass ihm gleich viel wärmer wurde.

Wie ein Voyeur ging er vor dem Gebäude auf und ab und ließ ihr Bürofenster nicht aus den Augen. Er wartete auf den richtigen Moment. Sein Problem war allerdings, dass er sich nicht sicher war, woran er diesen Moment überhaupt erkennen sollte. Er schätzte, dass ihm nur noch gut zehn Minuten blieben, dann war sie fertig und würde nach draußen kommen. Er durfte das nicht vermasseln.

WWRGT?

Ungefragt ertönte die Stimme seiner Mutter in seinem Kopf.

Mist.

Er überquerte die Straße und riss die Tür zu den Bainbridge Studios auf.

Die Empfangsdame hob den Kopf. „Oh, hallo. Sind Sie nicht Mr. Ryan von der Sicherheitsfirma?"

„Ja."

Er ging an ihrem Schreibtisch vorbei und kümmerte sich nicht darum, dass sie erschrocken von ihrem Platz aufsprang.

„Sie können da nicht reing…"

Ihn interessierte nicht, was er angeblich nicht konnte. Genauso ignorierte er die verwunderten und irritierten Blicke, die ihm zugeworfen wurden, während er das Großraumbüro durchquerte. Er würde den Mund aufmachen und seine gottverdammten Gefühle in Worte fassen, und wenn es ihn umbrachte. Vermutlich wäre es nicht halb so schmerzhaft, würde man ihn anschießen.

Kurz bevor er Melanie erreichte, drehte sie sich zu ihm um, als hätte sie seine Gegenwart gespürt.

„Hunter?", murmelte sie.

Ihre Stimme klang tief und sexy und verheißungsvoll.

Es erinnerte ihn daran, wie sie im Bett geklungen hatte, wenn sie keuchend seinen Namen ausstieß, während er tief in sie eindrang. Und wie zärtlich sie war, wenn sie mit ihm kuschelte. Und wie sie ihn in der Hängematte angelächelt hatte, was er mit seinem Handy festgehalten hatte. Er durfte gar nicht daran denken, wie viele Stunden er im Lauf der letzten zwei Tage damit verbracht hatte, sich immer wieder diese Bilder anzusehen.

„Ich sollte dir doch eine SMS schicken, wenn ich hier fertig bin."

Er ging weiter, bis er dicht vor ihr stand, dann legte er die

Hände an ihre Wangen und küsste sie vor all ihren Kollegen. Ihre Lippen bebten leicht unter der Berührung, als er den Kuss vertiefte und ihr damit alles sagte, was er nicht hatte ausdrücken können.

Als er sich von ihr löste, sah er die Verwirrung in ihrem Blick, gleichzeitig bemerkte er, dass da doch noch Worte waren.

„Melly, ich habe mich in dich verliebt. Ich weiß, das klingt verrückt, aber ich möchte dich nicht nur hin und wieder sehen und auch nicht, dass wir das zwischen uns langsam versiegen lassen, nur weil mir der Mut fehlt, dir zu sagen, was ich für dich empfinde. Oder weil ich Angst davor habe, ich könnte dich verletzen oder du könntest mich verletzen. Ich will mit dir zusammen sein, weil ich finde, du bist wunderschön und fantastisch. Ich liebe dich."

Melanie sah Hunter fassungslos an. Er liebte sie. Er hatte es ihr gesagt.

Es schien völlig unmöglich zu sein, aber es gab keinen Zweifel daran, weil er es ausgesprochen hatte. Und Hunter sagte nie etwas, das er nicht auch so meinte. Außerdem mochte er es nicht, über Privates in aller Öffentlichkeit zu reden, und dennoch hatte er genau das jetzt getan.

In seinem Anzug und mit diesem eindringlichen Ausdruck sah er einfach hinreißend aus. Sie strich über seine Krawatte und fühlte sich auf einmal von ihren Empfindungen für ihn überwältigt. „Ich liebe dich auch. Ich wollte es dir schon seit Tagen sagen, aber ich dachte, du könntest befürchten, dass ich den Verstand verloren habe."

„Gar nichts hast du verloren, und du bekommst einen Mann in dein Leben, ob es dir gefällt oder nicht."

Ein wohliges Kribbeln lief ihr über den Rücken. Sie bekam einen Mann. Nicht bloß eine praktische, vernunftbetonte Beziehung, sondern einen richtigen Mann.

„Hm, das gefällt mir." Sie zog kräftiger an seiner Krawatte. „Das gefällt mir sogar sehr."

„Gut, dann lass uns von hier verschwinden." Hunter legte die Arme um sie und hob sie hoch.

Vor Schreck und Verlegenheit stieß sie einen spitzen Schrei aus. Alle ihre Kollegen starrten sie an, doch sie kam zu der Erkenntnis, dass es ihr egal war. Sie wollte sich nicht länger verstecken.

„Du kommst immer auf die besten Ideen", sagte sie und schlang die Arme um seinen Nacken.

Ihre Kollegin Janice nahm ihre Handtasche und ihren Mantel vom Schreibtisch und drückte ihr beides in die Arme, während sie sie erstaunt und vielleicht ein bisschen neidisch ansah.

„Danke", sagte Melanie. Der Rest konnte bis morgen warten. Oder bis zum Jüngsten Tag. So wichtig war ihr der Hefter nicht.

Hunter trug sie quer durch das Großraumbüro. „Abendessen?", fragte er.

„Solange geliefert wird. Mein Lieferant ist direkt bei mir um die Ecke." Er hatte ihr so gefehlt, da wollte sie nicht in einem Restaurant sitzen und ihn nur ansehen können. Sie wollte ihn berühren, immer und immer wieder. Auf liebevolle und schmusige Art, aber auch auf die Art, die in einem

Lokal – und sogar am Strand von Cancún – als Erregung öffentlichen Ärgernisses die Polizei auf den Plan rufen würde.

„Lieferservice ist für mich okay. Lass uns ganz bewusst ankoppeln", sagte er in Anspielung auf Ians Worte, der die Trennung als Abkopplung bezeichnet hatte.

Melanie lachte. „Das hast du jetzt aber nicht wirklich gesagt, oder?"

Hunter drückte die Ausgangstür auf und grinste breit. „Doch, hab ich. Soll ich dir zeigen, was ich damit meine?"

Wie pure Elektrizität lief ihr erneut ein Schauer über den Rücken, der nichts mit dem eiskalten Wind zu tun hatte, der ihr ins Gesicht wehte, als sie das Gebäude verließen. „Ja, zeig es mir."

Das tat er, bis Melanie vergaß, was *bewusst* bedeutete, wohingegen ihr die Definition von *ankoppeln* deutlich klar wurde.

– ENDE –

1. Kapitel

Archer

Es gibt wenige Dinge im Leben, denen ich widerstehen kann. Wahrscheinlich ein Grund dafür, warum ich mir in jüngeren Jahren so viel Ärger eingehandelt habe. Kontrolle ist alles – und das ist das Einzige, was ich von meinem Vater, diesem Bastard, gelernt habe. Du gewinnst nichts, wenn du dich gehen lässt, deine Emotionen zeigst, verletzlich wirst.

Wenn du nicht in der Lage bist, den Dingen, die dich in Versuchung führen, zu widerstehen, ist das Chaos programmiert. Davon hatte ich während meiner Kindheit weiß Gott genug. Verdammt, in meinem Berufsleben auch, obwohl ich während der vergangenen Jahre endlich in der Lage gewesen bin, das Blatt zu wenden.

Aber es gibt eine Sache, der ich wirklich nicht widerstehen kann, und das ist eine Herausforderung, eine Wette.

„Er ist so scharf darauf, verheiratet zu sein“, meint Gage, und sein angewiderter Tonfall reißt mich aus meinen Gedanken. Gage Emerson ist einer meiner besten Freunde. Genau wie Matt DeLuca. Ich kenne die beiden schon seit der Highschool. Wir stehen gerade auf dem Hochzeitsempfang unseres Collegefreundes Jeff Lewiston, versteckt in einer dunklen Ecke des überfüllten Ballsaales, wo wir uns über den sogenannten *heiligen Stand der Ehe* auslassen.

Den Bund fürs Leben zu schließen ist für mich vergleichbar damit, sich einen Strick um den Hals legen zu lassen, der sich mit jedem deprimierenden Tag weiter zuzieht. Meine Eltern stellen ein wahrhaft glorreiches Beispiel für die schlimmste Ehe aller Zeiten dar. Sie hassen sich. Sie betrügen sich. Sie streiten sich. Und trotzdem sind sie noch zusammen.

Das ergibt doch überhaupt keinen Sinn.

„Er scheint glücklich zu sein", entgegnet Matt, der Optimistischste von uns dreien, ehe Gage und ich ihn mit einem Blick zum Schweigen bringen.

„Seine Frau ist durchaus attraktiv, das muss man ihr ja lassen", räumt Gage ein und nippt anschließend an seinem Champagner. „Aber sobald sie aus Tahiti von ihren Flitterwochen zurück sind, verwandelt sie sich in die schlimmste Zicke auf Erden – das garantiere ich euch."

„Du kennst sie doch gar nicht", murmelt Matt und schüttelt den Kopf.

„Ist auch nicht nötig. Die sind alle gleich. Wenn du ihnen das erste Mal begegnest, sind sie sexy und hübsch, lieb und nett, und du weißt gar nicht, wie dir geschieht. Der Sex ist unglaublich – und natürlich habt ihr ständig welchen. Sie fallen vor dir auf die Knie, wann immer du sie darum bittest, und beglücken dich mit einem perfekten Blowjob. Und ehe du dich's versiehst, kaufst du einen Ring." Gage macht eine kleine Pause und trinkt noch einen Schluck Champagner.

Wir haben bereits öfter über dieses Thema geredet. Im Laufe des letzten Jahres haben wir nämlich zusehen müssen, wie zahlreiche unserer Freunde der Ehe zum Opfer gefallen sind. Einer nach dem anderen, wie Soldaten, die im Krieg sterben.

„Du steckst ihnen einen Ring an den Finger, lässt den ganzen Scheiß mit der Hochzeitszeremonie über dich ergehen, und was bleibt dir hinterher? Eine nörgelnde Frau und ein schlaffer Schwanz. Sie hackt dann ständig auf dir rum, weil du nie zu Hause bist und viel zu viel arbeitest." *Verdammt.* Ich verziehe das Gesicht, weil das nach meinem schlimmsten Albtraum klingt.

„Allerdings beschweren sie sich nie, wenn sie all dein Geld ausgeben." Gage hebt sein leeres Glas und deutet in den Saal.

„Hört, hört", pflichte ich ihm bei und erhebe ebenfalls mein Glas, bevor ich es austrinke.

„Ihr zwei seid echte Zyniker. Es wirkt ja fast so, als hättet ihr das tatsächlich schon mal erlebt." Matt verschränkt die Arme vor der Brust. „Wann hatte einer von euch überhaupt das letzte Mal eine Freundin." Es klingt nicht nach einer Frage, denn er kennt die Antwort nur zu genau.

„Nie", erwidere ich höhnisch. Eine ernsthafte Beziehung stand für mich nie zur Debatte. Keine Frau hat mich je so sehr interessiert, dass ich sie länger hätte um mich haben wollen.

Es gibt bloß eine einzige Ausnahme, doch von dieser Frau muss ich auf jeden Fall die Finger lassen. Sie ist zu jung, zu nett, zu gut, zu … alles, was ich nicht bin. Sie ist so verdammt verführerisch und so absolut tabu, dass ich echt ein völliger Schwachkopf wäre, etwas mit ihr anzufangen.

Aber ich würde gerne. Verdammt gerne …

„Dieses ganze Gerede, dass eine Frau nichts weiter als ein Klotz am Bein ist, dass sie einem Ketten anlegen will, dass eine Beziehung einer lebenslangen Gefängnisstrafe ähnelt … Ich kann es kaum erwarten, euch beide einknicken zu sehen. Und ich bin überzeugt, ihr werdet so richtig verdammt hart fallen." Matt lacht.

Gage und ich funkeln ihn böse an. „Ich habe nicht die Absicht, mich in absehbarer Zeit zu verlieben", murmelt Gage.

„Nicht in absehbarer Zeit, nicht in diesem Leben", füge ich hinzu.

„Von wegen." Matt schnaubt. „Ihr zwei werdet irgendwann merken, dass ihr diese Sache, die man Leben nennt, nicht ohne eine Frau an eurer Seite durchziehen könnt. Und wenn ihr dann das Greisenalter von … ich sag mal fünfundvierzig erreicht habt, seid ihr die ewigen Junggesellen, die verzweifelt nach einem heißen Feger zum Heiraten suchen. Allerdings wird euch keins dieser jungen Dinger auch nur eines Blickes würdigen – es sei denn, ihr öffnet euer Portemonnaie."

„Und wer ist jetzt der Zyniker?", kontere ich und ernte damit einen vorwurfsvollen Blick von Matt.

„Ich sage nur die Wahrheit", gibt er achselzuckend zurück. „Und das wisst ihr genau."

„Du nervst uns, weil wir Singles sind. Dabei bist du selbst einer", weist Gage ihn zurecht. „Wieso hast du dich denn noch nicht häuslich niedergelassen?"

Auf diese Frage reagiert Matt erneut lediglich mit einem Schulterzucken. „Hab die Richtige noch nicht gefunden."

Seine Antwort klingt so simpel und so verdammt logisch, dass ich ihm am liebsten eine reingehauen hätte.

„Die Richtige gibt es nicht", erkläre ich und hoffe, dass ich Matt, der immer noch vom großen, romantischen Happy End träumt, aufrütteln kann. „Irgendwann wirst du dich mit einer x-Beliebigen zufriedengeben. Glaub mir."

„Von wegen", sagt Gage, der mit mir einer Meinung ist. „Ich weiß, dass ich definitiv nicht vorhabe, mich niederzulassen oder mich an wen auch immer zu binden."

„Ich auch nicht", stimme ich ihm zu. „Das ist bloß was für Weicheier."

„Genau", bekräftigt Gage grimmig.

Matt richtet seine Aufmerksamkeit nun ausschließlich auf mich. „Ich wette – und zwar richtig fette Kohle –, dass du der Erste bist, der umfällt."

„Der umfällt, wie? Auf eine Frau?" Das bringt mir einen Lacher von Gage ein. „Soll ich wie ein Baum umfallen, oder was? Wovon zum Teufel redest du?"

„Du wirst der Erste sein, der sich in eine Frau verliebt und ihr einen Heiratsantrag macht", stellt Matt klar.

Mein Mund ist auf einmal ganz trocken. Es fühlt sich an, als hätte jemand eine unsichtbare Schlinge um meinen Hals gelegt und würde sie langsam zuziehen, sodass ich kaum Luft bekomme. „Ja, klar doch", bringe ich schließlich heraus.

„Ihr zwei wehrt euch so verdammt vehement gegen eine Beziehung. Ich kann mir schon richtig vorstellen, wie ihr einen Schlag vor den Kopf bekommt und hart aufknallt.

Und das wird eher früher als später passieren", versichert Matt uns voller Selbstsicherheit.

Sein selbstgefälliger Ton nervt mich total.

„Auf keinen Fall werde ich mich in absehbarer Zukunft verlieben", beteuere ich.

„Na, und ich schon mal gar nicht", schaltet Gage sich ein.

„Wenn ihr daran glauben wollt, bitte schön. Ihr könnt die Tatsachen gern weiter verdrängen oder leugnen. Mir ist das egal." Unser Freund versucht, uns richtig aufzustacheln. Und es funktioniert.

„Na gut, willst du die Wette abschließen, die du vorhin erwähnt hast? Ich bin dabei. Ich werde es dir beweisen. Ich brauche weder eine Frau noch eine Beziehung." Ich verschränke meine Arme vor der Brust. Matt hat das schon häufiger gemacht. Er genießt es, uns beide auf die Palme zu bringen, und treibt mich echt in den Wahnsinn.

Wollen wir mal sehen, ob er nach dem Köder schnappt. Er nimmt den Mund gern zu voll. Wird Zeit, dass er zubeißt. Oder die Klappe hält.

Gage schnaubt. „Komm, fordere nicht nur ihn heraus. Lass uns drei die Wette abschließen."

„Von welcher Summe reden wir?" Matt reibt sich das Kinn. Der Kerl ist stinkreich. Sind wir alle; wir stammen aus wohlhabenden Familien, und wir haben während der Highschool in derselben Nachbarschaft gelebt. Als wir innerhalb weniger Monate alle einundzwanzig wurden, fingen wir an, regelmäßig nach Vegas zu fahren und dort das dicke Geld zu verspielen, so wie andere Leute ihre 25-Cent-Stücke in die Spielautomaten werfen. Nachdem wir unseren Abschluss hatten und das richtige Leben begann, mussten wir mit diesem Quatsch aufhören. Offen gestanden, manchmal vermisse ich es.

„Eine Million für den letzten Single, der übrig bleibt", meint Gage triumphierend. Er scheint sich seiner Sache so sicher zu sein, als hätte er bereits gewonnen.

„Eine Million Dollar?" Matt fallen fast die Augen aus dem Kopf. Das Arschloch tut gerade so, als hätte er die Kohle nicht. Dabei hat er sich erst vor Kurzem wegen einer Verletzung, die sein Karriereende als Profi bedeutete, von einem lukrativen Baseball-Vertrag zurückziehen müssen – ohne allerdings einen einzigen Dollar dieses Vertrages einzubüßen. Der Kerl hat massenhaft Knete. Einen Teil davon hat er kürzlich in ein Weingut investiert, das nicht weit von meinem Wohnort entfernt liegt. Und das bloß, damit er es als Verlust von der Steuer absetzen kann.

Ihm geht es finanziell definitiv nicht schlecht. Ebenso wenig wie Gage. Er ist einer der führenden Immobilieninvestoren in der Bay Area und steht in der Rangliste gleich hinter seinem Vater. Sie verfügen beide über ein gewisses Gespür: Sie finden Grundstücke und Unternehmen, kaufen sie für einen Spottpreis und verkaufen sie dann mit enormem Profit weiter.

In der Hotelindustrie erzählt man sich, dass auch ich dieses gewisse Gespür besitze. Was meinen Vater jedoch maßlos ärgert. Ich kann ja nichts dafür, dass ich eine Marktlücke entdeckt und sie entsprechend gefüllt habe – mit dem heruntergekommenen Hotel, das er mir überlassen hat. Er war fest davon ausgegangen, dass ich scheitern würde.

Tja, da habe ich ihn eines Besseren belehrt. Jetzt bin ich so weit, dass ich expandieren kann, und das regt ihn richtig auf.

Es ist fast so, als würde mein eigener Vater es nur zu gern sehen, wenn ich auf die Schnauze falle.

„Was ist? Macht dir das Angst?“, frage ich, weil ich mir hundertprozentig sicher bin, dass ich diese Wette nicht verlieren werde. Keine Frau wird mich mit ihren Krallen so fest packen, dass ich nicht mehr fliehen kann.

Niemals, auf keinen Fall.

Gage lacht und schüttelt den Kopf. „Sei nicht so ein Schlappschwanz, DeLuca. Eine Million ist für dich doch nichts weiter als Kleingeld.“

„Nicht wirklich“, murmelt Matt. „Wobei ich mir allerdings keine Sorgen mache. Ich gewinne sowieso.“

Ha. Dass Matt diese Behauptung so selbstsicher von sich gibt, stachelt mich noch mehr an. Ich werde ihm beweisen, dass er falschliegt. „Glaubst du das im Ernst?“

„Ich weiß es.“ Matt lächelt. „Ich würde sogar weitere fünfzig Riesen wetten, dass die nächste Frau, mit der du sprichst, deine Ehefrau wird.“

„Geile Wette, Kumpel. Nimm sie an“, mischt Gage sich ein und stupst mich nicht gerade sanft gegen die Schulter. „Vergiss es, Matt. Ich sehe hier im Saal nicht eine einzige Frau, mit der Archer gern reden würde. Geschweige denn eine, die er *heiraten* würde.“

Ich sage nichts. Es gibt eine Frau, mit der ich mich allzu gern unterhalten würde. Mit der ich gern zusammen sein würde. Damit meine ich natürlich keine ernsthafte, dauerhafte Beziehung, die womöglich auf eine Ehe hinausläuft. Nein, verdammt, so was ist in meiner Zukunftsplanung nicht vorgesehen. Ich wäre der armen Frau ein furchtbarer Ehemann, und das ist mir auch klar. Deshalb lasse ich sie ja in Ruhe.

Sie will nämlich das volle Programm. Einen Ehemann und Kinder, einen weißen Gartenzaun um ein hübsches kleines Häuschen, das sie einrichten kann. Ich weiß, dass sie das will. Sie ist eine Träumerin, eine Romantikerin. Sie hat es verdient, dass man sie wie eine Königin behandelt. Ich würde ihr bloß wehtun, und es würde mich umbringen, wenn ich es täte. Gage würde mich ebenfalls umbringen.

Er kennt sie gut; schließlich handelt es sich um seine kleine Schwester.

Als sie noch jünger war, habe ich auch nicht mehr als Gages kleine Schwester in ihr gesehen. Doch als Teenager blühte sie auf einmal auf und war so heiß, dass ich in ihrer Nähe immer auf die unmöglichsten Gedanken kam. Die siebzehnjährige Ivy gab mir das Gefühl, pervers zu sein. Die Tatsache, dass sie jedes Mal gerade dann mit mir reden wollte, wenn ich versuchte, ihr aus dem Weg zu gehen, war auch nicht besonders hilfreich. Als hätte sie gewusst, dass sie mich verrückt machen kann, und als wäre sie entschlossen gewesen, mir richtig unter die Haut zu gehen mit ihrer süßen, nachdenklichen Art. Sie hat über meine Witze gelacht und mich betrachtet, als könnte sie direkt in mich hineinschauen.

Und als sie sich dann zu dieser schönen, sexy, selbstsicheren Frau entwickelte, wusste ich ohne Zweifel, dass ich sie unter allen Umständen meiden muss. Ich wollte sie nämlich … begehre sie bis heute. Sie ist die erste Frau, die mir wirklich etwas bedeutet. Ich will sie nicht verletzen, aber das würde ich tun. Ich habe bisher allen Frauen in meinem Leben wehgetan. Fragt meine Mutter. Fragt sämtliche weibliche Wesen, die geglaubt haben, sie hätten auch nur eine winzige Chance, mit mir zusammen sein zu können.

„Geh und spiel den Babysitter für Ivy", schlägt Gage vor.

Fassungslos drehe ich mich zu ihm um. Kann er in meinen Kopf sehen und Gedanken lesen, oder was? Das ist ja echt total abgefahren und beängstigend.

„Was meinst du damit?", frage ich ihn misstrauisch.

„Willst du dir auf einfache Art und Weise fünfzig Riesen verdienen? Geh zu Ivy. Als ob sie so ein bemitleidenswertes Arschloch wie dich heiraten würde." Gage lacht, während mir das Lachen vergeht. Wieso bin ich ein bemitleidenswertes Arschloch? Ja, sicher hätte ich Ivy nicht verdient. Verdammt, seine Worte sind trotzdem verletzend.

Als ich darauf nichts antworte, fährt Gage fort: „Sie hat mit dem Typen Schluss gemacht, mit dem sie eine Weile zusammen war. Nicht, dass er ihrer würdig gewesen wäre, aber seitdem ist sie ziemlich niedergeschlagen. Du könntest den Abend an ihrer Seite bleiben und sie sozusagen als Schutzschild benutzen, damit dich all die anderen Frauen in Ruhe lassen, die es vielleicht auf dich abgesehen haben. Ivy mochte dich schon immer. Wobei ich wirklich nicht verstehe, wieso. Immerhin bist du ein verdammter Idiot."

Er hält kurz inne und kneift die Augen zusammen. „Mir ist schon klar, dass du hinter jedem Rock her bist, aber ich weiß, dass du dich an meiner kleinen Schwester nicht vergreifen wirst. Richtig?"

Der bedeutungsvolle Blick, den er mir zuwirft, lässt keine Fragen offen. Ich möchte ihm ja gern versprechen, dass ich mich an ihr nicht vergreifen werde. Doch er redet hier von Ivy … und ich will immer das haben, was ich nicht haben kann.

Vor allem sie.

„Sie zählt sowieso nicht", sagt Matt lachend. „Es ist schließlich nur Ivy."

„Richtig. Nur Ivy." Ich nicke und schaue mich um in der Hoffnung, sie irgendwo zu entdecken. Sie ist hier. Ich habe sie vorhin gesehen, obwohl sie mir aus dem Weg gegangen ist. Meistens ärgere ich sie nämlich gnadenlos, statt meine wahren Gefühle preiszugeben. „Du meinst, sie zählt nicht zu dieser idiotischen Wette, die du gerade mit mir abgeschlossen hast?"

„Natürlich zählt sie nicht dazu. Außerdem würde Gage dich umbringen", erwidert Matt völlig gelassen. „Ungefähr fünfundzwanzig Frauen beobachten uns übrigens in diesem Moment. Sind, glaube ich, alles irgendwelche Frauen aus der Studentenverbindung der Braut. Die gieren bloß danach, dass du endlich in ihre Richtung guckst, Archer. Die Erste, die mit dir redet, die wirst du heiraten. Das garantiere ich dir."

„Schwachsinn", murmele ich. Mein Freund hat echt den Verstand verloren.

„Wie du meinst." Matt und Gage lachen, doch ich ignoriere sie.

Als ich mich noch einmal im Saal umsehe, finde ich sie: Ivy. Sie sitzt allein an einem Tisch und beobachtet die Paare, die auf der Tanzfläche zu irgendeinem schnulzigen Liebeslied ihre Runden drehen. Ihr langes braunes Haar ist heute gewellt – normalerweise trägt sie es glatt. Ich merke, dass ich am liebsten mit den Händen hindurchfahren und herausfinden würde, ob es sich so seidig anfühlt, wie es aussieht. Sie trägt ein dunkelblaues und trägerloses Kleid, das viel von ihrer weichen, zarten Haut entblößt. Mir jucken geradezu die Finger, weil ich sie unbedingt berühren will.

Ihr sehnsuchtsvoller Blick ist offensichtlich, und ich bin versucht, zu ihr zu gehen. Sie zum Tanzen aufzufordern. Sie in die Arme zu ziehen und zu spüren, wie sich ihre Kurven an meinen Körper schmiegen, während ich ihren süßen Duft einatme.

Verdammt.

Ja, klar doch. Wahrscheinlich schickt sie mich eher zum Teufel, als dass sie mit mir tanzt.

„Ich würde sie niemals anrühren", lüge ich, denn natürlich würde ich nichts lieber tun. „Du kannst mir vertrauen."

Noch eine Lüge. Gage würde mir allein schon dafür, dass ich nur an seine Schwester *denke*, einen Tritt in die Eier verpassen. Nicht auszudenken, was er mit mir machen würde, wenn ich tatsächlich … na ja, mit ihr … über ihr, unter ihr – in jeder Variation, in der ich sie kriegen kann. Sie ist die Einzige, die mich in Versuchung führen könnte, diese verrückte Wette zu verlieren, die ich soeben eingegangen bin. Die mich dazu bringen könnte, gegen all das zu verstoßen, woran ich seit Kindertagen glaube.

Aber das werde ich nicht tun. Ich weigere mich nachzugeben. Sie ist nichts für mich.

Egal, wie sehr ich sie auch begehre.

Ivy

Es gibt nichts Schlimmeres, als allein auf eine Hochzeit zu gehen – vor allem, da ich achtundvierzig Stunden vorher noch einen Begleiter gehabt habe. Bevor ich darauf gestoßen wurde, dass sich der Typ, mit dem ich liiert war, auch noch mit der Frau traf, mit der er angeblich schon vor sechs Monaten Schluss gemacht hatte.

Wie ich von dieser miesen Neuigkeit erfahren habe? Die vermeintliche Ex rief mich auf meinem Handy an und stauchte mich zusammen, während ich mit einem Kunden Tapetenmuster anschaute. Das war so was von peinlich. Und auf einmal war es, als wäre ich in einer Jerry-Springer-Episode gelandet. Die Frau gab mir das Gefühl, als wäre ich eine betrügerische Nutte, die bloß darauf aus ist, ihr den Mann wegzunehmen. Das ist wirklich das Letzte, was ich bin. Ich bin keine von denen, die anderen den Mann ausspannt. Ich weiß, dass es Frauen gibt, die sich vor allem zu Männern hingezogen fühlen, die eine Beziehung haben, aber zu denen gehöre ich nicht. Männer, die bereits vergeben sind, machen viel zu viel Ärger. Muss nicht sein, vielen Dank auch.

Während die angebliche Exfreundin noch herumjammerte, habe ich das Telefongespräch abrupt beendet und umgehend Marc angerufen, um ihn wissen zu lassen, dass die Sache zwischen uns beendet ist. Von ihm kam – kaum verwunderlich – so gut wie kein Protest. *Was für ein Mistkerl!*

Also sitze ich jetzt hier allein. Am Tisch für die Singles, denn als ich die Braut darüber informiert habe, dass ich nun leider doch niemanden mitbringe, ist Cecily ausgeflippt. Sie hat mir vorgeworfen, dass ich ihre sorgfältig ausgetüftelte Sitzordnung durcheinanderbringen würde. *Oh mein Gott, kannst du den Typen nicht trotzdem einfach mitbringen und das irgendwie durchstehen?*

Ich schätze, mein ausdrückliches Nein auf diese Frage bescherte mir diesen Platz am Tisch der Verzweifelten und Einsamen. Sozusagen als Strafe.

Seufzend stelle ich meinen Ellenbogen auf den Tisch und stütze meinen Kopf auf die Hand, während ich den vielen Paaren beim Tanzen zuschaue. Braut und Bräutigam befinden sich in der Mitte der Tanzfläche und grinsen sich an wie Honigkuchenpferde. Sie sehen glücklich aus. Alle sehen glücklich aus.

Ich bin neidisch auf all das Glück um mich herum. Hochzeiten erinnern mich daran, dass ich allein bin. Das ist der Moment, in dem ich mir wünsche, jemanden zu finden. Schon mein ganzes Leben lang habe ich eigentlich bloß Pech mit Männern. Ich lande immer bei den Falschen, das hat mir auch meine Mom mehr als einmal versichert. Sie beschreibt mich als eine Frau mit Helferkomplex. Ich picke mir immer die kaputten Typen raus und versuche, sie wieder aufzurichten. Sie nennt es das Humpty-Dumpty-Syndrom – wegen des Kindergedichts, in dem das arme Ei Humpty Dumpty von der Mauer fällt und nicht wieder zusammengeflickt werden kann.

Na super. *Danke, Mom.*

Mein Bruder hält mich für viel zu jung, um mich häuslich niederzulassen, aber ich bin eben nicht wie er. Er will einfach nur rumvögeln und für immer Single bleiben. Gage hat keine Ahnung, was ich will. Aber weiß ich selbst es eigentlich? Ich bin mir nicht sicher. Ich dachte, ich wüsste es. Ich dachte, Marc hätte Potenzial.

Tja, wie sich herausstellte, landete auch er – wie Humpty Dumpty – krachend auf dem Boden. Den konnte ich definitiv nicht wieder zusammenflicken.

Vielleicht sollte ich nicht ständig alles so verdammt ernst nehmen. Vielleicht sollte ich mich mal locker machen und etwas total Verrücktes tun. Ich könnte mir zum Beispiel irgendeinen Typen angeln und mit ihm in einer dunklen Ecke herummachen. Ich vermisse es, dass ein Mann mein Gesicht zwischen seine Hände nimmt und mich langsam küsst. Ausgiebig. Leider war Marc kein sonderlich guter Küsser. Zu viel Zunge. Obwohl ich fest daran geglaubt hatte, ihm dabei helfen zu können, sich diese ärgerliche Angewohnheit abzugewöhnen.

Dazu hat er mir ja jetzt keine Gelegenheit mehr gegeben, was eigentlich ganz gut so ist, denn die Chemie muss stimmen. Wenn ich schon bei einem Kuss kein Knistern spüre, ist der Typ eindeutig nicht der Richtige für mich.

Wenn ich eine Beziehung mit einem Mann eingehe, dann will ich, dass es knistert. Das brauche ich einfach. Dieses Funkensprühen. Diese Chemie. Ein paar verstohlene Küsse;

tastende Hände; geflüsterte Worte in einer ruhigen Ecke, wo die Gefahr besteht, dass wir erwischt werden. Er würde mich gegen eine Wand pressen, meine Wangen sanft umschließen und mich küssen, als würde er es wirklich ernst meinen …

Ich runzele die Stirn. Es ist nicht zu fassen. Da sitze ich allein an einem Tisch und male mir einen wilden Hochzeitsfeier-One-Night-Stand mit einem gesichtslosen Typen aus. Seit wann bin ich so verzweifelt?

„Was ist los, Küken?", fragt eine vertraute Stimme hinter mir, und sofort verspannen sich meine Schultern. Na super. Diese tiefe, samtige Stimme würde ich überall wiedererkennen. *Archer Bancroft.* Er ist der absolut Letzte, mit dem ich mich heute Abend herumschlagen will.

Das ist tatsächlich mal ein typischer Humpty-Dumpty-Typ. Archer weiß, dass er kaputt und angeschlagen ist. Und er will definitiv nicht zusammengeflickt werden. Was das Verrückte daran ist? Es gefällt ihm so. Er schwelgt geradezu in seiner Zerrissenheit.

Nein danke. Selbst ich kenne meine Grenzen. Obwohl er schon fast erschreckend atemberaubend ist. Ehrlich, Archer sieht fantastisch aus. Dunkles Haar, dunkle Augen, groß und kräftig. Sein Körper ist gestählt und muskulös, ohne dabei übertrieben aufgepumpt zu wirken. Er ist echt zum Dahinschmelzen.

Und er ist der beste Freund meines Bruders. Ich kenne Archer seit meinem zwölften Lebensjahr, als er mit seinen eiskalten Eltern bei uns nebenan eingezogen ist. Natürlich habe ich mich sofort in ihn verknallt. Damals war er das

Exotischste, was ich in meiner beständigen und langweiligen Nachbarschaft, in der nie jemand wegzog, je gesehen hatte.

Diese Verliebtheit endete ziemlich schnell, als mir klar wurde, was für ein Playboy er war. Sogar als Zwölfjährige war ich in der Lage, die bittere Wahrheit zu erkennen.

Clevere Mädchen lassen sich nicht mit Archer ein.

Jetzt streicht er mit dem Finger über meine nackte Schulter und reißt mich damit aus meinen Erinnerungen ... und lässt mich erzittern. „Du siehst ganz schön niedergeschlagen aus, und das trotz des glücklichen Anlasses, Küken."

Als ich ihn anschaue, wirft er mir sein berühmtes Lächeln zu; sein Markenzeichen, bei dem den meisten Frauen die Höschen feucht werden. Ich weigere mich jedoch, das auch nur eine Sekunde lang geschehen zu lassen. „Ich würde mir wirklich wünschen, dass du endlich aufhörst, mich so zu nennen", erkläre ich genervt und starre ihn wütend an. Dass er mich zweimal innerhalb von genauso vielen Minuten Küken genannt hat, ist ein sicheres Zeichen dafür, dass er es darauf abgesehen hat, mich wahnsinnig zu machen.

Sonst noch was Neues?

Er lacht jedoch bloß, und seine dunkelbraunen Augen leuchten auf. Es ist echt nicht fair, wie gut er aussieht. Er hat ein kräftiges Kinn und diesen sinnlichen Mund. Und dann noch diese Grübchen, die sich allerdings eher selten zeigen. Wenn ich sie doch mal zu sehen bekomme, würde ich sie am liebsten küssen und mit der Zunge darüberlecken.

Ich verziehe das Gesicht. Ich sollte definitiv nicht darüber nachdenken, Archers Gesicht abzulecken. Was zum Teufel ist mit mir los? Zu viel Champagner, oder was?

Wohl eher zu viele Fantasien von dunklen Ecken und heißen Küssen, die dir den Atem rauben.

„Kein ‚Hallo, Archer, wie geht es dir'?" Er schüttelt den Kopf und legt seine Hand auf meine Stuhllehne, wobei seine Finger meine nackte Haut streifen. Ich versuche, das Zittern zu unterdrücken, das mich bei seiner beiläufigen Berührung überkommt. „Und dabei bist du doch sonst immer so überaus höflich."

„Archer, hör auf mit dem Scheiß." Ich sehe ihn direkt an und stelle zufrieden fest, dass sein Lächeln erstirbt. Habe ich schon jemals so mit ihm geredet? Wahrscheinlich nicht, aber ich kann nicht anders. Heute Abend jedenfalls nicht. „Ich bin nicht in der Stimmung. Ich habe eine miese Woche hinter mir."

„Ja, ich hab's gehört", erwidert er leise, und in seinen Augen flackert Mitgefühl auf. „Tut mir leid, die Sache mit dem Typen."

Ich werde meinen Bruder dafür umbringen, dass er das ausgeplaudert hat. Nun komme ich mir richtig erbärmlich vor. Archer ist wahrscheinlich zu mir rübergekommen, weil er Mitleid mit mir hat. Vor ein paar Minuten habe ich ihn noch mit Gage und Matthew DeLuca reden sehen, auch wenn sie mich nicht bemerkt haben. Haben sie über meinen erneut gescheiterten Versuch gelacht, einen anständigen Kerl zu finden? Vermutlich. Diese drei machen sich bereits seit Jahren über mich lustig. Es ist ihnen richtiggehend zur Gewohnheit geworden. „Keine große Sache. Er war ein absoluter Idiot."

„Würde ich auch sagen, wenn er dich so einfach gehen lässt."

Hat er das eben wirklich gesagt? Was meint er damit? „Gibt es etwas, worüber du mit mir reden wolltest?" Ich will ihn loswerden. Aus welchem Grund auch immer, doch mit ein paar Worten hat er es geschafft, mich heute Abend durcheinanderzubringen – und das gefällt mir nicht. Ich bin offensichtlich schon durcheinander genug, wenn ich mir insgeheim ausmale, wie es wäre, es in einer dunklen Ecke mit einem heißen Mann zu treiben.

Heiß wie Archer …

„Ja, gibt es." Das Lächeln kehrt zurück, jetzt ein wenig sanfter und nicht mehr ganz so selbstgewiss. „Willst du tanzen?"

„Mit dir?" Ich fasse es nicht. Und am liebsten würde ich lachen, weil ich ihn mit meiner Frage anscheinend total beleidigt habe.

„Ja, mit mir. Komm schon." Er streckt mir seine Hand hin. „Sei mein Schutzschild, ehe irgendeine dieser verrückten Frauen mich auf die Tanzfläche zerrt. Sie umkreisen mich schon, Küken. Sie sind kurz davor, sich auf mich zu stürzen, wenn ich nicht aufpasse."

Er hat recht. Ich beobachte, wie ein paar Frauen langsam auf uns zukommen. Mit einem Mal befällt mich das Bedürfnis, ihnen zu zeigen, dass er nicht zu haben ist. Und so lasse ich zu, dass er meine Hand nimmt, dass sich seine langen Finger um meine schließen, als er mich auf die Füße zieht. Unverhohlen mustert er mich und lässt den Blick über meinen gesamten Körper gleiten, bevor er an meiner Brust hängen bleibt. Am liebsten hätte ich ihm dafür eine gelangt, während ich gleichzeitig gern gefragt hätte, ob ihm gefällt, was er da sieht.

Ja, ich bin echt durcheinander.

Eine Frau taucht vor uns auf, mit einem so breiten Lächeln, dass ich überlege, ob ihr das Gesicht wohl schon wehtut. „Hallo, Sie sind doch Archer Bancroft, richtig? Von den Bancroft Hotels? Dem *Hush Resort und Spa*?", fragt sie übertrieben munter.

„Bin ich, ja." Er zieht mich näher an sich, lässt meine Hand los, damit er den Arm besitzergreifend um meine Schultern legen kann, so als wollte er sagen, dass ich zu ihm gehöre. Mit dem Daumen zeichnet er kleine Kreise auf meine Haut und bringt mich dazu, ein wenig schneller zu atmen. Ich senke den Blick zu Boden und versuche, mich wieder zu fangen. „Sind wir uns schon einmal begegnet?"

„Einmal. Ist bereits eine Weile her, aber ich bin sicher, dass Sie sich nicht an mich erinnern." Ich schaue auf und erkenne, dass sie breiter lächelt. Wie ist das überhaupt noch möglich? „Ich wollte immer mal dorthin. Ins *Hush*."

Hush Resort und Spa. Das Hotel, das Archers Vater seinem Sohn als eine Art Strafe überlassen hat, kaum dass er das College abgeschlossen hatte. Archer hat dieses Resort, das nur für Paare gedacht ist, zu einem der exklusivsten und erfolgreichsten im Land, wenn nicht sogar auf der ganzen Welt gemacht. Damit ist er in kürzester Zeit berühmt geworden. Hinzu kam, dass er fantastisch aussieht, sexy, intelligent und rücksichtslos ist – und schon wollten sämtliche

Frauen mit ihm zusammen sein, und alle Männer wollten wie er sein. Und Archer, dieser arrogante Mistkerl, wusste es genau.

„Dann schlage ich vor, Sie reservieren einfach ein Zimmer." Seine Stimme klingt ziemlich genervt. Er versucht, mit mir zusammen an ihr vorbeizukommen, doch sie weicht nicht von der Stelle.

„Kann ich leider nicht. Ich bin nicht Teil eines Paares." Sie klimpert doch tatsächlich mit den Wimpern. „Vielleicht können Sie mir da weiterhelfen?"

„Ich bin sicher, wir könnten sie mit einem deiner Freunde zusammenbringen. Was meinst du, Baby?" Ich lächle Archer an und werfe ihm einen bedeutungsvollen Blick zu, damit er begreift, worauf ich gerade hinauswill. Er blinzelt kurz, zweifellos verwirrt, weil ich ihn Baby genannt habe, und das finde ich ziemlich cool. Er ist nämlich echt heiß, wenn er verwirrt ist, und dabei ist es verdammt schwer, Archer aus der Ruhe zu bringen. Also beschließe ich, das Spielchen noch ein wenig weiterzutreiben.

Ich strecke mich, schmiege mein Gesicht an seinen Hals und atme seinen einzigartigen würzigen Duft ein. Gott, er riecht unglaublich. Warum ist mir das vorher nie aufgefallen? Wahrscheinlich weil wir sonst nie so eng beieinanderstehen. Im Moment bin ich allerdings echt versucht, mich wie eine Katze an ihm zu reiben.

Ich frage mich, ob die Frau uns schon abgekauft hat, dass wir ein Paar sind. Wenn ich das noch länger durchziehen muss, könnte es passieren, dass ich etwas Verrücktes tue. Wie zum Beispiel … ihn zu beißen.

„Ich bin sicher, dass sich das arrangieren ließe", erwidert er mit rauer Stimme, während er mich an sich drückt.

Ich schlinge meinen Arm um seine Mitte. Er ist so solide wie ein Fels. Prompt grübele ich nach, wie er wohl unter diesen feinen Klamotten aussieht. Ich habe ihn seit meiner Zeit an der Highschool nicht mehr ohne Hemd gesehen, und seitdem hat er ordentlich an Muskeln zugelegt. „Wenn Sie uns entschuldigen würden", sage ich mit einem widerlich zuckersüßen Lächeln zu Miss Hartnäckig, bevor ich mich an Archer wende. „Lass uns tanzen gehen, Baby."

Er führt mich schweigend auf die Tanzfläche und zieht mich in die Arme, gerade als ein neues, langsames Lied angestimmt wird. Seine Hand liegt auf meinem unteren Rücken, während wir uns im Rhythmus der Musik bewegen, und mein gesamter Körper kribbelt aufgrund dieser Nähe. Was total merkwürdig ist, denn erstens habe ich keinerlei Interesse, auf diese Art mit Archer zusammen zu sein, und zweitens bin ich seit Jahren immun gegenüber seinem Charme.

Sehr seltsam.

„Du bist gut. Diese kleine Show mit dem ‚Baby' und wie du deine Nase an meinem Hals gerieben hast – das war ziemlich überzeugend", murmelt er nahe an meinem Ohr. Sein heißer Atem lässt mich wohlig erschauern, und ich frage mich, ob er es wohl spürt. Muss er eigentlich.

Aber im Grunde ist es mir auch egal. Ich bin mir seiner Nähe so was von bewusst, seiner Größe, seiner Wärme und der schieren Kraft, die er ausstrahlt. Seine große Hand wandert noch ein wenig tiefer auf meinem Rücken, und als er mit den Fingerspitzen über meinen Hintern streift, schnappe ich nach Luft. Ich wette, er weiß ganz genau, wie er diese Hände benutzen muss.

Oh mein Gott, das hier ist Archer. Hör auf, seinetwegen zu sabbern!

„Meinst du, sie hat uns das Theater abgekauft?", frage ich atemlos.

„Bin mir nicht sicher." Er zögert einen winzigen Moment lang und bringt mich damit dazu, ihn anzuschauen. Sein leidenschaftlicher Blick bringt mich total aus der Fassung. Er sieht mich an, als wolle er mich mit Haut und Haaren verschlingen.

Lesen Sie auch von Erin McCarthy:

Deutsche Erstveröffentlichung

Band-Nr. 35074

9,99 € (D)

ISBN: 978-3-95649-578-6

304 Seiten

Auch als eBook erhältlich!

Erin McCarthy

Close Up: Heiße Versuchung

Für eine gute Story würde Emma so einiges tun … und das ist auch der Grund, warum sich die schüchterne Journalistin auf ungewohntes gradezu furchteinflößendes Terrain begibt. Der für seine Nacktfotos weltberühmte Künstler Ian Bainbridge ist in der Stadt und Emma wird ihm Modell stehen. Und als ob ihr das nicht schon schwer genug fallen muss sie das ausgerechnet mit ihrem Kollegen Kyle tun – den Mann, bei dem sie schon lange weiche Knie bekommt. Alles sprach bisher gegen ihn: Abgesehen davon, dass sie sich nie getraut hätte, ihn um ein Date zu bitten, sind Beziehungen in der Firma auch streng verboten. Doch nun, nackt und ganz nah an ihm, fragt Emma sich, ob es nicht an der Zeit wäre, die Vernunft zu vergessen und sich der endlich der prickelnden Versuchung hinzugeben …

Band-Nr. 35069
9,99 € (D)
ISBN: 978-3-95649-235-8
432 Seiten
Auch als eBook erhältlich!

Lisa Renee Jones
Play with me

TV-Produzentin Meagan hat eigentlich schon genug Stress beim Dreh von „Stepping Up“. Da hat Sam ihr grade noch gefehlt. Denn der sexy Sicherheitschef des Senders, sorgt mit seinen sinnlichen Blicken dafür, dass ihr ganz heiß wird …

Moderatorin Darla wird in Versuchung geführt: Sie muss bei der Tanzshow ausgerechnet mit Blake, dem arroganten Playboy vom Konkurrenzsender, zusammenarbeiten. Schon lange weckt er in ihr unwiderstehliche erotische Fantasien …

Tänzerin Kat ist glücklich, einen Job in der berühmten Castingsendung ergattert zu haben. Bis sie erfährt, dass ihr verführerischer Exmann Jason der Regisseur ist. Zu oft hat er ihr das Herz gebrochen. Dennoch setzt sie es für eine wilde Nacht erneut aufs Spiel …